FRIEDRICH VON SCHILLER

DON CARLOS
INFANT VON SPANIEN

Ein dramatisches Gedicht

HAMBURGER LESEHEFTE VERLAG
HUSUM/NORDSEE

PERSONEN

PHILIPP DER ZWEITE, König von Spanien
ELISABETH VON VALOIS, seine Gemahlin
DON CARLOS, der Kronprinz
ALEXANDER FARNESE, Prinz von Parma, Neffe des Königs
INFANTIN KLARA EUGENIA, ein Kind von drei Jahren
HERZOGIN VON OLIVAREZ, Oberhofmeisterin

Damen der Königin:
MARQUISIN VON MONDEKAR
PRINZESSIN VON EBOLI
GRÄFIN FUENTES

Granden von Spanien:
MARQUIS VON POSA, ein Malteserritter
HERZOG VON ALBA
GRAF VON LERMA, Oberster der Leibwache
HERZOG VON FERIA, Ritter des Vlieses
HERZOG VON MEDINA SIDONIA, Admiral
DON RAIMOND VON TAXIS, Oberpostmeister

DOMINGO, Beichtvater des Königs
DER GROSSINQUISITOR des Königreichs
DER PRIOR eines Kartäuserklosters
EIN PAGE der Königin
DON LUDWIG MERKADO, Leibarzt der Königin
Mehrere Damen und Granden. Pagen. Offiziere.
Die Leibwache und verschiedene stumme Personen.

ERSTER AKT

Der königliche Garten in Aranjuez

ERSTER AUFTRITT

Carlos. Domingo.

DOMINGO. Die schönen Tage in Aranjuez
Sind nun zu Ende. Eure königliche Hoheit
Verlassen es nicht heiterer. Wir sind
Vergebens hier gewesen. Brechen Sie
Dies rätselhafte Schweigen. Öffnen Sie
Ihr Herz dem Vaterherzen, Prinz. Zu teuer
Kann der Monarch die Ruhe seines Sohns –
Des einz'gen Sohns – zu teuer nie erkaufen.
(Carlos sieht zur Erde und schweigt.)
Wär noch ein Wunsch zurücke, den der Himmel
Dem liebsten seiner Söhne weigerte?
Ich stand dabei, als in Toledos Mauern
Der stolze Karl die Huldigung empfing,
Als Fürsten sich zu seinem Handkuss drängten
Und jetzt in einem – einem Niederfall
Sechs Königreiche ihm zu Füßen lagen –
Ich stand und sah das junge stolze Blut
In seine Wangen steigen, seinen Busen
Von fürstlichen Entschlüssen wallen, sah
Sein trunknes Aug durch die Versammlung fliegen,
In Wonne brechen – Prinz, und dieses Auge
Gestand: ich bin gesättigt. *(Carlos wendet sich weg.)*
Dieser stille
Und feierliche Kummer, Prinz, den wir
Acht Monde schon in Ihren Blicken lesen,
Das Rätsel dieses ganzen Hofs, die Angst
Des Königreichs, hat Seiner Majestät
Schon manche sorgenvolle Nacht gekostet,
Schon manche Träne Ihrer Mutter.
CARLOS *(dreht sich rasch um).* Mutter?
– O Himmel, gib, dass ich es dem vergesse,
Der sie zu meiner Mutter machte!
DOMINGO. Prinz?
CARLOS *(besinnt sich und fährt mit der Hand über die Stirne).*
Hochwürd'ger Herr – ich habe sehr viel Unglück

Mit meinen Müttern. Meine erste Handlung,
Als ich das Licht der Welt erblickte, war
Ein Muttermord.
DOMINGO. Ist's möglich, gnäd'ger Prinz?
Kann dieser Vorwurf Ihr Gewissen drücken?
CARLOS. Und meine neue Mutter – hat sie mir
Nicht meines Vaters Liebe schon gekostet?
Mein Vater hat mich kaum geliebt. Mein ganzes
Verdienst war noch, sein Einziger zu sein.
Sie gab ihm eine Tochter – O wer weiß,
Was in der Zeiten Hintergrunde schlummert?
DOMINGO. Sie spotten meiner, Prinz. Ganz Spanien
Vergöttert seine Königin. Sie sollten
Nur mit des Hasses Augen sie betrachten?
Bei ihrem Anblick nur die Klugheit hören?
Wie, Prinz? Die schönste Frau auf dieser Welt,
Und Königin – und ehmals Ihre Braut?
Unmöglich, Prinz! Unglaublich! Nimmermehr!
Wo alles liebt, kann Karl allein nicht hassen;
So seltsam widerspricht sich Carlos nicht.
Verwahren Sie sich, Prinz, dass sie es nie,
Wie sehr sie ihrem Sohn missfällt, erfahre;
Die Nachricht würde schmerzen.
CARLOS. Glauben Sie?
DOMINGO. Wenn Eure Hoheit sich des letzteren
Turniers zu Saragossa noch entsinnen,
Wo unsern Herrn ein Lanzensplitter streifte –
Die Königin mit ihren Damen saß
Auf des Palastes mittlerer Tribüne
Und sah dem Kampfe zu. Auf einmal rief's:
„Der König blutet!" – Man rennt durcheinander,
Ein dumpfes Murmeln dringt bis zu dem Ohr
Der Königin. „Der Prinz?", ruft sie und will –
Und will sich von dem obersten Geländer
Herunterwerfen. – „Nein! Der König selbst!",
Gibt man zur Antwort – „So lasst Ärzte holen!",
Erwidert sie, indem sie Atem schöpfte.
(Nach einigem Stillschweigen.)
Sie stehen in Gedanken?
CARLOS. Ich bewundre
Des Königs lust'gen Beichtiger, der so
Bewandert ist in witzigen Geschichten.
(Ernsthaft und finster.)

Doch hab ich immer sagen hören, dass
Gebärdenspäher und Geschichtenträger
Des Übels mehr auf dieser Welt getan,
Als Gift und Dolch in Mörders Hand nicht konnten.
Die Mühe, Herr, war zu ersparen. Wenn
Sie Dank erwarten, gehen Sie zum König.
DOMINGO. Sie tun sehr wohl, mein Prinz, sich vorzusehn
Mit Menschen – nur mit Unterscheidung. Stoßen Sie
Nicht mit dem Heuchler auch den Freund zurück.
Ich mein es gut mit Ihnen.
CARLOS. Lassen Sie
Das meinen Vater ja nicht merken. Sonst
Sind Sie um Ihren Purpur.
DOMINGO *(stutzt)*. Wie?
CARLOS. Nun ja.
Versprach er Ihnen nicht den ersten Purpur,
Den Spanien vergeben würde?
DOMINGO. Prinz,
Sie spotten meiner.
CARLOS. Das verhüte Gott,
Dass ich des fürchterlichen Mannes spotte,
Der meinen Vater selig sprechen und
Verdammen kann!
DOMINGO. Ich will mich nicht
Vermessen, Prinz, in das ehrwürdige
Geheimnis Ihres Kummers einzudringen.
Nur bitt ich Eure Hoheit, eingedenk
Zu sein, dass dem beängstigten Gewissen
Die Kirche eine Zuflucht aufgetan,
Wozu Monarchen keinen Schlüssel haben,
Wo selber Missetaten unterm Siegel
Des Sakramentes aufgehoben liegen –
Sie wissen, was ich meine, Prinz. Ich habe
Genug gesagt.
CARLOS. Nein! Das sei fern von mir,
Dass ich den Siegelführer so versuchte!
DOMINGO. Prinz, dieses Misstraun – Sie verkennen Ihren
Getreusten Diener.
CARLOS *(fasst ihn bei der Hand)*. Also geben Sie
Mich lieber auf. Sie sind ein heil'ger Mann,
Das weiß die Welt – doch frei heraus – für mich
Sind Sie bereits zu überhäuft. Ihr Weg,
Hochwürd'ger Vater, ist der weiteste,

Bis Sie auf Peters Stuhle niedersitzen.
Viel Wissen möchte Sie beschweren. Melden
Sie das dem König, der Sie hergesandt.
DOMINGO. Mich hergesandt? –
CARLOS. So sagt' ich. O zu gut,
Zu gut weiß ich, dass ich an diesem Hof
Verraten bin – ich weiß, dass hundert Augen
Gedungen sind, mich zu bewachen, weiß,
Dass König Philipp seinen einz'gen Sohn
An seiner Knechte schlechtesten verkaufte
Und jede von mir aufgefangne Silbe
Dem Hinterbringer fürstlicher bezahlt,
Als er noch keine gute Tat bezahlte.
Ich weiß – O still! Nichts mehr davon! Mein Herz
Will überströmen, und ich habe schon
Zu viel gesagt.
DOMINGO. Der König ist gesonnen,
Vor Abend in Madrid noch einzutreffen.
Bereits versammelt sich der Hof. Hab ich
Die Gnade, Prinz –
CARLOS. Schon gut. Ich werde folgen.
(Domingo geht ab. Nach einem Stillschweigen.)
Beweinenswerter Philipp, wie dein Sohn
Beweinenswert! – Schon seh ich deine Seele
Vom gift'gen Schlangenbiss des Argwohns bluten,
Dein unglücksel'ger Vorwitz übereilt
Die fürchterlichste der Entdeckungen,
Und rasen wirst du, wenn du sie gemacht.

ZWEITER AUFTRITT

Carlos. Marquis von Posa.

CARLOS. Wer kommt? – Was seh ich! – O ihr guten Geister!
Mein Roderich!
MARQUIS. Mein Carlos!
CARLOS. Ist es möglich?
Ist's wahr? Ist's wirklich? Bist du's? – O du bist's!
Ich drück an meine Seele dich, ich fühle
Die deinige allmächtig an mir schlagen.
O jetzt ist alles wieder gut. In dieser
Umarmung heilt mein krankes Herz. Ich liege

Am Halse meines Roderich.
MARQUIS. Ihr krankes –
Ihr krankes Herz? Und was ist wieder gut?
Was ist's, das wieder gut zu werden brauchte?
Sie hören, was mich stutzen macht.
CARLOS. Und was
Bringt dich so unverhofft aus Brüssel wieder?
Wem dank ich diese Überraschung? Wem?
Ich frage noch? Verzeih dem Freudetrunknen,
Erhabne Vorsicht, diese Lästerung!
Wem sonst als dir, Allgütigste? Du wusstest,
Dass Carlos ohne Engel war, du sandtest
Mir diesen, und ich frage noch?
MARQUIS. Vergebung,
Mein teurer Prinz, wenn ich dies stürmische
Entzücken mit Bestürzung nur erwidre.
So war es nicht, wie ich Don Philipps Sohn
Erwartete. Ein unnatürlich Rot
Entzündet sich auf Ihren blassen Wangen,
Und Ihre Lippen zittern fieberhaft.
Was muss ich glauben, teurer Prinz? – Das ist
Der löwenkühne Jüngling nicht, zu dem
Ein unterdrücktes Heldenvolk mich sendet –
Denn jetzt steh ich als Roderich nicht hier,
Nicht als des Knaben Carlos Spielgeselle –
Ein Abgeordneter der ganzen Menschheit
Umarm ich Sie – es sind die flandrischen
Provinzen, die an Ihrem Halse weinen
Und feierlich um Rettung Sie bestürmen.
Getan ist's um Ihr teures Land, wenn Alba,
Des Fanatismus rauer Henkersknecht,
Vor Brüssel rückt mit spanischen Gesetzen.
Auf Kaiser Karls glorwürd'gem Enkel ruht
Die letzte Hoffnung dieser edeln Lande.
Sie stürzt dahin, wenn sein erhabnes Herz
Vergessen hat, für Menschlichkeit zu schlagen.
CARLOS. Sie stürzt dahin.
MARQUIS. Weh mir! Was muss ich hören!
CARLOS. Du sprichst von Zeiten, die vergangen sind.
Auch mir hat einst von einem Karl geträumt,
Dem's feurig durch die Wangen lief, wenn man
Von Freiheit sprach – doch der ist lang begraben.
Den du hier siehst, das ist der Karl nicht mehr,

Der in Alkala von dir Abschied nahm,
Der sich vermaß in süßer Trunkenheit,
Der Schöpfer eines neuen goldnen Alters
In Spanien zu werden – Oh, der Einfall
War kindisch, aber göttlich schön. Vorbei
Sind diese Träume. –
MARQUIS. Träume, Prinz? – So wären
Es Träume nur gewesen?
CARLOS. Lass mich weinen,
An deinem Herzen heiße Tränen weinen,
Du einz'ger Freund. Ich habe niemand – niemand –
Auf dieser großen weiten Erde niemand.
So weit das Zepter meines Vaters reicht,
So weit die Schifffahrt unsre Flaggen sendet,
Ist keine Stelle – keine – keine, wo
Ich meiner Tränen mich entlasten darf,
Als diese. O bei allem, Roderich,
Was du und ich dereinst im Himmel hoffen,
Verjage mich von dieser Stelle nicht.
MARQUIS *(neigt sich über ihn in sprachloser Rührung).*
CARLOS. Berede dich, ich wär ein Waisenkind,
Das du am Thron mitleidig aufgelesen.
Ich weiß ja nicht, was Vater heißt – ich bin
Ein Königssohn – O wenn es eintrifft, was
Mein Herz mir sagt, wenn du aus Millionen
Herausgefunden bist, mich zu verstehn,
Wenn's wahr ist, dass die schaffende Natur
Den Roderich im Carlos wiederholte
Und unsrer Seelen zartes Saitenspiel
Am Morgen unsres Lebens gleich bezog,
Wenn eine Träne, die mir Lindrung gibt,
Dir teurer ist als meines Vaters Gnade –
MARQUIS. O teurer ist als die ganze Welt.
CARLOS. So tief
Bin ich gefallen – bin so arm geworden,
Dass ich an unsre frühen Kinderjahre
Dich mahnen muss – dass ich dich bitten muss,
Die lang vergessnen Schulden abzutragen,
Die du noch im Matrosenkleide machtest –
Als du und ich, zween Knaben wilder Art,
So brüderlich zusammen aufgewachsen,
Kein Schmerz mich drückte, als von deinem Geiste
So sehr verdunkelt mich zu sehn – ich endlich

Mich kühn entschloss, dich grenzenlos zu lieben,
Weil mich der Mut verließ, dir gleich zu sein.
Da fing ich an, mit tausend Zärtlichkeiten
Und treuer Bruderliebe dich zu quälen;
Du stolzes Herz gabst sie mir kalt zurück.
Oft stand ich da, und – doch das sahst du nie!
Und heiße, schwere Tränentropfen hingen
In meinem Aug, wenn du, mich überhüpfend,
Geringre Kinder in die Arme drücktest.
Warum nur diese? rief ich trauernd aus:
Bin i c h dir nicht auch herzlich gut? – du aber,
Du knietest kalt und ernsthaft vor mir nieder:
Das, sagtest du, gebührt dem Königssohn.
MARQUIS. O stille, Prinz, von diesen kindischen
Geschichten, die mich jetzt noch schamrot machen.
CARLOS. Ich hatt' es nicht um dich verdient. Verschmähen,
Zerreißen konntest du mein Herz, doch nie
Von dir entfernen. Dreimal wiesest du
Den Fürsten von dir, dreimal kam er wieder
Als Bittender, um Liebe dich zu flehn
Und dir gewaltsam Liebe aufzudringen.
Ein Zufall tat, was Carlos nie gekonnt.
Einmal geschah's bei unsern Spielen, dass
Der Königin von Böhmen, meiner Tante,
Dein Federball ins Auge flog. Sie glaubte,
Dass es mit Vorbedacht geschehn, und klagt' es
Dem Könige mit tränendem Gesicht.
Die ganze Jugend des Palastes muss
Erscheinen, ihm den Schuldigen zu nennen.
Der König schwört, die hinterlist'ge Tat,
Und wär es auch an seinem eignen Kinde,
Aufs schrecklichste zu ahnden. – Damals sah ich
Dich zitternd in der Ferne stehn, und jetzt,
Jetzt trat ich vor und warf mich zu den Füßen
Des Königs. Ich, ich tat es, rief ich aus:
An deinem Sohn erfülle deine Rache.
MARQUIS. Ach, woran mahnen Sie mich, Prinz!
CARLOS. Sie ward's:
Im Angesicht des ganzen Hofgesindes
Das mitleidsvoll im Kreise stand, ward sie
Auf Sklavenart an deinem Karl vollzogen.
Ich sah auf dich und weinte nicht. Der Schmerz
Schlug meine Zähne knirschend aneinander;

Ich weinte nicht. Mein königliches Blut
Floss schändlich unter unbarmherz'gen Streichen:
Ich sah auf dich und weinte nicht – du kamst:
Laut weinend sankst du mir zu Füßen. Ja,
Ja, riefst du aus, mein Stolz ist überwunden.
Ich will bezahlen, wenn du König bist.

MARQUIS *(reicht ihm die Hand).*
Ich will es, Karl. Das kindliche Gelübde
Erneur' ich jetzt als Mann. Ich will bezahlen.
Auch meine Stunde schlägt vielleicht.

CARLOS. Jetzt, jetzt –
O zögre nicht – jetzt hat sie ja geschlagen.
Die Zeit ist da, wo du es lösen kannst.
Ich brauche Liebe. – Ein entsetzliches
Geheimnis brennt auf meiner Brust. Es soll,
Es soll heraus. In deinen blassen Mienen
Will ich das Urteil meines Todes lesen.
Hör an – erstarre – doch erwidre nichts:
Ich liebe meine Mutter.

MARQUIS. O mein Gott!

CARLOS. Nein! Diese Schonung will ich nicht. Sprich's aus,
Sprich, dass auf diesem großen Rund der Erde
Kein Elend an das meine grenze – sprich –
Was du mir sagen kannst, errat ich schon.
Der Sohn liebt seine Mutter. Weltgebräuche,
Die Ordnung der Natur und Roms Gesetze
Verdammen diese Leidenschaft. Mein Anspruch
Stößt fürchterlich auf meines Vaters Rechte.
Ich fühl's, und dennoch lieb ich. Dieser Weg
Führt nur zum Wahnsinn oder Blutgerüste.
Ich liebe ohne Hoffnung – lasterhaft –
Mit Todesangst und mit Gefahr des Lebens –
Das seh ich ja, und dennoch lieb ich.

MARQUIS. Weiß
Die Königin um diese Neigung?

CARLOS. Konnt' ich
Mich ihr entdecken? Sie ist Philipps Frau
Und Königin, und das ist span'scher Boden.
Von meines Vaters Eifersucht bewacht,
Von Etikette ringsum eingeschlossen,
Wie konnt' ich ohne Zeugen mich ihr nahn?
Acht höllenbange Monde sind es schon,
Dass von der hohen Schule mich der König

Zurückberief, dass ich sie täglich anzuschauen
Verurteilt bin und wie das Grab zu schweigen.
Acht höllenbange Monde, Roderich,
Dass dieses Feu'r in meinem Busen wütet,
Dass tausendmal sich das entsetzliche
Geständnis schon auf meinen Lippen meldet,
Doch scheu und feig zurück zum Herzen kriecht.
O Roderich – nur wen'ge Augenblicke
Allein mit ihr –
MARQUIS. Ach! Und Ihr Vater, Prinz –
CARLOS. Unglücklicher! Warum an den mich mahnen?
Sprich mir von allen Schrecken des Gewissens;
Von meinem Vater sprich mir nicht.
MARQUIS. Sie hassen Ihren Vater!
CARLOS. Nein! Ach nein!
Ich hasse meinen Vater nicht – doch Schauer
Und Missetäters Bangigkeit ergreifen
Bei diesem fürchterlichen Namen mich.
Kann ich dafür, wenn eine knechtische
Erziehung schon in meinem jungen Herzen
Der Liebe zarten Keim zertrat? – Sechs Jahre
Hatt' ich gelebt, als mir zum ersten Mal
Der Fürchterliche, der, wie sie mir sagten,
Mein Vater war, vor Augen kam. Es war
An einem Morgen, wo er stehnden Fußes
Vier Bluturteile unterschrieb. Nach diesem
Sah ich ihn nur, wenn mir für ein Vergehn
Bestrafung angekündigt ward. – O Gott!
Hier fühl ich, dass ich bitter werde – Weg –
Weg, weg von dieser Stelle!
MARQUIS. Nein, Sie sollen,
Jetzt sollen Sie sich öffnen, Prinz. In Worten
Erleichtert sich der schwer beladne Busen.
CARLOS. Oft hab ich mit mir selbst gerungen, oft
Um Mitternacht, wenn meine Wachen schliefen,
Mit heißen Tränengüssen vor das Bild
Der Hochgebenedeiten mich geworfen,
Sie um ein kindlich Herz gefleht – doch ohne
Erhörung stand ich auf. Ach Roderich!
Enthülle du dies wunderbare Rätsel
Der Vorsicht mir – Warum von tausend Vätern
Just eben diesen Vater mir? Und ihm
Just diesen Sohn von tausend bessern Söhnen?

Zwei unverträglichere Gegenteile
Fand die Natur in ihrem Umkreis nicht.
Wie mochte sie die beiden letzten Enden
Des menschlichen Geschlechtes – mich und ihn –
Durch ein so heilig Band zusammenzwingen?
Furchtbares Los! Warum musst' es geschehn?
Warum zwei Menschen, die sich ewig meiden,
In einem Wunsche schrecklich sich begegnen?
Hier, Roderich, siehst du zwei feindliche
Gestirne, die im ganzen Lauf der Zeiten
Ein einzig Mal in scheitelrechter Bahn
Zerschmetternd sich berühren, dann auf immer
Und ewig auseinander fliehn.

MARQUIS. Mir ahndet
Ein unglücksvoller Augenblick.

CARLOS. Mir selbst.
Wie Furien des Abgrunds folgen mir
Die schauerlichsten Träume. Zweifelnd ringt
Mein guter Geist mit grässlichen Entwürfen;
Durch labyrinthische Sophismen kriecht
Mein unglücksel'ger Scharfsinn, bis er endlich
Vor eines Abgrunds gähem Rande stutzt –
O Roderich, wenn ich den Vater je
In ihm verlernte – Roderich – ich sehe,
Dein totenblasser Blick hat mich verstanden –
Wenn ich den Vater je in ihm verlernte,
Was würde mir der König sein?

MARQUIS *(nach einigem Stillschweigen)*. Darf ich
An meinen Carlos eine Bitte wagen?
Was Sie auch willens sind zu tun, versprechen Sie,
Nichts ohne Ihren Freund zu unternehmen.
Versprechen Sie mir dieses?

CARLOS. Alles, alles,
Was deine Liebe mir gebeut. Ich werfe
Mich ganz in deine Arme.

MARQUIS. Wie man sagt,
Will der Monarch zur Stadt zurückekehren.
Die Zeit ist kurz. Wenn Sie die Königin
Geheim zu sprechen wünschen, kann es nirgends
Als in Aranjuez geschehn. Die Stille
Des Orts – des Landes ungezwungne Sitte
Begünstigen –

CARLOS. Das war auch meine Hoffnung.

Doch ach, sie war vergebens!
MARQUIS. Nicht so ganz.
Ich gehe, mich sogleich ihr vorzustellen.
Ist sie in Spanien dieselbe noch,
Die sie vordem an Heinrichs Hof gewesen,
So find ich Offenherzigkeit. Kann ich
In ihren Blicken Carlos' Hoffnung lesen,
Find ich zu dieser Unterredung sie
Gestimmt – sind ihre Damen zu entfernen –
CARLOS. Die meisten sind mir zugetan. – Besonders
Die Mondekar hab ich durch ihren Sohn,
Der mir als Page dient, gewonnen. –
MARQUIS. Desto besser.
So sind Sie in der Nähe, Prinz, sogleich
Auf mein gegebnes Zeichen zu erscheinen.
CARLOS. Das will ich – will ich – also eile nur.
MARQUIS. Ich will nun keinen Augenblick verlieren.
Dort also, Prinz, auf Wiedersehn!
(Beide gehen ab zu verschiedenen Seiten.)

Die Hofhaltung der Königin in Aranjuez

Eine einfache ländliche Gegend, von einer Allee durchschnitten, vom Landhause der Königin begrenzt.

DRITTER AUFTRITT

Die Königin. Die Herzogin von Olivarez. Die Prinzessin von Eboli und die Marquisin von Mondekar, welche die Allee heraufkommen.

KÖNIGIN *(zur Marquisin).*
Sie will ich um mich haben, Mondekar.
Die muntern Augen der Prinzessin quälen
Mich schon den ganzen Morgen. Sehen Sie,
Kaum weiß sie ihre Freude zu verbergen,
Weil sie vom Lande Abschied nimmt.
EBOLI. Ich will es
Nicht leugnen, meine Königin, dass ich
Madrid mit großen Freuden wieder sehe.
MONDEKAR. Und Ihre Majestät nicht auch? Sie sollten
So ungern von Aranjuez sich trennen?

KÖNIGIN. Von – dieser schönen Gegend wenigstens.
Hier bin ich wie in meiner Welt. Dies Plätzchen
Hab ich mir längst zum Liebling auserlesen.
Hier grüßt mich meine ländliche Natur,
Die Busenfreundin meiner jungen Jahre.
Hier find ich meine Kinderspiele wieder,
Und meines Frankreichs Lüfte wehen hier.
Verargen Sie mir's nicht. Uns alle zieht
Das Herz zum Vaterland.
EBOLI. Wie einsam aber,
Wie tot und traurig ist es hier! Man glaubt
Sich in la Trappe.
KÖNIGIN. Das Gegenteil vielmehr.
Tot find ich es nur in Madrid. – Doch was
Spricht unsre Herzogin dazu?
OLIVAREZ. Ich bin
Der Meinung, Ihre Majestät, dass es
So Sitte war, den einen Monat hier,
Den andern in dem Pardo auszuhalten,
Den Winter in der Residenz, solange
Es Könige in Spanien gegeben.
KÖNIGIN. Ja, Herzogin, das wissen Sie, mit Ihnen
Hab ich auf immer mich des Streits begeben.
MONDEKAR. Und wie lebendig es mit nächstem in
Madrid sein wird! Zu einem Stiergefechte
Wird schon die Plaza Mayor zugerichtet,
Und ein Autodafé hat man uns auch
Versprochen –
KÖNIGIN. Uns versprochen! Hör ich das
Von meiner sanften Mondekar?
MONDEKAR. Warum nicht?
Es sind ja Ketzer, die man brennen sieht.
KÖNIGIN. Ich hoffe, meine Eboli denkt anders.
EBOLI. Ich? – Ihre Majestät, ich bitte sehr,
Für keine schlechtre Christin mich zu halten,
Als die Marquisin Mondekar.
KÖNIGIN. Ach! Ich
Vergesse, wo ich bin. – Zu etwas anderm. –
Vom Lande, glaub ich, sprachen wir. Der Monat
Ist, deucht mir, auch erstaunlich schnell vorüber.
Ich habe mir der Freude viel, sehr viel
Von diesem Aufenthalt versprochen, und
Ich habe nicht gefunden, was ich hoffte.

[redacted]

Geht es mit jeder Hoffnung so? Ich kann
Den Wunsch nicht finden, der mir fehlgeschlagen.

OLIVAREZ. Prinzessin Eboli, Sie haben uns
Noch nicht gesagt, ob Gomez hoffen darf?
Ob wir Sie bald als seine Braut begrüßen?

KÖNIGIN. Ja! Gut, dass Sie mich mahnen, Herzogin,
(Zur Prinzessin.)
Man bittet mich, bei Ihnen fürzusprechen;
Wie aber kann ich das? Der Mann, den ich
Mit meiner Eboli belohne, muss
Ein würd'ger Mann sein.

OLIVAREZ. Ihre Majestät,
Das ist er, ein sehr würd'ger Mann, ein Mann,
Den unser gnädigster Monarch bekanntlich
Mit ihrer königlichen Gunst beehren.

KÖNIGIN. Das wird den Mann sehr glücklich machen – Doch
Wir wollen wissen, ob er lieben kann
Und Liebe kann verdienen. – Eboli,
Das frag ich Sie.

EBOLI *(steht stumm und verwirrt, die Augen zur Erde geschlagen, endlich fällt sie der Königin zu Füßen).*
Großmüt'ge Königin,
Erbarmen Sie sich meiner. Lassen Sie –
Um Gottes willen, lassen Sie mich nicht –
Nicht aufgeopfert werden.

KÖNIGIN. Aufgeopfert?
Ich brauche nichts mehr. Stehn Sie auf. Es ist
Ein hartes Schicksal, aufgeopfert werden.
Ich glaube Ihnen. Stehn Sie auf. – Ist es
Schon lang, dass Sie den Grafen ausgeschlagen?

EBOLI *(aufstehend).* O viele Monate. Prinz Carlos war
Noch auf der hohen Schule.

KÖNIGIN *(stutzt und sieht sie mit forschenden Augen an).*
Haben Sie
Sich auch geprüft, aus welchen Gründen?

EBOLI *(mit einiger Heftigkeit).* Niemals
Kann es geschehen, meine Königin,
Aus tausend Gründen niemals.

KÖNIGIN *(sehr ernsthaft).* Mehr als einer ist
Zu viel. Sie können ihn nicht schätzen – das
Ist mir genug. Nichts mehr davon.
(Zu den andern Damen.)
Ich habe

Ja die Infantin heut noch nicht gesehen.
Marquisin, bringen Sie sie mir.

OLIVAREZ *(sieht auf die Uhr).* Es ist
Noch nicht die Stunde, Ihre Majestät.

KÖNIGIN. Noch nicht die Stunde, wo ich Mutter sein darf?
Das ist doch schlimm. Vergessen Sie es ja nicht,
Mich zu erinnern, wenn sie kommt.

(Ein Page tritt auf und spricht leise mit der Oberhofmeisterin, welche sich darauf zur Königin wendet.)

OLIVAREZ. Der Marquis
Von Posa, Ihre Majestät –

KÖNIGIN. Von Posa?

OLIVAREZ. Er kommt aus Frankreich und den Niederlanden
Und wünscht die Gnade zu erhalten, Briefe
Von der Regentin Mutter übergeben
Zu dürfen.

KÖNIGIN. Und das ist erlaubt?

OLIVAREZ *(bedenklich).* In meiner Vorschrift
Ist des besondern Falles nicht gedacht,
Wenn ein kastilian'scher Grande Briefe
Von einem fremden Hof der Königin
Von Spanien in ihrem Gartenwäldchen
Zu überreichen kommt.

KÖNIGIN. So will ich denn
Auf meine eigene Gefahr es wagen.

OLIVAREZ. Doch mir vergönne Ihre Majestät,
Mich so lang zu entfernen. –

KÖNIGIN. Halten Sie
Das, wie Sie wollen, Herzogin.

(Die Oberhofmeisterin geht ab, und die Königin gibt dem Pagen einen Wink, welcher sogleich hinausgeht.)

VIERTER AUFTRITT

Königin. Prinzessin von Eboli.
Marquisin von Mondekar und Marquis von Posa.

KÖNIGIN. Ich heiße Sie
Willkommen, Chevalier, auf span'schem Boden.

MARQUIS. Den ich noch nie mit so gerechtem Stolze
Mein Vaterland genannt, als jetzt –

KÖNIGIN *(zu den beiden Damen).* Der Marquis

Von Posa, der im Ritterspiel zu Reims
Mit meinem Vater eine Lanze brach
Und meine Farbe dreimal siegen machte –
Der Erste seiner Nation, der mich
Den Ruhm empfinden lehrte, Königin
Der Spanier zu sein.
(Zum Marquis sich wendend.)
Als wir im Louvre
Zum letzten Mal uns sahen, Chevalier,
Da träumt' es Ihnen wohl noch nicht, dass sie
Mein Gast sein würden in Kastilien.
MARQUIS. Nein, große Königin – denn damals träumte
Mir nicht, dass Frankreich noch das Einzige
An uns verlieren würde, was wir ihm
Beneidet hatten.
KÖNIGIN. Stolzer Spanier!
Das Einzige? – Und das zu einer Tochter
Vom Hause Valois?
MARQUIS. Jetzt darf ich es
Ja sagen, Ihre Majestät – denn jetzt
Sind Sie ja unser.
KÖNIGIN. Ihre Reise, hör ich,
Hat auch durch Frankreich Sie geführt. – Was bringen
Sie mir von meiner hochverehrten Mutter
Und meinen viel geliebten Brüdern?
MARQUIS *(überreicht ihr die Briefe).*
Die Königin Mutter fand ich krank, geschieden
Von jeder andern Freude dieser Welt,
Als ihre königliche Tochter glücklich
Zu wissen auf dem span'schen Thron.
KÖNIGIN. Muss sie
Es nicht sein bei dem teuern Angedenken
So zärtlicher Verwandten? bei der süßen
Erinnrung an – Sie haben viele Höfe
Besucht auf ihren Reisen, Chevalier,
Und viele Länder, vieler Menschen Sitte
Gesehn – und jetzt, sagt man, sind Sie gesonnen,
In Ihrem Vaterland sich selbst zu leben?
Ein größrer Fürst in Ihren stillen Mauern,
Als König Philipp auf dem Thron – ein Freier!
Ein Philosoph! – Ich zweifle sehr, ob Sie
Sich werden können in Madrid gefallen.
Man ist sehr – ruhig in Madrid.

MARQUIS. Und das
Ist mehr, als sich das ganze übrige
Europa zu erfreuen hat.
KÖNIGIN. So hör ich.
Ich habe alle Händel dieser Erde
Bis fast auf die Erinnerung verlernt.
(Zur Prinzessin von Eboli.)
Mir deucht, Prinzessin Eboli, ich sehe
Dort eine Hyazinthe blühen – Wollen
Sie mir sie bringen?
(Die Prinzessin geht nach dem Platze. Die Königin etwas leiser zum Marquis.)
Chevalier, ich müsste
Mich sehr betrügen, oder Ihre Ankunft
Hat einen frohen Menschen mehr gemacht
An diesem Hofe.
MARQUIS. Einen Traurigen
Hab ich gefunden – den auf dieser Welt
Nur etwas fröhlich –
(Die Prinzessin kommt mit der Blume zurück.)
EBOLI. Da der Chevalier
So viele Länder hat gesehen, wird
Er ohne Zweifel viel Merkwürdiges
Uns zu erzählen wissen.
MARQUIS. Allerdings.
Und Abenteuer suchen ist bekanntlich
Der Ritter Pflicht – die heiligste von allen,
Die Damen zu beschützen.
MONDEKAR. Gegen Riesen!
Jetzt gibt es keine Riesen mehr.
MARQUIS. Gewalt
Ist für den Schwachen jederzeit ein Riese.
KÖNIGIN. Der Chevalier hat Recht. Es gibt noch Riesen,
Doch keine Ritter gibt es mehr.
MARQUIS. Noch jüngst,
Auf meinem Rückweg von Neapel, war
Ich Zeuge einer rührenden Geschichte,
Die mir der Freundschaft heiliges Legat
Zu meiner eigenen gemacht. – Wenn ich
Nicht fürchten müsste, Ihre Majestät
Durch die Erzählung zu ermüden –
KÖNIGIN. Bleibt
Mir eine Wahl? Die Neugier der Prinzessin

Lässt sich nichts unterschlagen. Nur zur Sache.
Auch ich bin eine Freundin von Geschichten.
MARQUIS. Zwei edle Häuser in Mirandola,
Der Eifersucht, der langen Feindschaft müde,
Die von den Ghibellinen und den Guelfen
Jahrhunderte schon fortgeerbt, beschlossen,
Durch der Verwandtschaft zarte Bande sich
In einem ew'gen Frieden zu vereinen.
Des mächtigen Pietro Schwestersohn,
Fernando, und die göttliche Mathilde,
Colonnas Tochter, waren ausersehn,
Dies schöne Band der Einigkeit zu knüpfen.
Nie hat zwei schönre Herzen die Natur
Gebildet füreinander – nie die Welt,
Nie eine Wahl so glücklich noch gepriesen.
Noch hatte seine liebenswürd'ge Braut
Fernando nur im Bildnis angebetet –
Wie zitterte Fernando, wahr zu finden,
Was seine feurigsten Erwartungen
Dem Bilde nicht zu glauben sich getrauten!
In Padua, wo seine Studien
Ihn fesselten, erwartete Fernando
Des frohen Augenblickes nur, der ihm
Vergönnen sollte, zu Mathildens Füßen
Der Liebe erste Huldigung zu stammeln.
(Die Königin wird aufmerksamer. Der Marquis fährt nach einem kurzen Stillschweigen fort, die Erzählung, so weit es die Gegenwart der Königin erlaubt, mehr an die Prinzessin von Eboli gerichtet.)
Indessen macht der Gattin Tod die Hand
Pietros frei. – Mit jugendlicher Glut
Verschlingt der Greis die Stimmen des Gerüchtes,
Das in den Ruhm Mathildens sich ergoss.
Er kommt! Er sieht! – Er liebt! Die neue Regung
Erstickt die leisre Stimme der Natur,
Der Oheim wirbt um seines Neffen Braut
Und heiligt seinen Raub vor dem Altare.
KÖNIGIN. Und was beschließt Fernando?
MARQUIS. Auf der Liebe Flügeln,
Des fürchterlichen Wechsels unbewusst,
Eilt nach Mirandola der Trunkene.
Mit Sternenschein erreicht sein schnelles Ross
Die Tore – ein bacchantisches Getön

Von Reigen und von Pauken donnert ihm
Aus dem erleuchteten Palast entgegen.
Er bebt die Stufen scheu hinauf und sieht
Sich unerkannt im lauten Hochzeitsaale,
Wo in der Gäste taumelndem Gelag
Pietro saß – ein Engel ihm zur Seite,
Ein Engel, den Fernando kennt, der ihm
In Träumen selbst so glänzend nie erschienen.
Ein einz'ger Blick zeigt ihm, was er besessen,
Zeigt ihm, was er auf immerdar verloren.

EBOLI. Unglücklicher Fernando!

KÖNIGIN. Die Geschichte
Ist doch zu Ende, Chevalier? – Sie muss
Zu Ende sein.

MARQUIS. Noch nicht ganz.

KÖNIGIN. Sagten Sie
Uns nicht, Fernando sei Ihr Freund gewesen?

MARQUIS. Ich habe keinen teurern.

EBOLI. Fahren Sie
Doch fort in der Geschichte, Chevalier.

MARQUIS. Sie wird sehr traurig – und das Angedenken
Erneuert meinen Schmerz. Erlassen Sie
Mir den Beschluss –

(Ein allgemeines Stillschweigen.)

KÖNIGIN *(wendet sich zur Prinzessin von Eboli).*
Nun wird mir endlich doch
Vergönnt sein, meine Tochter zu umarmen. –
Prinzessin, bringen Sie sie mir.

(Diese entfernt sich. Der Marquis winkt einem Pagen, der sich im Hintergrunde zeigt und sogleich verschwindet. Die Königin erbricht die Briefe, die der Marquis ihr gegeben, und scheint überrascht zu werden. In dieser Zeit spricht der Marquis geheim und sehr angelegentlich mit der Marquisin von Mondekar. – Die Königin hat die Briefe gelesen und wendet sich mit einem ausforschenden Blicke zum Marquis.)

Sie haben
Uns von Mathilden nichts gesagt? Vielleicht
Weiß sie es nicht, wie viel Fernando leidet?

MARQUIS. Mathildens Herz hat niemand noch ergründet –
Doch große Seelen dulden still.

KÖNIGIN. Sie sehn sich um? Wen suchen Ihre Augen?

MARQUIS. Ich denke nach, wie glücklich ein gewisser,
Den ich nicht nennen darf, an meinem Platze

Sein müsste.
KÖNIGIN. Wessen Schuld ist es, dass er
Es nicht ist?
MARQUIS *(lebhaft einfallend).* Wie? darf ich mich unterstehen,
Dies zu erklären, wie ich will? – Er würde
Vergebung finden, wenn er jetzt erschiene?
KÖNIGIN *(erschrocken).*
Jetzt, Marquis? Jetzt? Was meinen Sie damit?
MARQUIS. Er dürfte hoffen – dürft' er?
KÖNIGIN *(mit wachsender Verwirrung).* Sie erschrecken mich,
Marquis – er wird doch nicht –
MARQUIS. Hier ist er schon.

FÜNFTER AUFTRITT

Die Königin. Carlos.

(Marquis von Posa und die Marquisin von Mondekar treten nach dem Hintergrunde zurück.)

CARLOS *(vor der Königin niedergeworfen).*
So ist er endlich da, der Augenblick,
Und Karl darf diese teure Hand berühren! –
KÖNIGIN. Was für ein Schritt – welch eine strafbare,
Tollkühne Überraschung! Stehn Sie auf!
Wir sind entdeckt. Mein Hof ist in der Nähe.
CARLOS. Ich steh nicht auf – hier will ich ewig knien,
Auf diesem Platz will ich verzaubert liegen,
In dieser Stellung angewurzelt –
KÖNIGIN. Rasender!
Zu welcher Kühnheit führt Sie meine Gnade?
Wie? Wissen Sie, dass es die Königin,
Dass es die Mutter ist, an die sich diese
Verwegne Sprache richtet? Wissen Sie,
Dass ich – ich selbst von diesem Überfalle
Dem Könige –
CARLOS. Und dass ich sterben muss!
Man reiße mich von hier aufs Blutgerüste!
Ein Augenblick, gelebt im Paradiese,
Wird nicht zu teuer mit dem Tod gebüßt.
KÖNIGIN. Und Ihre Königin?
CARLOS *(steht auf).* Gott, Gott! ich gehe –

Ich will Sie ja verlassen. – Muss ich nicht,
Wenn Sie es *also* fordern? Mutter! Mutter!
Wie schrecklich spielen Sie mit mir! Ein Wink,
Ein halber Blick, ein Laut aus Ihrem Munde
Gebietet mir, zu sein und zu vergehen.
Was wollen Sie, das noch geschehen soll?
Was unter dieser Sonne kann es geben,
Das ich nicht hinzuopfern eilen will,
Wenn Sie es wünschen?
KÖNIGIN. Fliehen Sie.
CARLOS. O Gott!
KÖNIGIN. Das einz'ge, Karl, warum ich Sie mit Tränen
Beschwöre – Fliehen Sie! – eh meine Damen –
Eh meine Kerkermeister Sie und mich
Beisammen finden und die große Zeitung
Vor Ihres Vaters Ohren bringen –
CARLOS. Ich erwarte
Mein Schicksal – es sei Leben oder Tod.
Wie? Hab ich darum meine Hoffnungen
Auf diesen einz'gen Augenblick verwiesen,
Der Sie mir endlich ohne Zeugen schenkt,
Dass falsche Schrecken mich am Ziele täuschten?
Nein, Königin! Die Welt kann hundertmal,
Kann tausendmal um ihre Pole treiben,
Eh diese Gunst der Zufall wiederholt.
KÖNIGIN. Auch soll er das in Ewigkeit nicht wieder.
Unglücklicher! Was wollen Sie von mir?
CARLOS. O Königin, dass ich gerungen habe,
Gerungen, wie kein Sterblicher noch rang,
Ist Gott mein Zeuge – Königin, umsonst!
Hin ist mein Heldenmut. Ich unterliege.
KÖNIGIN. Nichts mehr davon – um meiner Ruhe willen –
CARLOS. Sie waren mein – im Angesicht der Welt
Mir zugesprochen von zwei großen Thronen,
Mir zuerkannt von Himmel und Natur,
Und Philipp, Philipp hat mir Sie geraubt –
KÖNIGIN. Er ist Ihr Vater.
CARLOS. Ihr Gemahl.
KÖNIGIN. Der Ihnen
Das größte Reich der Welt zum Erbe gibt.
CARLOS. Und *Sie* zur Mutter –
KÖNIGIN. Großer Gott! Sie rasen –
CARLOS. Und weiß er auch, wie reich er ist? Hat er

Ein fühlend Herz, das Ihrige zu schätzen?
Ich will nicht klagen, nein, ich will vergessen,
Wie unaussprechlich glücklich i c h an Ihrer Hand
Geworden wäre – wenn nur e r es ist.
Er ist es nicht. – Das, das ist Höllenqual!
Er ist es nicht und wird es niemals werden.
Du nahmst mir meinen Himmel nur, um ihn
In König Philipps Armen zu vertilgen.
KÖNIGIN. Abscheulicher Gedanke!
CARLOS. O ich weiß,
Wer dieser Ehe Stifter war – ich weiß,
Wie Philipp lieben kann und wie er freite.
Wer sind Sie denn in diesem Reich? Lass hören.
Regentin etwa? Nimmermehr! Wie könnten,
Wo S i e Regentin sind, die Alba würgen?
Wie könnte Flandern für den Glauben bluten?
Wie, oder sind Sie Philipps Frau? Unmöglich!
Ich kann's nicht glauben. Eine Frau besitzt
Des Mannes Herz – und wem gehört das seine?
Und bittet er nicht jede Zärtlichkeit,
Die ihm vielleicht in Fieberglut entwischte,
Dem Zepter ab und seinen grauen Haaren?
KÖNIGIN. Wer sagte Ihnen, dass an Philipps Seite
Mein Los beweinenswürdig sei?
CARLOS. Mein Herz,
Das feurig fühlt, wie es an meiner Seite
Beneidenswürdig wäre.
KÖNIGIN. Eitler Mann!
Wenn m e i n Herz nun das Gegenteil mir sagte?
Wenn Philipps ehrerbiet'ge Zärtlichkeit
Und seiner Liebe stumme Mienensprache
Weit inniger, als seines stolzen Sohns
Verwegene Beredsamkeit, mich rührten?
Wenn eines Greises überlegte Achtung –
CARLOS. Das ist was andres – Dann – ja, dann Vergebung.
Das wusst' ich nicht, dass Sie den König lieben.
KÖNIGIN. Ihn ehren ist mein Wunsch und mein Vergnügen.
CARLOS. Sie haben nie geliebt?
KÖNIGIN Seltsame Frage!
CARLOS. Sie haben nie geliebt?
KÖNIGIN. – Ich liebe nicht mehr.
CARLOS. Weil es Ihr Herz, weil es Ihr Eid verbietet?
KÖNIGIN. Verlassen Sie mich, Prinz, und kommen Sie

Zu keiner solchen Unterredung wieder.
CARLOS. Weil es Ihr Eid, weil es Ihr Herz verbietet?
KÖNIGIN. Weil meine Pflicht – – Unglücklicher, wozu
Die traurige Zergliederung des Schicksals,
Dem Sie und ich gehorchen müssen?
CARLOS. Müssen?
Gehorchen müssen?
KÖNIGIN. Wie? Was wollen Sie
Mit diesem feierlichen Ton?
CARLOS. So viel,
Dass Carlos nicht gesonnen ist zu müssen,
Wo er zu wollen hat; dass Carlos nicht
Gesonnen ist, der Unglückseligste
In diesem Reich zu bleiben, wenn es ihm
Nichts als den Umsturz der Gesetze kostet,
Der Glücklichste zu sein.
KÖNIGIN. Versteh ich Sie?
Sie hoffen noch? Sie wagen es, zu hoffen,
Wo alles, alles schon verloren ist?
CARLOS. Ich gebe nichts verloren als die Toten.
KÖNIGIN. Auf mich, auf Ihre Mutter, hoffen Sie? –
(Sie sieht ihn lange und durchdringend an – dann mit Würde und Ernst.)
Warum nicht? Oh! Der neu erwählte König
Kann mehr als das – kann die Verordnungen
Des Abgeschiednen durch das Feu'r vertilgen,
Kann seine Bilder stürzen, kann sogar –
Wer hindert ihn? – die Mumie des Toten
Aus ihrer Ruhe zu Eskurial
Hervor ans Licht der Sonne reißen, seinen
Entweihten Staub in die vier Winde streun
Und dann zuletzt, um würdig zu vollenden –
CARLOS. Um Gottes willen, reden Sie nicht aus.
KÖNIGIN. Zuletzt noch mit der Mutter sich vermählen.
CARLOS. Verfluchter Sohn!
(Er steht einen Augenblick starr und sprachlos.)
Ja, es ist aus. Jetzt ist
Es aus. – Ich fühle klar und helle, was
Mir ewig, ewig dunkel bleiben sollte.
Sie sind für mich dahin – dahin – dahin –
Auf immerdar! – Jetzt ist der Wurf gefallen.
Sie sind für mich verloren. – Oh, in diesem
Gefühl liegt Hölle! Hölle liegt im andern,

Sie zu besitzen. – Weh! ich fass es nicht,
Und meine Nerven fangen an zu reißen.
KÖNIGIN. Beklagenswerter, teurer Karl! Ich fühle –
Ganz fühl ich sie, die namenlose Pein,
Die jetzt in Ihrem Busen tobt. Unendlich,
Wie Ihre Liebe, ist Ihr Schmerz. Unendlich,
Wie er, ist auch der Ruhm, ihn zu besiegen.
Erringen Sie ihn, junger Held. Der Preis
Ist dieses hohen, starken Kämpfers wert,
Des Jünglings wert, durch dessen Herz die Tugend
So vieler königlichen Ahnen rollt.
Ermannen Sie sich, edler Prinz. – Der Enkel
Des großen Karls fängt frisch zu ringen an,
Wo andrer Menschen Kinder mutlos enden.
CARLOS. Zu spät! O Gott! es ist zu spät!
KÖNIGIN. Ein Mann
Zu sein? O Karl! wie groß wird unsre Tugend,
Wenn unser Herz bei ihrer Übung bricht!
Hoch stellte Sie die Vorsicht – höher, Prinz,
Als Millionen Ihrer andern Brüder.
Parteilich gab sie ihrem Liebling, was
Sie andern nahm, und Millionen fragen:
Verdiente der im Mutterleibe schon,
Mehr als wir andern Sterblichen zu gelten?
Auf, retten Sie des Himmels Billigkeit!
Verdienen Sie, der Welt voranzugehn,
Und opfern Sie, was keiner opferte!
CARLOS. Das kann ich auch. – Sie zu erkämpfen, hab
Ich Riesenkraft, Sie zu verlieren, keine.
KÖNIGIN. Gestehen Sie es, Carlos – Trotz ist es
Und Bitterkeit und Stolz, was Ihre Wünsche
So wütend nach der Mutter zieht. Die Liebe,
Das Herz, das Sie verschwenderisch mir opfern,
Gehört den Reichen an, die Sie dereinst
Regieren sollen. Sehen Sie, Sie prassen
Von Ihres Mündels anvertrautem Gut.
Die Liebe ist Ihr großes Amt. Bis jetzt
Verirrte sie zur Mutter. – Bringen Sie,
O bringen Sie sie Ihren künft'gen Reichen
Und fühlen Sie, statt Dolchen des Gewissens,
Die Wollust, Gott zu sein. Elisabeth
War Ihre erste Liebe. Ihre zweite
Sei Spanien. Wie gerne, guter Karl,

Will ich der besseren Geliebten weichen!
CARLOS *(wirft sich, von Empfindungen überwältigt, zu ihren Füßen).*
Wie groß sind Sie, o Himmlische! – Ja, alles,
Was Sie verlangen, will ich tun! – Es sei!
(Er steht auf.)
Hier steh ich in der Allmacht Hand und schwöre –
Und schwöre Ihnen, schwöre ewiges –
O Himmel, nein! nur ewiges Verstummen,
Doch ewiges Vergessen nicht.
KÖNIGIN. Wie könnt ich
Von Carlos fordern, was ich selbst zu leisten
Nicht willens bin?
MARQUIS *(eilt aus der Allee).* Der König!
KÖNIGIN. Gott!
MARQUIS. Hinweg!
Hinweg aus dieser Gegend, Prinz!
KÖNIGIN. Sein Argwohn
Ist fürchterlich, erblickt er Sie –
CARLOS. Ich bleibe!
KÖNIGIN. Und wer wird dann das Opfer sein?
CARLOS *(zieht den Marquis am Arme).* Fort, fort!
Komm, Roderich! *(Er geht und kommt noch einmal zurück.)*
Was darf ich mit mir nehmen?
KÖNIGIN. Die Freundschaft Ihrer Mutter.
CARLOS. Freundschaft! Mutter!
KÖNIGIN. Und diese Tränen aus den Niederlanden.
(Sie gibt ihm einige Briefe. Karl und der Marquis gehen ab. Die Königin sieht sich unruhig nach ihren Damen um, welche sich nirgends erblicken lassen. Wie sie nach dem Hintergrunde zurückgehen will, erscheint der König.)

SECHSTER AUFTRITT

König. Königin. Herzog Alba. Graf Lerma. Domingo. Einige Damen und Granden, welche in der Entfernung zurückbleiben.

KÖNIG *(sieht mit Befremdung umher und schweigt eine Zeit lang).* Was seh ich! Sie hier! So allein, Madame?
Und auch nicht eine Dame zur Begleitung?
Das wundert mich – Wo blieben Ihre Frauen?

KÖNIGIN. Mein gnädigster Gemahl –
KÖNIG. Warum allein?
(Zum Gefolge.) Von diesem unverzeihlichen Versehn
Soll man die strengste Rechenschaft mir geben.
Wer hat das Hofamt bei der Königin?
Wen traf der Rang, sie heute zu bedienen?
KÖNIGIN. O zürnen Sie nicht, mein Gemahl – ich selbst,
Ich bin die Schuldige – auf mein Geheiß
Entfernte sich die Fürstin Eboli.
KÖNIG. Auf Ihr Geheiß?
KÖNIGIN. Die Kammerfrau zu rufen,
Weil ich nach der Infantin mich gesehnt.
KÖNIG. Und darum die Begleitung weggeschickt?
Doch dies entschuldigt nur die erste Dame.
Wo war die zwote?
MONDEKAR *(welche indessen zurückgekommen ist und sich unter die übrigen Damen gemischt hat, tritt hervor).*
Ihre Majestät,
Ich fühle, dass ich strafbar bin –
KÖNIG. Deswegen
Vergönn ich Ihnen zehen Jahre Zeit,
Fern von Madrid darüber nachzudenken.
(Die Marquisin tritt mit weinenden Augen zurück. Allgemeines Stillschweigen. Alle Umstehenden sehen bestürzt auf die Königin.)
KÖNIGIN. Marquisin, w e n beweinen Sie?
(zum König.) Hab ich
Gefehlt, mein gnädigster Gemahl, so sollte
Die Königskrone dieses Reichs, wornach
Ich selber nie gegriffen habe, mich
Zum mindesten vor dem Erröten schützen.
Gibt's ein Gesetz in diesem Königreich,
Das vor Gericht Monarchentöchter fordert?
Bloß Zwang bewacht die Frauen Spaniens?
Schützt sie ein Zeuge mehr als ihre Tugend?
Und jetzt Vergebung, mein Gemahl. – Ich bin
Es nicht gewohnt, die mir mit Freude dienten,
In Tränen zu entlassen. – Mondekar!
(Sie nimmt ihren Gürtel ab und überreicht ihn der Marquisin.)
Den König haben Sie erzürnt – nicht mich –
Drum nehmen Sie dies Denkmal meiner Gnade
Und dieser Stunde. – Meiden Sie das Reich –
Sie haben nur in Spanien gesündigt;
In meinem Frankreich wischt man solche Tränen

Mit Freuden ab. – O muss mich's ewig mahnen?
(Sie lehnt sich an die Oberhofmeisterin und bedeckt das Gesicht.)
In meinem Frankreich war's doch anders.
KÖNIG *(in einiger Bestürzung).* Konnte
Ein Vorwurf meiner Liebe Sie betrüben?
Ein Wort betrüben, das die zärtlichste
Bekümmernis auf meine Lippen legte?
(Er wendet sich gegen die Grandezza.)
Hier stehen die Vasallen meines Throns.
Sank je ein Schlaf auf meine Augenlider,
Ich hätte denn am Abend jedes Tags
Berechnet, wie die Herzen meiner Völker
In meinen fernsten Himmelsstrichen schlagen –
Und sollt ich ängstlicher für meinen Thron
Als für die Gattin meines Herzens beben? –
Für meine Völker kann mein Schwert mir haften
Und – Herzog Alba: dieses Auge nur
Für meines Weibes Liebe.
KÖNIGIN. Wenn ich Sie
Beleidigt habe, mein Gemahl –
KÖNIG. Ich heiße
Der reichste Mann in der getauften Welt;
Die Sonne geht in meinem Staat nicht unter –
Doch alles das besaß ein andrer schon,
Wird nach mir mancher andre noch besitzen.
D a s ist mein Eigen. Was der König hat,
Gehört dem Glück – Elisabeth dem Philipp.
Hier ist die Stelle, wo ich sterblich bin.
KÖNIGIN. Sie fürchten, Sire?
KÖNIG. Dies graue Haar doch nicht?
Wenn ich einmal zu fürchten angefangen,
Hab ich zu fürchten aufgehört. –
(Zu den Granden.)
Ich zähle
Die Großen meines Hofs – der Erste fehlt.
Wo ist Don Carlos, mein Infant?
(Niemand antwortet.)
Der Knabe
Don Karl fängt an mir fürchterlich zu werden.
Er meidet meine Gegenwart, seitdem
Er von Alkalas hoher Schule kam.
Sein Blut ist heiß, warum sein Blick so kalt?
So abgemessen festlich sein Betragen?

Seid wachsam. Ich empfehl es euch.
ALBA. Ich bin's.
Solang ein Herz an diesen Panzer schlägt,
Mag sich Don Philipp ruhig schlafen legen.
Wie Gottes Cherub vor dem Paradies,
Steht Herzog Alba vor dem Thron.
LERMA. Darf ich
Dem weisesten der Könige in Demut
Zu widersprechen wagen? – Allzu tief
Verehr ich meines Königs Majestät,
Als seinen Sohn so rasch und streng zu richten.
Ich fürchte viel von Carlos' heißem Blut,
Doch nichts von seinem Herzen.
KÖNIG. Graf von Lerma,
Ihr redet gut, den Vater zu bestechen;
Des Königs Stütze wird der Herzog sein –
Nichts mehr davon – *(Er wendet sich gegen sein Gefolge.)*
Jetzt eil ich nach Madrid.
Mich ruft mein königliches Amt. Die Pest
Der Ketzerei steckt meine Völker an,
Der Aufruhr wächst in meinen Niederlanden.
Es ist die höchste Zeit. Ein schauerndes
Exempel soll die Irrenden bekehren.
Den großen Eid, den alle Könige
Der Christenheit geloben, lös ich morgen.
Dies Blutgericht soll ohne Beispiel sein;
Mein ganzer Hof ist feierlich geladen.
(Er führt die Königin hinweg, die Übrigen folgen.)

SIEBENTER AUFTRITT

Don Carlos, mit Briefen in der Hand, Marquis von Posa kommen von der entgegengesetzten Seite.

CARLOS. Ich bin entschlossen. Flandern sei gerettet.
Sie will es – das ist mir genug.
MARQUIS. Auch ist
Kein Augenblick mehr zu verlieren. Herzog
Von Alba, sagt man, ist im Kabinett
Bereits zum Gouverneur ernannt.
CARLOS. Gleich morgen
Verlang ich Audienz bei meinem Vater.

Ich fordre dieses Amt für mich. Es ist
Die erste Bitte, die ich an ihn wage.
Er kann sie mir nicht weigern. Lange schon
Sieht er mich ungern in Madrid. Welch ein
Willkommner Vorwand, mich entfernt zu halten!
Und – soll ich dir's gestehen, Roderich? –
Ich hoffe mehr – Vielleicht gelingt es mir,
Von Angesicht zu Angesicht mit ihm
In seiner Gunst mich wiederherzustellen.
Er hat noch nie die Stimme der Natur
Gehört – lass mich versuchen, Roderich,
Was sie auf meinen Lippen wird vermögen.

MARQUIS. Jetzt endlich hör ich meinen Carlos wieder!
Jetzt sind Sie wieder ganz Sie selbst.

ACHTER AUFTRITT

Graf Lerma. Die Vorigen.

LERMA. Soeben
Hat der Monarch Aranjuez verlassen.
Ich habe den Befehl –

CARLOS. Schon gut, Graf Lerma.
Ich treffe mit dem König ein.

MARQUIS *(macht Miene, sich zu entfernen. Mit einigem Zeremoniell).* Sonst haben
Mir Eure Hoheit nichts mehr aufzutragen?

CARLOS. Nichts, Chevalier. Ich wünsche Ihnen Glück
Zu Ihrer Ankunft in Madrid. Sie werden
Noch mehreres von Flandern mir erzählen.
(Zu Lerma, welcher noch wartet.)
Ich folge gleich.
(Graf Lerma geht ab.)

NEUNTER AUFTRITT

Don Carlos. Der Marquis.

CARLOS. Ich habe dich verstanden.
Ich danke dir. Doch diesen Zwang entschuldigt
Nur eines Dritten Gegenwart. Sind wir

Nicht Brüder? – Dieses Possenspiel des Ranges
Sei künftighin aus unserm Bund verwiesen!
Berede dich, wir beide hätten uns
Auf einem Ball mit Masken eingefunden,
In Sklavenkleider du, und ich aus Laune
In einen Purpur eingemummt. Solange
Der Fasching währt, verehren wir die Lüge,
Der Rolle treu, mit lächerlichem Ernst,
Den süßen Rausch des Haufens nicht zu stören.
Doch durch die Larve winkt dein Karl dir zu,
Du drückst mir im Vorübergehn die Hände,
Und wir verstehen uns.

MARQUIS. Der Traum ist göttlich.
Doch wird er nie verfliegen? Ist mein Karl
Auch seiner so gewiss, den Reizungen
Der unumschränkten Majestät zu trotzen?
Noch ist ein großer Tag zurücke – ein Tag,
Wo dieser Heldensinn – ich will Sie mahnen –
In einer schweren Probe sinken wird.
Don Philipp stirbt. Karl erbt das größte Reich
Der Christenheit. – Ein ungeheurer Spalt
Reißt vom Geschlecht der Sterblichen ihn los,
Und Gott ist heut, wer gestern Mensch noch war.
Jetzt hat er keine Schwächen mehr. Die Pflichten
Der Ewigkeit verstummen ihm. Die Menschheit
– Noch heut ein großes Wort in seinem Ohr –
Verkauft sich selbst und kriecht um ihren Götzen.
Sein Mitgefühl löscht mit dem Leiden aus,
In Wollüsten ermattet seine Tugend,
Für seine Torheit schickt ihm Peru Gold,
Für seine Laster zieht sein Hof ihm Teufel.
Er schläft berauscht in diesem Himmel ein,
Den seine Sklaven listig um ihn schufen.
Lang, wie sein Traum, währt seine Gottheit. – Wehe
Dem Rasenden, der ihn mitleidig weckte.
Was aber würde Roderich? – Die Freundschaft
Ist wahr und kühn – die kranke Majestät
Hält ihren fürchterlichen Strahl nicht aus.
Den Trotz des Bürgers würden Sie nicht dulden,
Ich nicht den Stolz des Fürsten.

CARLOS. Wahr und schrecklich
Ist dein Gemälde von Monarchen. Ja,
Ich glaube dir. – Doch nur die Wollust schloss

Dem Laster ihre Herzen auf. Ich bin
Noch rein, ein dreiundzwanzigjähr'ger Jüngling.
Was vor mir Tausende gewissenlos
In schwelgenden Umarmungen verprassten,
Des Geistes beste Hälfte, Männerkraft,
Hab ich dem künft'gen Herrscher aufgehoben.
Was könnte dich aus meinem Herzen drängen,
Wenn es nicht Weiber tun?

MARQUIS. Ich selbst. Könnt ich
So innig Sie noch lieben, Karl, wenn ich
Sie fürchten müsste?

CARLOS. Das wird nie geschehen.
Bedarfst du meiner? Hast du Leidenschaften,
Die von dem Throne betteln? Reizt dich Gold?
Du bist ein reichrer Untertan, als ich
Ein König je sein werde. – Geizest du
Nach Ehre? Schon als Jüngling hattest du
Ihr Maß erschöpft – du hast sie ausgeschlagen.
Wer von uns wird der Gläubiger des andern,
Und wer der Schuldner sein? – du schweigst? Du zitterst
Vor der Versuchung? Nicht gewisser bist
Du deiner selbst?

MARQUIS. Wohlan. Ich weiche.
Hier meine Hand.

CARLOS. Der Meinige?

MARQUIS. Auf ewig
Und in des Worts verwegenster Bedeutung.

CARLOS. So treu und warm, wie heute dem Infanten,
Auch dermaleinst dem König zugetan?

MARQUIS. Das schwör ich Ihnen.

CARLOS. Dann auch, wenn der Wurm
Der Schmeichelei mein unbewachtes Herz
Umklammerte – wenn dieses Auge Tränen
Verlernte, die es sonst geweint – dies Ohr
Dem Flehen sich verriegelte, willst du,
Ein schreckenloser Hüter meiner Tugend,
Mich kräftig fassen, meinen Genius
Bei seinem großen Namen rufen?

MARQUIS. Ja.

CARLOS. Und jetzt noch eine Bitte! Nenn mich du!
Ich habe deinesgleichen stets beneidet
Um dieses Vorrecht der Vertraulichkeit.
Dies brüderliche du betrügt mein Ohr,

Mein Herz mit süßen Ahndungen von Gleichheit.
– Keinen Einwurf – Was du sagen willst, errat ich.
Dir ist es Kleinigkeit, ich weiß – doch mir,
Dem Königssohne, ist es viel. Willst du
Mein Bruder sein?

MARQUIS. Dein Bruder!

CARLOS. Jetzt zum König.
Ich fürchte nichts mehr – Arm in Arm mit dir,
So fordr' ich mein Jahrhundert in die Schranken.

(Sie gehen ab.)

ZWEITER AKT

Im königlichen Palast zu Madrid

ERSTER AUFTRITT

König Philipp unter einem Thronhimmel.
Herzog von Alba in einiger Entfernung von dem König, mit bedecktem Haupt. Carlos.

CARLOS. Den Vortritt hat das Königreich. Sehr gerne
Steht Carlos dem Minister nach. Er spricht
Für Spanien – ich bin der Sohn des Hauses.
(Er tritt mit einer Verbeugung zurück.)
PHILIPP. Der Herzog bleibt, und der Infant mag reden.
CARLOS *(sich gegen Alba wendend).*
So muss ich denn von Ihrer Großmut, Herzog,
Den König mir als ein Geschenk erbitten.
Ein Kind – Sie wissen ja – kann mancherlei
An seinen Vater auf dem Herzen tragen,
Das nicht für einen Dritten taugt. Der König
Soll Ihnen unbenommen sein – ich will
Den Vater nur für diese kurze Stunde.
PHILIPP. Hier steht sein Freund.
CARLOS. Hab ich es auch verdient,
Den meinigen im Herzog zu vermuten?
PHILIPP. Auch je verdienen mögen? – Mir gefallen
Die Söhne nicht, die bessre Wahlen treffen
Als ihre Väter.
CARLOS. Kann der Ritterstolz
Des Herzogs Alba diesen Auftritt hören?
So wahr ich lebe, den Zudringlichen,
Der zwischen Sohn und Vater unberufen
Sich einzudrängen nicht errötet, der
In seines Nichts durchbohrendem Gefühle
So dazustehen sich verdammt, möcht ich
Bei Gott – und gält's ein Diadem – nicht spielen.
PHILIPP *(verlässt seinen Sitz mit einem zornigen Blick auf den Prinzen).*
Entfernt Euch, Herzog!
(Dieser geht nach der Haupttüre, durch welche Carlos gekommen war; der König winkt ihm nach einer andern.)
Nein, ins Kabinett,
Bis ich Euch rufe.

ZWEITER AUFTRITT

König Philipp. Don Carlos.

CARLOS *(geht, sobald der Herzog das Zimmer verlassen hat, auf den König zu und fällt vor ihm nieder, im Ausdruck der höchsten Empfindung).*
Jetzt mein Vater wieder,
Jetzt wieder mein, und meinen besten Dank
Für diese Gnade. – Ihre Hand, mein Vater. –
O süßer Tag! – Die Wonne dieses Kusses
War Ihrem Kinde lange nicht gegönnt.
Warum von Ihrem Herzen mich so lange
Verstoßen, Vater? Was hab ich getan?

PHILIPP. Infant, dein Herz weiß nichts von diesen Künsten.
Erspare sie, ich mag sie nicht.

CARLOS *(aufstehend).* Das war es!
Da hör ich Ihre Höflinge. – Mein Vater!
Es ist nicht gut, bei Gott! nicht alles gut,
Nicht alles, was ein Priester sagt, nicht alles,
Was eines Priesters Kreaturen sagen.
Ich bin nicht schlimm, mein Vater – heißes Blut
Ist meine Bosheit, mein Verbrechen Jugend.
Schlimm bin ich nicht, schlimm wahrlich nicht – wenn auch
Oft wilde Wallungen mein Herz verklagen,
Mein Herz ist gut –

PHILIPP. Dein Herz ist rein, ich weiß es,
Wie dein Gebet.

CARLOS. Jetzt oder nie! – Wir sind allein.
Der Etikette bange Scheidewand
Ist zwischen Sohn und Vater eingesunken.
Jetzt oder nie! Ein Sonnenstrahl der Hoffnung
Glänzt in mir auf, und eine süße Ahndung
Fliegt durch mein Herz – Der ganze Himmel beugt
Mit Scharen froher Engel sich herunter,
Voll Rührung sieht der Dreimalheilige
Dem großen schönen Auftritt zu! – Mein Vater!
Versöhnung!
(Er fällt ihm zu Füßen.)

PHILIPP. Lass mich und steh auf!

CARLOS. Versöhnung!

PHILIPP *(will sich von ihm losreißen).*
Zu kühn wird mir dies Gaukelspiel –

CARLOS. Zu kühn
Die Liebe deines Kindes?
PHILIPP. Vollends Tränen?
Unwürd'ger Anblick! – Geh aus meinen Augen.
CARLOS. Jetzt oder nie! – Versöhnung, Vater!
PHILIPP. Weg
Aus meinen Augen! Komm mit Schmach bedeckt
Aus meinen Schlachten, meine Arme sollen
Geöffnet sein, dich zu empfangen – So
Verwerf ich dich! – Die feige Schuld allein
Wird sich in solchen Quellen schimpflich waschen.
Wer zu bereuen nicht errötet, wird
Sich Reue nie ersparen.
CARLOS. Wer ist das?
Durch welchen Missverstand hat dieser Fremdling
Zu Menschen sich verirrt? – Die ewige
Beglaubigung der Menschheit sind ja Tränen;
Sein Aug ist trocken, ihn gebar kein Weib –
O zwingen Sie die nie benetzten Augen,
Noch zeitig Tränen einzulernen, sonst –
Sonst möchten Sie's in einer harten Stunde
Noch nachzuholen haben.
PHILIPP. Denkst du den schweren Zweifel deines Vaters
Mit schönen Worten zu erschüttern?
CARLOS. Zweifel?
Ich will ihn tilgen, diesen Zweifel – will
Mich hängen an das Vaterherz, will reißen,
Will mächtig reißen an dem Vaterherzen,
Bis dieses Zweifels felsenfeste Rinde
Von diesem Herzen niederfällt. – Wer sind sie,
Die mich aus meines Königs Gunst vertrieben?
Was bot der Mönch dem Vater für den Sohn?
Was wird ihm Alba für ein kinderlos
Verscherztes Leben zur Vergütung geben?
Sie wollen Liebe? – Hier in diesem Busen
Springt eine Quelle, frischer, feuriger,
Als in den trüben, sumpfigen Behältern,
Die Philipps Gold erst öffnen muss.
PHILIPP. Vermessner,
Halt ein! – Die Männer, die du wagst zu schmähn,
Sind die geprüften Diener meiner Wahl,
Und du wirst sie verehren.
CARLOS. Nimmermehr.

Ich fühle mich. Was Ihre Alba leisten,
Das kann auch Karl, und Karl kann mehr. Was fragt
Ein Mietling nach dem Königreich, das nie
Sein Eigen sein wird? – Was bekümmert's den,
Wenn Philipps graue Haare weiß sich färben?
Ihr Carlos hätte Sie geliebt. – Mir graut
Vor dem Gedanken, einsam und allein,
Auf einem Thron allein zu sein. –

PHILIPP *(von diesem Worte ergriffen, steht nachdenkend und in sich gekehrt. Nach einer Pause).* Ich bin allein.

CARLOS *(mit Lebhaftigkeit und Wärme auf ihn zugehend).*
Sie sind's gewesen. Hassen Sie mich nicht mehr,
Ich will Sie kindlich, will Sie feurig lieben,
Nur hassen Sie mich nicht mehr. – Wie entzückend
Und süß ist es, in einer schönen Seele
Verherrlicht uns zu fühlen, es zu wissen,
Dass unsre Freude fremde Wangen rötet,
Dass unsre Angst in fremden Busen zittert,
Dass unsre Leiden fremde Augen wässern! –
Wie schön ist es und herrlich, Hand in Hand
Mit einem teuern, viel geliebten Sohn
Der Jugend Rosenbahn zurückzueilen,
Des Lebens Traum noch einmal durchzuträumen!
Wie groß und süß, in seines Kindes Tugend
Unsterblich, unvergänglich fortzudauern,
Wohltätig für Jahrhunderte! – Wie schön,
Zu pflanzen, was ein lieber Sohn einst erntet,
Zu sammeln, was ihm wuchern wird, zu ahnden,
Wie hoch sein Dank einst flammen wird! – Mein Vater,
Von diesem Erdenparadiese schwiegen
Sehr weislich Ihre Mönche.

PHILIPP *(nicht ohne Rührung).* O mein Sohn,
Mein Sohn! du brichst dir selbst den Stab. Sehr reizend
Malst du ein Glück, das – du mir nie gewährtest.

CARLOS. Das richte der Allwissende! – Sie selbst,
Sie schlossen mich, wie aus dem Vaterherzen,
Von Ihres Zepters Anteil aus. Bis jetzt,
Bis diesen Tag – o war das gut, war's billig? –
Bis jetzt musst' ich, der Erbprinz Spaniens,
In Spanien ein Fremdling sein, Gefangner
Auf diesem Grund, wo ich einst Herr sein werde.
War das gerecht, war's gütig? – O wie oft,
Wie oft, mein Vater, sah ich schamrot nieder,

Wenn die Gesandten fremder Potentaten,
Wenn Zeitungsblätter mir das Neueste
Vom Hofe zu Aranjuez erzählten!

PHILIPP. Zu heftig braust das Blut in deinen Adern.
Du würdest nur zerstören.

CARLOS. Geben Sie
Mir zu zerstören, Vater! – Heftig braust's
In meinen Adern – Dreiundzwanzig Jahre,
Und nichts für die Unsterblichkeit getan!
Ich bin erwacht, ich fühle mich. – Mein Ruf
Zum Königsthron pocht wie ein Gläubiger
Aus meinem Schlummer mich empor, und alle
Verlorne Stunden meiner Jugend mahnen
Mich laut wie Ehrenschulden. Er ist da,
Der große schöne Augenblick, der endlich
Des hohen Pfundes Zinsen von mir fordert:
Mich ruft die Weltgeschichte, Ahnenruhm
Und des Gerüchtes donnernde Posaune.
Nun ist die Zeit gekommen, mir des Ruhmes
Glorreiche Schranken aufzutun. – Mein König,
Darf ich die Bitte auszusprechen wagen,
Die mich hierher geführt?

PHILIPP. Noch eine Bitte?
Entdecke sie.

CARLOS. Der Aufruhr in Brabant
Wächst drohend an. Der Starrsinn der Rebellen
Heischt starke, kluge Gegenwehr. Die Wut
Der Schwärmer zu bezähmen, soll der Herzog
Ein Heer nach Flandern führen, von dem König
Mit souveräner Vollmacht ausgestattet.
Wie ehrenvoll ist dieses Amt, wie ganz
Dazu geeignet, Ihren Sohn im Tempel
Des Ruhmes einzuführen! – Mir, mein König,
Mir übergeben Sie das Heer. Mich lieben
Die Niederländer; ich erkühne mich,
Mein Blut für ihre Treue zu verbürgen.

PHILIPP. Du redest wie ein Träumender. Dies Amt
Will einen Mann und keinen Jüngling –

CARLOS. Will
Nur einen Menschen, Vater, und das ist
Das Einzige, was Alba nie gewesen.

PHILIPP. Und Schrecken bändigt die Empörung nur.
Erbarmung hieße Wahnsinn. – Deine Seele

Ist weich, mein Sohn, der Herzog wird gefürchtet –
Steh ab von deiner Bitte.

CARLOS. Schicken Sie
Mich mit dem Heer nach Flandern, wagen Sie's
Auf meine weiche Seele. Schon der Name
Des königlichen Sohnes, der voraus
Vor meinen Fahnen fliegen wird, erobert,
Wo Herzog Albas Henker nur verheeren.
Auf meinen Knieen bitt ich drum. Es ist
Die erste Bitte meines Lebens – Vater,
Vertrauen Sie mir Flandern –

PHILIPP *(den Infanten mit einem durchdringenden Blicke betrachtend).* Und zugleich
Mein bestes Kriegsheer deiner Herrschbegierde?
Das Messer meinem Mörder?

CARLOS. O mein Gott!
Bin ich nicht weiter, und ist das die Frucht
Von dieser längst erbetnen großen Stunde?
(Nach einigem Nachdenken, mit gemildertem Ernst.)
Antworten Sie mir sanfter! Schicken Sie
Mich s o nicht weg! Mit dieser übeln Antwort
Möcht ich nicht gern entlassen sein, nicht gern
Entlassen sein mit diesem schweren Herzen.
Behandeln Sie mich gnädiger. Es ist
Mein dringendes Bedürfnis, ist mein letzter,
Verzweifelter Versuch – ich kann's nicht fassen,
Nicht standhaft tragen wie ein Mann, dass Sie
Mir alles, alles, alles so verweigern. –
Jetzt lassen Sie mich von sich. Unerhört,
Von tausend süßen Ahndungen betrogen,
Geh ich aus Ihrem Angesicht. – Ihr Alba
Und Ihr Domingo werden siegreich thronen,
Wo jetzt Ihr Kind im Staub geweint. Die Schar
Der Höflinge, die bebende Grandezza,
Der Mönche sünderbleiche Zunft war Zeuge,
Als Sie mir feierlich Gehör geschenkt.
Beschämen Sie mich nicht! So tödlich, Vater,
Verwunden Sie mich nicht, dem frechen Hohn
Des Hofgesindes schimpflich mich zu opfern,
Dass Fremdlinge von Ihrer Gnade schwelgen,
Ihr Carlos nichts erbitten kann. Zum Pfande,
Dass Sie mich ehren wollen, schicken Sie
Mich mit dem Heer nach Flandern!

PHILIPP. Wiederhole
Dies Wort nicht mehr, bei deines Königs Zorn!
CARLOS. Ich wage meines Königs Zorn und bitte
Zum letzten Mal. – Vertrauen Sie mir Flandern.
Ich soll und muss aus Spanien. Mein Hiersein
Ist Atemholen unter Henkershand –
Schwer liegt der Himmel zu Madrid auf mir,
Wie das Bewusstsein eines Mords. Nur schnelle
Veränderung des Himmels kann mich heilen.
Wenn Sie mich retten wollen – schicken Sie
Mich ungesäumt nach Flandern.
PHILIPP *(mit erzwungener Gelassenheit).* Solche Kranke
Wie du, mein Sohn, verlangen gute Pflege
Und wohnen unterm Aug des Arztes. Du bleibst
In Spanien; der Herzog geht nach Flandern.
CARLOS *(außer sich).* O jetzt umringt mich, gute Geister –
PHILIPP *(der einen Schritt zurücktritt).* Halt!
Was wollen diese Mienen sagen?
CARLOS *(mit schwankender Stimme).* Vater,
Unwiderruflich bleibt's bei der Entscheidung?
PHILIPP. Sie kam vom König.
CARLOS. Mein Geschäft ist aus.
(Geht ab in heftiger Bewegung.)

DRITTER AUFTRITT

Philipp bleibt eine Zeit lang in düstres Nachdenken versunken stehen – endlich geht er einige Schritte im Saale auf und nieder. Alba nähert sich verlegen.

PHILIPP. Seid jede Stunde des Befehls gewärtig,
Nach Brüssel abzugehen.
ALBA. Alles steht
Bereit, mein König.
PHILIPP. Eure Vollmacht liegt
Versiegelt schon im Kabinett. Indessen
Nehmt Euren Urlaub von der Königin
Und zeiget Euch zum Abschied dem Infanten.
ALBA. Mit den Gebärden eines Wütenden
Sah ich ihn eben diesen Saal verlassen.
Auch Eure königliche Majestät
Sind außer sich und scheinen tief bewegt –

Vielleicht der Inhalt des Gesprächs?
PHILIPP *(nach einigem Auf- und Niedergehen).* Der Inhalt
War Herzog Alba.
(Der König bleibt mit dem Aug auf ihm haften, finster.)
– Gerne mag ich hören,
Dass Carlos meine Räte hasst; doch mit
Verdruss entdeck ich, dass er sie verachtet.
ALBA *(entfärbt sich und will auffahren).*
PHILIPP. Jetzt keine Antwort. Ich erlaube Euch,
Den Prinzen zu versöhnen.
ALBA. Sire!
PHILIPP. Sagt an,
Wer war es doch, der mich zum ersten Mal
Vor meines Sohnes schwarzem Anschlag warnte?
Da hört' ich Euch und nicht auch ihn. Ich will
Die Probe wagen, Herzog. Künftighin
Steht Carlos meinem Throne näher. Geht.
(Der König begibt sich in das Kabinett. Der Herzog entfernt sich durch eine andere Türe.)

VIERTER AUFTRITT

Ein Vorsaal vor dem Zimmer der Königin

Don Carlos kommt im Gespräche mit einem Pagen durch die Mitteltüre. Die Hofleute, welche sich im Vorsaal befinden, zerstreuen sich bei seiner Ankunft in den angrenzenden Zimmern.

CARLOS. Ein Brief an mich? – Wozu denn dieser Schlüssel?
Und beides mir so heimlich überliefert?
Komm näher. – Wo empfingst du das?
PAGE *(geheimnisvoll).* Wie mich
Die Dame merken lassen, will sie lieber
Erraten, als beschrieben sein –
CARLOS *(zurückfahrend).* Die Dame?
(Indem er den Pagen genauer betrachtet.)
Was? – Wie? – Wer bist du denn?
PAGE. Ein Edelknabe
Von Ihrer Majestät der Königin –
CARLOS *(erschrocken auf ihn zugehend und ihm die Hand auf den Mund drückend).*
Du bist des Todes. Halt! Ich weiß genug.

(Er reißt hastig das Siegel auf und tritt an das äußerste Ende des Saals, den Brief zu lesen. Unterdessen kommt der Herzog von Alba und geht, ohne von dem Prinzen bemerkt zu werden, an ihm vorbei in der Königin Zimmer. Carlos fängt an, heftig zu zittern und wechselsweise zu erblassen und zu erröten. Nachdem er gelesen hat, steht er lange sprachlos, die Augen starr auf den Brief geheftet. – Endlich wendet er sich zu dem Pagen.)

Sie gab dir selbst den Brief?

PAGE. Mit eignen Händen.

CARLOS. Sie gab dir selbst den Brief? – O spotte nicht!
Noch hab ich nichts von ihrer Hand gelesen,
Ich muss dir glauben, wenn du schwören kannst.
Wenn's Lüge war, gesteh mir's offenherzig
Und treibe keinen Spott mit mir.

PAGE. Mit wem?

CARLOS *(sieht wieder in den Brief und betrachtet den Pagen mit zweifelhafter, forschender Miene. Nachdem er einen Gang durch den Saal gemacht hat).*
Du hast noch Eltern? Ja? Dein Vater dient
Dem Könige und ist ein Kind des Landes?

PAGE. Er fiel bei St. Quentin, ein Oberster
Der Reiterei des Herzogs von Savoyen,
Und hieß Alonzo Graf von Henarez.

CARLOS *(indem er ihn bei der Hand nimmt und die Augen bedeutend auf ihn heftet).*
Den Brief gab dir der König?

PAGE *(empfindlich).* Gnäd'ger Prinz,
Verdien ich diesen Argwohn?

CARLOS *(liest den Brief).* „Dieser Schlüssel öffnet
Die hintern Zimmer im Pavillon
Der Königin. Das äußerste von allen
Stößt seitwärts an ein Kabinett, wohin
Noch keines Horchers Fußtritt sich verloren.
Hier darf die Liebe frei und laut gestehn,
Was sie so lange Winken nur vertraute.
Erhörung wartet auf den Furchtsamen
Und schöner Lohn auf den bescheidnen Dulder."
(Wie aus einer Betäubung erwachend.)
Ich träume nicht – ich rase nicht – das ist
Mein rechter Arm – das ist mein Schwert – das sind
Geschriebne Silben. Es ist wahr und wirklich,
Ich bin geliebt – ich bin es – ja, ich bin,
Ich bin geliebt!

(Außer Fassung durchs Zimmer stürzend und die Arme zum Himmel emporgeworfen.)

PAGE. So kommen Sie, mein Prinz, ich führe Sie.

CARLOS. Erst lass mich zu mir selber kommen. – Zittern
Nicht alle Schrecken dieses Glücks noch in mir?
Hab ich so stolz gehofft? Hab ich das je
Zu träumen mir getraut? Wo ist der Mensch,
Der sich so schnell gewöhnte, Gott zu sein? –
Wer war ich, und wer bin ich nun? Das ist
Ein andrer Himmel, eine andre Sonne,
Als vorhin da gewesen war – Sie liebt mich!

PAGE *(will ihn fortführen).*
Prinz, Prinz, hier ist der Ort nicht – Sie vergessen –

CARLOS *(von einer plötzlichen Erstarrung ergriffen).*
Den König, meinen Vater!

(Er lässt die Arme sinken, blickt scheu umher und fängt an sich zu sammeln.)

Das ist schrecklich –
Ja, ganz recht, Freund. Ich danke dir, ich war
Soeben nicht ganz bei mir. – Dass ich das
Verschweigen soll, der Seligkeit so viel
In diese Brust vermauern soll, ist schrecklich.

(Den Pagen bei der Hand fassend und beiseite führend.)

Was du gesehn – hörst du? – und nicht gesehen,
Sei wie ein Sarg in deiner Brust versunken.
Jetzt geh. Ich will mich finden. Geh. Man darf
Uns hier nicht treffen. Geh –

PAGE *(will fort).*

CARLOS. Doch halt! doch höre! –

(Der Page kommt zurück. Carlos legt ihm eine Hand auf die Schulter und sieht ihm ernst und feierlich ins Gesicht.)

Du nimmst ein schreckliches Geheimnis mit,
Das, jenen starken Giften gleich, die Schale,
Worin es aufgefangen wird, zersprengt. –
Beherrsche deine Mienen gut. Dein Kopf
Erfahre niemals, was dein Busen hütet.
Sei wie das tote Sprachrohr, das den Schall
Empfängt und wiedergibt und selbst nicht höret.
Du bist ein Knabe – sei es immerhin
Und fahre fort, den Fröhlichen zu spielen –
Wie gut verstand's die kluge Schreiberin,
Der Liebe einen Boten auszulesen!
Hier sucht der König seine Nattern nicht.

PAGE. Und ich, mein Prinz, ich werde stolz drauf sein,
Um ein Geheimnis reicher mich zu wissen
Als selbst der König –
CARLOS. Eitler junger Tor,
Das ist's, wovor du zittern musst. – Geschieht's,
Dass wir uns öffentlich begegnen, schüchtern,
Mit Unterwerfung nahst du mir. Lass nie
Die Eitelkeit zu Winken dich verführen,
Wie gnädig der Infant dir sei. Du kannst
Nicht schwerer sündigen, mein Sohn, als wenn
Du mir gefällst – Was du mir künftig magst
Zu hinterbringen haben, sprich es nie
Mit Silben aus, vertrau es nie den Lippen;
Den allgemeinen Fahrweg der Gedanken
Betrete deine Zeitung nicht. Du sprichst
Mit deinen Wimpern, deinem Zeigefinger;
Ich höre dir mit Blicken zu. Die Luft,
Das Licht um uns ist Philipps Kreatur,
Die tauben Wände stehn in seinem Solde –
Man kommt –
(Das Zimmer der Königin öffnet sich, und der Herzog von Alba tritt heraus.)
Hinweg! Auf Wiedersehen!
PAGE. Prinz,
Dass Sie das rechte Zimmer nur nicht fehlen! *(Ab.)*
CARLOS. Es ist der Herzog – Nein doch, nein! Schon gut!
Ich finde mich.

FÜNFTER AUFTRITT

Don Carlos. Herzog von Alba.

ALBA *(ihm in den Weg tretend).* Zwei Worte, gnäd'ger Prinz.
CARLOS. Ganz recht – schon gut – ein ander Mal.
(Er will gehen.)
ALBA. Der Ort
Scheint freilich nicht der schicklichste. Vielleicht
Gefällt es Eurer königlichen Hoheit,
Auf Ihrem Zimmer mir Gehör zu geben?
CARLOS. Wozu? Das kann hier auch geschehn. – Nur schnell,
Nur kurz –
ALBA. Was eigentlich hierher mich führt,

Ist, Eurer Hoheit untertän'gen Dank
Für das Bewusste abzutragen –
CARLOS. Dank?
Mir Dank? Wofür? – Und Dank von Herzog Alba?
ALBA. Denn kaum, dass Sie das Zimmer des Monarchen
Verlassen hatten, ward mir angekündigt,
Nach Brüssel abzugehen.
CARLOS. Brüssel! So!
ALBA. Wem sonst, mein Prinz, als Ihrer gnädigen
Verwendung bei des Königs Majestät
Kann ich es zuzuschreiben haben? –
CARLOS. Mir?
Mir ganz und gar nicht – mir wahrhaftig nicht.
Sie reisen – reisen Sie mit Gott!
ALBA. Sonst nichts?
Das nimmt mich wunder. – Eure Hoheit hätten
Mir weiter nichts nach Flandern aufzutragen?
CARLOS. Was sonst? was dort?
ALBA. Doch schien es noch vor kurzem,
Als forderte das Schicksal dieser Länder
Don Carlos' eigne Gegenwart.
CARLOS. Wieso?
Doch ja – ja recht – das war vorhin – das ist
Auch so ganz gut, recht gut, umso viel besser –
ALBA. Ich höre mit Verwunderung –
CARLOS *(nicht mit Ironie)*. Sie sind
Ein großer General – wer weiß das nicht?
Der Neid muss es beschwören. Ich – ich bin
Ein junger Mensch. So hat es auch der König
Gemeint. Der König hat ganz Recht, ganz Recht.
Ich seh's jetzt ein, ich bin vergnügt, und also
Genug davon. Glück auf den Weg. Ich kann
Jetzt, wie Sie sehen, schlechterdings – ich bin
Soeben etwas überhäuft – das Weitere
Auf morgen, oder wenn Sie wollen, oder
Wenn Sie von Brüssel wiederkommen –
ALBA. Wie?
CARLOS *(nach einigem Stillschweigen, wie er sieht, dass der Herzog noch immer bleibt)*.
Sie nehmen gute Jahrszeit mit. – Die Reise
Geht über Mailand, Lothringen, Burgund
Und Deutschland – Deutschland? – Recht, in Deutschland war es!

Da kennt man Sie! – Wir haben jetzt April;
Mai – Junius – im Julius, ganz recht,
Und spätestens zu Anfang des Augusts
Sind Sie in Brüssel. O ich zweifle nicht,
Man wird sehr bald von Ihren Siegen hören.
Sie werden unsers gnädigsten Vertrauens
Sich wert zu machen wissen.

ALBA *(mit Bedeutung).* Werd ich das
In meines Nichts durchbohrendem Gefühle?

CARLOS *(nach einigem Stillschweigen, mit Würde und Stolz).*
Sie sind empfindlich, Herzog – und mit Recht.
Es war, ich muss bekennen, wenig Schonung
Von meiner Seite, Waffen gegen Sie
Zu führen, die Sie nicht imstande sind
Mir zu erwidern.

ALBA. Nicht imstande? –

CARLOS *(ihm lächelnd die Hand reichend).* Schade,
Dass mir's gerade jetzt an Zeit gebricht,
Den würd'gen Kampf mit Alba auszufechten.
Ein andermal –

ALBA. Prinz, wir verrechnen uns
Auf ganz verschiedne Weise. Sie zum Beispiel,
Sie sehen sich um zwanzig Jahre später,
Ich Sie um ebenso viel früher.

CARLOS. Nun?

ALBA. Und dabei fällt mir ein, wie viele Nächte
Bei seiner schönen portugiesischen
Gemahlin, Ihrer Mutter, der Monarch
Wohl drum gegeben hätte, einen Arm
Wie d i e s e n seiner Krone zu erkaufen.
Ihm mocht' es wohl bekannt sein, wie viel leichter
Die Sache sei, Monarchen fortzupflanzen
Als Monarchien – wie viel schneller man
Die Welt mit einem Könige versorge,
Als Könige mit einer Welt.

CARLOS. Sehr wahr!
Doch, Herzog Alba? Doch –

ALBA. Und wie viel Blut,
Blut I h r e s Volkes fließen musste, bis
Zwei Tropfen S i e zum König machen konnten.

CARLOS. Sehr wahr, bei Gott – und in zwei Worte alles
Gepresst, was des Verdienstes Stolz dem Stolze
Des Glücks entgegensetzen kann. – Doch nun

Die Anwendung? doch, Herzog Alba?
ALBA. Wehe
Dem zarten Wiegenkinde Majestät,
Das seiner Amme spotten kann! Wie sanft
Mag's auf dem weichen Kissen unsrer Siege
Sich schlafen lassen! An der Krone funkeln
Die Perlen nur, und freilich nicht die Wunden,
Mit denen sie errungen ward. – Dies Schwert
Schrieb fremden Völkern spanische Gesetze,
Es blitzte dem Gekreuzigten voran
Und zeichnete dem Samenkorn des Glaubens
Auf diesem Weltteil blut'ge Furchen vor:
Gott richtete im Himmel, ich auf Erden –
CARLOS. Gott oder Teufel, gilt gleich viel! Sie waren
Sein rechter Arm. Ich weiß das wohl – und jetzt
Nichts mehr davon. Ich bitte. Vor gewissen
Erinnerungen möcht ich gern mich hüten. –
Ich ehre meines Vaters Wahl. Mein Vater
Braucht einen Alba; dass er diesen braucht,
Das ist es nicht, warum ich ihn beneide.
Sie sind ein großer Mann. – Auch das mag sein;
Ich glaub es fast. Nur, fürcht ich, kamen Sie
Um wenige Jahrtausende zu zeitig.
Ein Alba, sollt ich meinen, war der Mann,
Am Ende aller Tage zu erscheinen!
Dann, wenn des Lasters Riesentrotz die Langmut
Des Himmels aufgezehrt, die reiche Ernte
Der Missetat in vollen Halmen steht
Und einen Schnitter sonder Beispiel fordert,
Dann stehen Sie an Ihrem Platz. – O Gott,
Mein Paradies! mein Flandern! – Doch ich soll
Es jetzt nicht denken. Still davon. Man spricht,
Sie führten einen Vorrat Blutsentenzen,
Im Voraus unterzeichnet, mit? Die Vorsicht
Ist lobenswert. So braucht man sich vor keiner
Schikane mehr zu fürchten. – O mein Vater,
Wie schlecht verstand ich deine Meinung! Härte
Gab ich dir schuld, weil du mir ein Geschäft
Verweigertest, wo deine Alba glänzen? –
Es war der Anfang deiner Achtung.
ALBA. Prinz,
Dies Wort verdiente –
CARLOS *(auffahrend)*. Was?

ALBA. Doch davor schützt Sie
Der Königssohn.
CARLOS *(nach dem Schwert greifend).*
Das fordert Blut! – Das Schwert
Gezogen, Herzog!
ALBA *(kalt).* Gegen wen?
CARLOS *(heftig auf ihn eindringend).* Das Schwert
Gezogen, ich durchstoße Sie.
ALBA *(zieht).* Wenn es
Denn sein muss –
(Sie fechten.)

SECHSTER AUFTRITT

Die Königin. Don Carlos. Herzog von Alba.

KÖNIGIN *(welche erschrocken aus ihrem Zimmer tritt).*
Bloße Schwerter!
(Zum Prinzen, unwillig und mit gebietender Stimme). Carlos!
CARLOS *(vom Anblick der Königin außer sich gesetzt, lässt den Arm sinken, steht ohne Bewegung und sinnlos, dann eilt er auf den Herzog zu und küsst ihn).*
Versöhnung, Herzog! Alles sei vergeben!
(Er wirft sich stumm zu der Königin Füßen, steht dann rasch auf und eilt außer Fassung fort.)
ALBA *(der voll Erstaunen dasteht und kein Auge von ihnen verwendet).* Bei Gott, das ist doch seltsam! –
KÖNIGIN *(steht einige Augenblicke beunruhigt und zweifelhaft, dann geht sie langsam nach ihrem Zimmer, an der Türe dreht sie sich um).* Herzog Alba!
(Der Herzog folgt ihr in das Zimmer.)

SIEBENTER AUFTRITT

Ein Kabinett der Prinzessin von Eboli

Die Prinzessin, in einem idealischen Geschmack, schön, aber einfach gekleidet, spielt die Laute und singt. Darauf der Page der Königin.

PRINZESSIN *(springt schnell auf).*
Er kommt.
PAGE *(eilfertig).* Sie sind allein? Mich wundert sehr,
Ihn noch nicht hier zu finden; doch er muss
Im Augenblick erscheinen.
PRINZESSIN. Muss er? Nun,
So will er auch – so ist es ja entschieden –
PAGE. Er folgt mir auf den Fersen. – Gnäd'ge Fürstin.
Sie sind geliebt – geliebt, geliebt wie Sie
Kann's niemand sein und niemand sein gewesen.
Welch eine Szene sah ich an!
PRINZESSIN *(zieht ihn voll Ungeduld an sich).* Geschwind!
Du sprachst mit ihm? Heraus damit! Was sprach er?
Wie nahm er sich? Was waren seine Worte?
Er schien verlegen, schien bestürzt? Erriet
Er die Person, die ihm den Schlüssel schickte?
Geschwinde – Oder riet er nicht? Er riet
Wohl gar nicht? riet auf die falsche? – Nun?
Antwortest du mir denn kein Wort? O pfui,
Pfui, schäme dich: so hölzern bist du nie,
So unerträglich langsam nie gewesen.
PAGE. Kann ich zu Worte kommen, Gnädigste?
Ich übergab ihm Schlüssel und Billett
Im Vorsaal bei der Königin. Er stutzte
Und sah mich an, da mir das Wort entwischte,
Ein Frauenzimmer sende mich.
PRINZESSIN. Er stutzte?
Sehr gut! sehr brav! Nur fort, erzähle weiter.
PAGE. Ich wollte mehr noch sagen, da erblasst' er
Und riss den Brief mir aus der Hand und sah
Mich drohend an und sagt', er wisse alles.
Den Brief durchlas er mit Bestürzung, fing
Auf einmal an zu zittern.
PRINZESSIN. Wisse alles?
Er wisse alles? Sagt' er das?

PAGE. Und fragte
Mich dreimal, viermal, ob Sie selber, wirklich
Sie selber mir den Brief gegeben?
PRINZESSIN. Ob
Ich selbst? Und also nannt' er meinen Namen?
PAGE. Den Namen – nein, den nannt' er nicht – Es möchten
Kundschafter, sagt' er, in der Gegend horchen
Und es dem König plaudern.
PRINZESSIN *(befremdet).* Sagt' er das?
PAGE. Dem König, sagt' er, liege ganz erstaunlich,
Gar mächtig viel daran, besonders viel,
Von diesem Briefe Kundschaft zu erhalten.
PRINZESSIN. Dem König? Hast du recht gehört? Dem König?
War das der Ausdruck, den er brauchte?
PAGE. Ja!
Er nannt' es ein gefährliches Geheimnis
Und warnte mich, mit Worten und mit Winken
Gar sehr auf meiner Hut zu sein, dass ja
Der König keinen Argwohn schöpfe.
PRINZESSIN *(nach einigem Nachsinnen, voll Verwunderung).*
Alles
Trifft zu. – Es kann nicht anders sein – er muss
Um die Geschichte wissen. – Unbegreiflich!
Wer mag ihm wohl verraten haben? – Wer?
Ich frage noch – Wer sieht so scharf, so tief,
Wer anders als der Falkenblick der Liebe?
Doch weiter, fahre weiter fort: er las
Das Billett –
PAGE. Das Billett enthalte
Ein Glück, sagt' er, vor dem er zittern müsse;
Das hab er nie zu träumen sich getraut.
Zum Unglück trat der Herzog in den Saal,
Dies zwang uns –
PRINZESSIN *(ärgerlich).* Aber was in aller Welt
Hat jetzt der Herzog dort zu tun? – Wo aber,
Wo bleibt er denn? Was zögert er? Warum
Erscheint er nicht? – Siehst du, wie falsch man dich
Berichtet hat! Wie glücklich wär er schon
In so viel Zeit gewesen, als du brauchtest,
Mir zu erzählen, dass er's werden wollte!
PAGE. Der Herzog, fürcht ich –
PRINZESSIN. Wiederum der Herzog?
Was will der hier? Was hat der tapfre Mann

Mit meiner stillen Seligkeit zu schaffen?
Den könnt er stehen lassen, weiterschicken –
Wen auf der Welt kann man das nicht? – O wahrlich!
Dein Prinz versteht sich auf die Liebe selbst
So schlecht als, wie es schien, auf Damenherzen.
Er weiß nicht, was Minuten sind – Still, still!
Ich höre kommen. Fort! Es ist der Prinz.

(Page eilt hinaus.)

Hinweg, hinweg! – Wo hab ich meine Laute?
Er soll mich überraschen. – Mein Gesang
Soll ihm das Zeichen geben –

ACHTER AUFTRITT

Die Prinzessin und bald nachher Don Carlos.

PRINZESSIN *(hat sich in eine Ottomane geworfen und spielt).*
CARLOS *(stürzt herein. Er erkennt die Prinzessin und steht da, wie vom Donner gerührt).* Gott!
Wo bin ich?
PRINZESSIN *(lässt die Laute fallen. Ihm entgegen).*
Ah, Prinz Carlos? Ja wahrhaftig!
CARLOS. Wo bin ich? Rasender Betrug – ich habe
Das rechte Kabinett verfehlt.
PRINZESSIN. Wie gut
Versteht es Karl, die Zimmer sich zu merken,
Wo Damen ohne Zeugen sind.
CARLOS. Prinzessin –
Verzeihen Sie, Prinzessin – ich – ich fand
Den Vorsaal offen.
PRINZESSIN. Kann das möglich sein?
Mich deucht ja doch, dass ich ihn selbst verschloss.
CARLOS. Das deucht Sie nur, das deucht Sie – doch versichert!
Sie irren sich. Verschließen wollen, ja,
Das geb ich zu, das glaub ich – doch verschlossen?
Verschlossen nicht, wahrhaftig nicht! Ich höre
Auf einer – Laute jemand spielen – war's
Nicht eine Laute?

(Indem er sich zweifelhaft umsieht.)

Recht! dort liegt sie noch –
Und Laute – das weiß Gott im Himmel! – Laute,
Die lieb ich bis zur Raserei. Ich bin

Ganz Ohr, ich weiß nichts von mir selber, stürze
Ins Kabinett, der süßen Künstlerin,
Die mich so himmlisch rührte, mich so mächtig
Bezauberte, ins schöne Aug zu sehen –

PRINZESSIN. Ein liebenswürd'ger Vorwitz, den Sie doch
Sehr bald gestillt, wie ich beweisen könnte.
(Nach einigem Stillschweigen, mit Bedeutung.)
O schätzen muss ich den bescheidnen Mann,
Der, einem Weib Beschämung zu ersparen,
In solchen Lügen sich verstrickt.

CARLOS *(treuherzig).* Prinzessin,
Ich fühle selber, dass ich nur verschlimmre,
Wo ich verbessern will. Erlassen Sie
Mir eine Rolle, die ich durchzuführen
So ganz und gar verdorben bin. Sie suchten
Auf diesem Zimmer Zuflucht vor der Welt.
Hier wollten Sie, von Menschen unbehorcht,
Den stillen Wünschen ihres Herzens leben.
Ich Sohn des Unglücks zeige mich; sogleich
Ist dieser schöne Traum gestört. – Dafür
Soll mich die schleunigste Entfernung – *(Er will gehen.)*

PRINZESSIN *(überrascht und betroffen, doch sogleich wieder gefasst).* Prinz –
O das war boshaft.

CARLOS. Fürstin, ich verstehe,
Was dieser Blick in diesem Kabinett
Bedeuten soll, und diese tugendhafte
Verlegenheit verehr ich. Weh dem Manne,
Den weibliches Erröten mutig macht!
Ich bin verzagt, wenn Weiber vor mir zittern.

PRINZESSIN. Ist's möglich? – Ein Gewissen ohne Beispiel
Für einen jungen Mann und Königssohn!
Ja Prinz – jetzt vollends müssen Sie mir bleiben,
Jetzt bitt ich selbst darum: bei so viel Tugend
Erholt sich jedes Mädchens Angst. Doch wissen Sie,
Dass Ihre plötzliche Erscheinung mich
Bei meiner liebsten Arie erschreckte?
(Sie führt ihn zum Sofa und nimmt ihre Laute wieder.)
Die Arie, Prinz Carlos, werd ich wohl
Noch einmal spielen müssen; Ihre Strafe
Soll sein, mir zuzuhören.

CARLOS *(Er setzt sich, nicht ganz ohne Zwang, neben die Fürstin).* Eine Strafe,

So wünschenswert als mein Vergehn – und wahrlich!
Der Inhalt war mir so willkommen, war
So göttlich schön, dass ich zum – dritten Mal
Sie hören könnte.
PRINZESSIN. Was? Sie haben alles
Gehört? Das ist abscheulich, Prinz. – Es war,
Ich glaube gar, die Rede von der Liebe?
CARLOS. Und, irr ich nicht, von einer glücklichen –
Der schönste Text in diesem schönen Munde;
Doch freilich nicht so wahr gesagt als schön.
PRINZESSIN.
Nicht? Nicht so wahr? – Und also zweifeln Sie? –
CARLOS *(ernsthaft).*
Ich zweifle fast, ob Carlos und die Fürstin
Von Eboli sich je verstehen können,
Wenn Liebe abgehandelt wird.
(Die Prinzessin stutzt; er bemerkt es und fährt mit einer leichten Galanterie fort.)
Denn wer,
Wer wird es diesen Rosenwangen glauben,
Dass Leidenschaft in dieser Brust gewühlt?
Läuft eine Fürstin Eboli Gefahr,
Umsonst und unerhört zu seufzen? Liebe
Kennt der allein, der ohne Hoffnung liebt.
PRINZESSIN *(mit ihrer ganzen vorigen Munterkeit).*
O still! Das klingt ja füchterlich. – Und freilich
Scheint dieses Schicksal Sie vor allen andern,
Und vollends heute – heute zu verfolgen.
(Ihn bei der Hand fassend, mit einschmeichelndem Interesse.)
Sie sind nicht fröhlich, guter Prinz. – Sie leiden –
Bei Gott, Sie leiden ja wohl gar. Ist's möglich?
Und warum leiden, Prinz? bei diesem lauten
Berufe zum Genuss der Welt, bei allen
Geschenken der verschwendrischen Natur
Und allem Anspruch auf des Lebens Freuden?
Sie – eines großen Königs Sohn und mehr,
Weit mehr als das, schon in der Fürstenwiege
Mit Gaben ausgestattet, die sogar
Auch Ihres Ranges Sonnenglanz verdunkeln?
Sie – der im ganzen strengen Rat der Weiber
Bestochne Richter sitzen hat, der Weiber,
Die über Männerwert und Männerruhm
Ausschließend ohne Widerspruch entscheiden?

Der, wo er nur bemerkte, schon erobert,
Entzündet, wo er kalt geblieben, wo
Er glühen will, mit Paradiesen spielen
Und Götterglück verschenken muss – der Mann,
Den die Natur zum Glück von Tausenden
Und wenigen mit gleichen Gaben schmückte,
Er selber sollte elend sein? – O Himmel,
Der du ihm alles, alles gabst, warum,
Warum denn nur die Augen ihm versagen,
Womit er seine Siege sieht?

CARLOS *(der die ganze Zeit über in die tiefste Zerstreuung versunken war, wird durch das Stillschweigen der Prinzessin plötzlich zu sich selbst gebracht und fährt in die Höhe).*
Vortrefflich!
Ganz unvergleichlich, Fürstin! Singen Sie
Mir diese Stelle doch noch einmal.

PRINZESSIN *(sieht ihn erstaunt an).* Carlos,
Wo waren Sie indessen?

CARLOS *(springt auf).* Ja, bei Gott!
Sie mahnen mich zur rechten Zeit. – Ich muss,
Muss fort – muss eilends fort.

PRINZESSIN *(hält ihn zurück).* Wohin?

CARLOS *(in schrecklicher Beängstigung).* Hinunter
Ins Freie. – Lassen Sie mich los – Prinzessin,
Mir wird, als rauchte hinter mir die Welt
In Flammen auf –

PRINZESSIN *(hält ihn mit Gewalt zurück).*
Was haben Sie? Woher
Dies fremde, unnatürliche Betragen?

(Carlos bleibt stehen und wird nachdenkend. Sie ergreift diesen Augenblick, ihn zu sich auf den Sofa zu ziehen.)

Sie brauchen Ruhe, lieber Karl – Ihr Blut
Ist jetzt in Aufruhr – setzen Sie sich zu mir –
Weg mit den schwarzen Fieberphantasien!
Wenn Sie sich selber offenherzig fragen,
Weiß dieser Kopf, was dieses Herz beschwert?
Und wenn er's nun auch wüsste – sollte denn
Von allen Rittern dieses Hofs nicht einer,
Von allen Damen keine – Sie zu heilen,
Sie zu verstehen, wollt' ich sagen – keine
Von allen würdig sein?

CARLOS *(flüchtig, gedankenlos).* Vielleicht die Fürstin
Von Eboli –

PRINZESSIN *(freudig, rasch).* Wahrhaftig?
CARLOS. Geben Sie
Mir eine Bittschrift – ein Empfehlungsschreiben
An meinen Vater. Geben Sie! Man spricht,
Sie gelten viel.
PRINZESSIN. Wer spricht das? (Ha! so war es
Der Argwohn, der dich stumm gemacht!)
CARLOS. Wahrscheinlich
Ist die Geschichte schon herum. Ich habe
Den schnellen Einfall, nach Brabant zu gehn,
Um – bloß um meine Sporen zu verdienen.
Das will mein Vater nicht. – Der gute Vater
Besorgt, wenn ich Armeen kommandierte –
Mein Singen könnte drunter leiden.
PRINZESSIN. Carlos,
Sie spielen falsch. Gestehen Sie, Sie wollen
In dieser Schlangenwindung mir entgehn.
Hieher gesehen, Heuchler! Aug in Auge!
Wer nur von Rittertaten träumt – wird der,
Gestehen Sie – Wird der auch wohl so tief
Herab sich lassen, Bänder, die den Damen
Entfallen sind, begierig wegzustehlen
Und – Sie verzeihn –
(Indem sie mit einer leichten Fingerbewegung seine Hemdkrause wegschnellt und eine Bandschleife, die da verborgen war, wegnimmt.)
so kostbar zu verwahren?
CARLOS *(mit Befremden zurücktretend).*
Prinzessin! – Nein, das geht zu weit. – Ich bin
Verraten. Sie betrügt man nicht. – Sie sind
Mit Geistern, mit Dämonen einverstanden.
PRINZESSIN. Darüber scheinen Sie erstaunt? Darüber?
Was soll die Wette gelten, Prinz, ich rufe
Geschichten in Ihr Herz zurück, Geschichten –
Versuchen Sie es, fragen Sie mich aus.
Wenn selbst der Laune Gaukelei'n, ein Laut,
Verstümmelt in die Luft gehaucht, ein Lächeln,
Von schnellem Ernste wieder ausgelöscht,
Wenn selber schon Erscheinungen, Gebärden,
Wo Ihre Seele ferne war, mir nicht
Entgangen sind, urteilen Sie, ob ich
Verstand, wo Sie verstanden werden wollten?
CARLOS. Nun, das ist wahrlich viel gewagt. – Die Wette

Soll gelten, Fürstin. Sie versprechen mir
Entdeckungen in meinem eignen Herzen,
Um die ich selber nie gewusst.
PRINZESSIN *(etwas empfindlich und ernsthaft).* Nie, Prinz?
Besinnen Sie sich besser. Sehn Sie um sich. –
Dies Kabinett ist keines von den Zimmern
Der Königin, wo man das bisschen Maske
Noch allenfalls zu loben fand. – Sie stutzen?
Sie werden plötzlich lauter Glut? – O freilich,
Wer sollte wohl so scharfklug, so vermessen,
So müßig sein, den Carlos zu belauschen,
Wenn Carlos unbelauscht sich glaubt? – Wer sah's,
Wie er beim letzten Hofball seine Dame,
Die Königin, im Tanze stehen ließ
Und mit Gewalt ins nächste Paar sich drängte,
Statt seiner königlichen Tänzerin
Der Fürstin Eboli die Hand zu reichen?
Ein Irrtum, Prinz, den der Monarch sogar,
Der eben jetzt erschienen war, bemerkte!
CARLOS *(mit ironischem Lächeln).*
Auch sogar d e r ? Ja freilich, gute Fürstin,
Für d e n besonders war das nicht.
PRINZESSIN. So wenig,
Als jener Auftritt in der Schlosskapelle,
Worauf sich wohl Prinz Carlos selbst nicht mehr
Besinnen wird. Sie lagen zu den Füßen
Der heil'gen Jungfrau in Gebet ergossen,
Als plötzlich – konnten Sie dafür? – die Kleider
Gewisser Damen hinter Ihnen rauschten.
Da fing Don Philipps heldenmüt'ger Sohn
Gleich einem Ketzer vor dem heil'gen Amte
Zu zittern an; auf seinen bleichen Lippen
Starb das vergiftete Gebet – im Taumel
Der Leidenschaft – es war ein Possenspiel
Zum Rühren, Prinz – ergreifen Sie die Hand,
Der Mutter Gottes heil'ge kalte Hand,
Und Feuerküsse regnen auf den Marmor.
CARLOS. Sie tun mir unrecht, Fürstin. Das war Andacht.
PRINZESSIN.
Ja, dann ist's etwas andres, Prinz – dann freilich
War's damals auch nur Furcht vor dem Verluste,
Als Carlos mit der Königin und mir
Beim Spielen saß und mit bewundernswerter

Geschicklichkeit mir diesen Handschuh stahl –
(Carlos springt bestürzt auf.)
Den er zwar gleich nachher so artig war,
Statt einer Karte wieder auszuspielen.

CARLOS. O Gott – Gott – Gott! Was hab ich da gemacht?

PRINZESSIN. Nichts, was Sie widerrufen werden, hoff ich.
Wie froh erschrak ich, als mir unvermutet
Ein Briefchen in die Finger kam, das Sie
In diesen Handschuh zu verstecken wussten.
Es war die rührendste Romanze, Prinz,
Die –

CARLOS *(ihr rasch ins Wort fallend).*
Poesie! – Nichts weiter. – Mein Gehirn
Treibt öfters wunderbare Blasen auf,
Die schnell, wie sie entstanden sind, zerspringen.
Das war es alles. Schweigen wir davon.

PRINZESSIN *(vor Erstaunen von ihm weggehend und ihn eine Zeit lang aus der Entfernung beobachtend).*
Ich bin erschöpft – all meine Proben gleiten
Von diesem schlangenglatten Sonderling.
(Sie schweigt einige Augenblicke.)
Doch wie? – Wär's ungeheurer Männerstolz,
Der nur, sich desto süßer zu ergetzen,
Die Blödigkeit als Larve brauchte? – Ja?
(Sie nähert sich dem Prinzen wieder und betrachtet ihn zweifelhaft.)
Belehren S i e mich endlich, Prinz – Ich stehe
Vor einem zauberisch verschlossnen Schrank,
Wo alle meine Schlüssel mich betrügen.

CARLOS. Wie ich vor Ihnen.

PRINZESSIN *(verlässt ihn schnell, geht einige Mal stillschweigend im Kabinett auf und nieder und scheint über etwas Wichtiges nachzudenken. Endlich nach einer großen Pause ernsthaft und feierlich).* Endlich sei es denn –
Ich muss einmal zu reden mich entschließen.
Zu meinem Richter wähl ich Sie. Sie sind
Ein edler Mensch – ein Mann, sind Fürst und Ritter.
An Ihren Busen werf ich mich. Sie werden
Mich retten, Prinz, und, wo ich ohne Rettung
Verloren bin, teilnehmend um mich weinen.
(Der Prinz rückt näher mit erwartungsvollem, teilnehmendem Erstaunen.)
Ein frecher Günstling des Monarchen buhlt

Um meine Hand – Rui Gomez, Graf von Silva –
Der König will, schon ist man handelseinig,
Ich bin der Kreatur verkauft.
CARLOS *(heftig ergriffen).* Verkauft?
Und wiederum verkauft? und wiederum
Von dem berühmten Handelsmann im Süden?
PRINZESSIN. Nein, hören Sie erst alles. Nicht genug,
Dass man der Politik mich hingeopfert,
Auch meiner Unschuld stellt man nach – Da! Hier!
Dies Blatt kann diesen Heiligen entlarven.
(Carlos nimmt das Papier und hängt voll Ungeduld an ihrer Erzählung, ohne sich Zeit zu nehmen, es zu lesen.)
Wo soll ich Rettung finden, Prinz? Bis jetzt
War es mein Stolz, der meine Tugend schützte;
Doch endlich –
CARLOS. Endlich fielen Sie? Sie fielen?
Nein, nein! um Gottes willen, nein!
PRINZESSIN *(stolz und edel).* Durch wen?
Armselige Vernünftelei! Wie schwach
Von diesen starken Geistern! Weibergunst,
Der Liebe Glück der Ware gleich zu achten,
Worauf geboten werden kann! Sie ist
Das Einzige auf diesem Rund der Erde,
Was keinen Käufer leidet als sich selbst.
Die Liebe ist der Liebe Preis. Sie ist
Der unschätzbare Diamant, den ich
Verschenken oder, ewig ungenossen,
Verscharren muss – dem großen Kaufmann gleich,
Der, ungerührt von des Rialto Gold,
Und Königen zum Schimpfe, seine Perle
Dem reichen Meere wiedergab, zu stolz,
Sie unter ihrem Werte loszuschlagen.
CARLOS. (Beim wunderbaren Gott! – das Weib ist schön!)
PRINZESSIN. Man nenn es Grille – Eitelkeit: gleichviel.
Ich teile meine Freuden nicht. Dem Mann,
Dem Einzigen, den ich mir auserlesen,
Geb ich für alles – alles hin. Ich schenke
Nur einmal, aber ewig. Einen nur
Wird meine Liebe glücklich machen – einen –
Doch diesen Einzigen zum Gott. Der Seelen
Entzückender Zusammenklang – ein Kuss –
Der Schäferstunde schwelgerische Freuden –
Der Schönheit hohe, himmlische Magie

Sind e i n e s Strahles schwesterliche Farben,
Sind e i n e r Blume Blätter nur. Ich sollte,
Ich Rasende! ein abgerissnes Blatt
Aus dieser Blume schönem Kelch verschenken?
Ich selbst des Weibes hohe Majestät,
Der Gottheit großes Meisterstück verstümmeln,
Den Abend eines Prassers zu versüßen?
CARLOS. (Unglaublich! Wie? ein solches Mädchen hatte
Madrid, und ich – und ich erfahr es heute
Zum ersten Mal?)
PRINZESSIN. Längst hätt ich diesen Hof
Verlassen, diese Welt verlassen, hätte
In heil'gen Mauern mich begraben; doch
Ein einzig Band ist noch zurück, ein Band,
Das mich an diese Welt allmächtig bindet.
Ach, ein Phantom vielleicht! doch mir so wert!
Ich liebe und bin – nicht geliebt.
CARLOS *(voll Feuer auf sie zugehend).* Sie sind's!
So wahr ein Gott im Himmel wohnt. Ich schwör es.
Sie sind's, und unaussprechlich.
PRINZESSIN. Sie? Sie schwören's?
O das war meines Engels Stimme! Ja,
Wenn freilich Sie es schwören, Karl, dann glaub ich's,
Dann bin ich's.
CARLOS *(der sie voll Zärtlichkeit in die Arme schließt).*
Süßes, seelenvolles Mädchen!
Anbetungswürdiges Geschöpf! – Ich stehe
Ganz Ohr – ganz Auge – ganz Entzücken – ganz
Bewunderung. – Wer hätte dich gesehn,
Wer unter diesem Himmel dich gesehn
Und rühmte sich – er habe nie geliebt? –
Doch hier an König Philipps Hof? Was hier?
Was, schöner Engel, willst du hier? bei Pfaffen
Und Pfaffenzucht? Das ist kein Himmelsstrich
Für solche Blumen. – Möchten sie sie brechen?
Sie möchten – o ich glaub es gern. – Doch nein!
So wahr ich Leben atme, nein! – Ich schlinge
Den Arm um dich, auf meinen Armen trag ich
Durch eine teufelvolle Hölle dich!
Ja – lass mich deinen Engel sein –
PRINZESSIN *(mit dem vollen Blick der Liebe).* O Carlos!
Wie wenig hab ich Sie gekannt! Wie reich
Und grenzenlos belohnt Ihr schönes Herz

Die schwere Müh, es zu begreifen!
(Sie nimmt seine Hand und will sie küssen.)
CARLOS *(der sie zurückzieht).* Fürstin,
Wo sind Sie jetzt?
PRINZESSIN *(mit Feinheit und Grazie, indem sie starr in seine Hand sieht).* Wie schön ist diese Hand!
Wie reich ist sie! – Prinz, diese Hand hat noch
Zwei kostbare Geschenke zu vergeben –
Ein Diadem und Carlos' Herz – und beides
Vielleicht an eine Sterbliche? – An eine?
Ein großes göttliches Geschenk! – Beinahe
Für eine Sterbliche zu groß! – Wie, Prinz?
Wenn Sie zu einer Teilung sich entschlössen?
Die Königinnen lieben schlecht – ein Weib,
Das lieben kann, versteht sich schlecht auf Kronen:
Drum besser, Prinz, Sie teilen, und gleich jetzt,
Gleich jetzt – Wie? Oder hätten Sie wohl schon?
Sie hätten wirklich? O dann umso besser!
Und kenn ich diese Glückliche?
CARLOS. Du sollst.
Dir, Mädchen, dir entdeck ich mich – der Unschuld,
Der lautern, unentheiligten Natur
Entdeck ich mich. An diesem Hof bist du
Die Würdigste, die Einzige, die Erste,
Die meine Seele ganz versteht. – Ja denn!
Ich leugn' es nicht – ich liebe!
PRINZESSIN. Böser Mensch!
So schwer ist das Geständnis dir geworden?
Beweinenswürdig musst' ich sein, wenn du
Mich liebenswürdig finden solltest?
CARLOS *(stutzt).* Was?
Was ist das?
PRINZESSIN. Solches Spiel mit mir zu treiben!
O wahrlich, Prinz, es war nicht schön! Sogar
Den Schlüssel zu verleugnen!
CARLOS. Schlüssel! Schlüssel!
(Nach einem dumpfen Besinnen.)
Ja so – so war's. – Nun merk ich – – O mein Gott!
(Seine Knie wanken, er hält sich an einen Stuhl und verhüllt das Gesicht.)
PRINZESSIN. *(Eine lange Stille von beiden Seiten. Die Fürstin schreit laut und fällt).*
Abscheulich! Was hab ich getan?

CARLOS *(sich aufrichtend, im Ausbruch des heftigsten Schmerzes).* So tief
Herabgestürzt von allen meinen Himmeln! –
O das ist schrecklich!
PRINZESSIN *(das Gesicht in das Kissen verbergend).*
Was entdeck ich? Gott!
CARLOS *(vor ihr niedergeworfen).*
Ich bin nicht schuldig, Fürstin – Leidenschaft –
Ein unglücksel'ger Missverstand – Bei Gott!
Ich bin nicht schuldig.
PRINZESSIN *(stößt ihn von sich).* Weg aus meinen Augen,
Um Gottes willen –
CARLOS. Nimmermehr! In dieser
Entsetzlichen Erschüttrung Sie verlassen?
PRINZESSIN *(ihn mit Gewalt wegdrängend).*
Aus Großmut, aus Barmherzigkeit, hinaus
Von meinen Augen! – Wollen Sie mich morden?
Ich hasse Ihren Anblick! *(Carlos will gehen).*
Meinen Brief
Und meinen Schlüssel geben Sie mir wieder.
Wo haben Sie den andern Brief?
CARLOS. Den andern?
Was denn für einen andern?
PRINZESSIN. Den vom König.
CARLOS *(zusammenschreckend).* Von wem?
PRINZESSIN. Den Sie vorhin von mir bekamen.
CARLOS. Vom König? und an wen? an Sie?
PRINZESSIN. O Himmel!
Wie schrecklich hab ich mich verstrickt! Den Brief!
Heraus damit! ich muss ihn wiederhaben.
CARLOS. Vom König Briefe, und an Sie?
PRINZESSIN. Den Brief!
Im Namen aller Heiligen!
CARLOS. Der einen
Gewissen mir entlarven sollte – diesen?
PRINZESSIN. Ich bin des Todes! – Geben Sie!
CARLOS. Der Brief –
PRINZESSIN *(in Verzweiflung die Hände ringend).*
Was hab ich Unbesonnene gewagt!
CARLOS. Der Brief – der kam vom König? – Ja, Prinzessin,
Das ändert freilich alles schnell. – Das ist
(den Brief frohlockend emporhaltend)
Ein unschätzbarer – schwerer – teurer Brief,

Den alle Kronen Philipps einzulösen
Zu leicht, zu nichtsbedeutend sind. – Den Brief
Behalt ich. *(Er geht.)*
PRINZESSIN *(wirft sich ihm in den Weg).*
Großer Gott! ich bin verloren!

NEUNTER AUFTRITT

Die Prinzessin allein.

(Sie steht noch betäubt, außer Fassung; nachdem er hinaus ist, eilt sie ihm nach und will ihn zurückrufen.)

Prinz, noch ein Wort. Prinz, hören Sie – Er geht!
Auch das noch! Er verachtet mich – Da steh ich
In fürchterlicher Einsamkeit – verstoßen,
Verworfen – *(Sie sinkt auf einen Sessel. Nach einer Pause.)*
Nein! Verdrungen nur, verdrungen
Von einer Nebenbuhlerin. Er liebt.
Kein Zweifel mehr. Er hat es selbst bekannt.
Doch wer ist diese Glückliche? – So viel
Ist offenbar – er liebt, was er nicht sollte.
Er fürchtet die Entdeckung. Vor dem König
Verkriecht sich seine Leidenschaft – Warum
Vor diesem, der sie wünschte? – Oder ist's
Der Vater nicht, was er im Vater fürchtet?
Als ihm des Königs buhlerische Absicht
Verraten war – da jauchzten seine Mienen,
Frohlockt' er wie ein Glücklicher ... Wie kam es,
Dass seine strenge Tugend hier verstummte?
Hier? Eben hier? – Was kann denn er dabei,
Er zu gewinnen haben, wenn der König
Der Königin die –
(Sie hält plötzlich ein, von einem Gedanken überrascht. – Zu gleicher Zeit reißt sie die Schleife, die ihr Carlos gegeben hat, von dem Busen, betrachtet sie schnell und erkennt sie.)
O ich Rasende!
Jetzt endlich, jetzt – Wo waren meine Sinne?
Jetzt gehen mir die Augen auf – Sie hatten
Sich lang geliebt, eh der Monarch sie wählte.
Nie ohne sie sah mich der Prinz. – Sie also,
Sie war gemeint, wo ich so grenzenlos,

So warm, so wahr mich angebetet glaubte?
O ein Betrug, der ohne Beispiel ist!
Und meine Schwäche hab ich ihr verraten – *(Stillschweigen.)*
Dass er ganz ohne Hoffnung lieben sollte!
Ich kann's nicht glauben – Hoffnungslose Liebe
Besteht in diesem Kampfe nicht. Zu schwelgen,
Wo unerhört der glänzendste Monarch
Der Erde schmachtet – Wahrlich! solche Opfer
Bringt hoffnungslose Liebe nicht. Wie feurig
War nicht sein Kuss! Wie zärtlich drückt' er mich,
Wie zärtlich an sein schlagend Herz! – Die Probe
War fast zu kühn für die romant'sche Treue,
Die nicht erwidert werden soll – Er nimmt
Den Schlüssel an, den, wie er sich beredet,
Die Königin ihm zugeschickt – er glaubt
An diesen Riesenschritt der Liebe – kommt,
Kommt wahrlich, kommt! – So traut er Philipps Frau
Die rasende Entschließung zu – Wie kann er,
Wenn hier nicht große Proben ihn ermuntern?
Es ist am Tag. Er wird erhört. Sie liebt!
Beim Himmel, diese Heilige empfindet!
Wie fein ist sie! . . . Ich zitterte, ich selbst,
Vor dem erhabnen Schreckbild dieser Tugend.
Ein höhres Wesen ragt sie neben mir,
In ihrem Glanz erlösch ich. Ihrer Schönheit
Missgönnt' ich diese hohe Ruhe, frei
Von jeder Wallung sterblicher Naturen.
Und diese Ruhe war nur Schein? Sie hätte
An beiden Tafeln schwelgen wollen? hätte
Den Götterschein der Tugend schaugetragen
Und doch zugleich des Lasters heimliche
Entzückungen zu naschen sich erdreistet?
Das durfte sie? Das sollte ungerochen
Der Gauklerin gelungen sein? Gelungen,
Weil sich kein Rächer meldet? – Nein, bei Gott!
Ich betete sie an – Das fordert Rache!
Der König wisse den Betrug – Der König?
(Nach einigem Besinnen.)
Ja, recht – das ist ein Weg zu seinem Ohre.
(Sie geht ab.)

ZEHNTER AUFTRITT

Ein Zimmer im königlichen Palaste

Herzog von Alba. Pater Domingo.

DOMINGO. Was wollten Sie mir sagen?
ALBA. Eine wicht'ge
Entdeckung, die ich heut gemacht, worüber
Ich einen Aufschluss haben möchte.
DOMINGO. Welche
Entdeckung? Wovon reden Sie?
ALBA. Prinz Carlos
Und ich begegnen diesen Mittag uns
Im Vorgemach der Königin. Ich werde
Beleidigt. Wir erhitzen uns. Der Streit
Wird etwas laut. Wir greifen zu den Schwertern,
Die Königin auf das Getöse öffnet
Das Zimmer, wirft sich zwischen uns und sieht
Mit einem Blick despotischer Vertrautheit
Den Prinzen an. – Es war ein einz'ger Blick –
Sein Arm erstarrt – er fliegt an meinen Hals –
Ich fühle einen heißen Kuss – er ist
Verschwunden.
DOMINGO *(nach einigem Stillschweigen).*
Das ist sehr verdächtig. – Herzog,
Sie mahnen mich an etwas. – – Ähnliche
Gedanken, ich gesteh es, keimten längst
In meiner Brust. – Ich flohe diese Träume –
Noch hab ich niemand sie vertraut. Es gibt
Zweischneid'ge Klingen, ungewisse Freunde –
Ich fürchte diese. Schwer zu unterscheiden,
Noch schwerer zu ergründen sind die Menschen.
Entwischte Worte sind beleidigte
Vertraute – drum begrub ich mein Geheimnis,
Bis es die Zeit ans Licht hervorgewälzt.
Gewisse Dienste Königen zu leisten,
Ist misslich, Herzog – ein gewagter Wurf,
Der, fehlt er seine Beute, auf den Schützen
Zurücke prallt. – Ich wollte, was ich sage,
Auf eine Hostie beschwören – doch
Ein Augenzeugnis, ein erhaschtes Wort,
Ein Blatt Papier fällt schwerer in die Waage

Als mein lebendigstes Gefühl. – Verwünscht,
Dass wir auf span'schem Boden stehn!

ALBA. Warum
Auf diesem nicht?

DOMINGO. An jedem andern Hofe
Kann sich die Leidenschaft vergessen. Hier
Wird sie gewarnt von ängstlichen Gesetzen.
Die span'schen Königinnen haben Müh
Zu sündigen – ich glaub es – doch zum Unglück
N u r da – gerade d a nur, wo es uns
Am besten glückte, sie zu überraschen.

ALBA. Hören Sie weiter – Carlos hatte heut
Gehör beim König. Eine Stunde währte
Die Audienz. Er bat um die Verwaltung
Der Niederlande. Laut und heftig bat er;
Ich hört' es in dem Kabinett. Sein Auge
War rot geweint, als ich ihm an der Türe
Begegnete. Den Mittag drauf erscheint er
Mit einer Miene des Triumphs. Er ist
Entzückt, dass mich der König vorgezogen.
Er dankt es ihm. Die Sachen stehen anders,
Sagt er, und besser. Heucheln konnt' er nie.
Wie soll ich diese Widersprüche reimen?
Der Prinz frohlockt, hintangesetzt zu sein,
Und mir erteilt der König eine Gnade
Mit allen Zeichen seines Zorns! – Was muss
Ich glauben? Wahrlich, diese neue Würde
Sieht einer Landsverweisung ähnlicher
Als einer Gnade.

DOMINGO. Dahin also wär es
Gekommen? Dahin? Und ein Augenblick
Zertrümmerte, was wir in Jahren bauten? –
Und Sie so ruhig? so gelassen? – Kennen
Sie diesen Jüngling? Ahnden Sie, was uns
Erwartet, wenn er mächtig wird? – Der Prinz –
– Ich bin sein Feind nicht. Andre Sorgen nagen
An meiner Ruhe, Sorgen für den Thron,
Für Gott und seine Kirche. – Der Infant
(Ich kenn ihn – ich durchdringe seine Seele)
Hegt einen schrecklichen Entwurf – Toledo –
Den rasenden Entwurf, Regent zu sein
Und unsern heil'gen Glauben zu entbehren. –
Sein Herz entglüht für eine neue Tugend,

Die, stolz und sicher und sich selbst genug,
Von keinem Glauben betteln will. – Er *denkt*!
Sein Kopf entbrennt von einer seltsamen
Chimäre – er verehrt den Menschen – Herzog,
Ob er zu unserm König taugt?
ALBA. Phantomen!
Was sonst? Vielleicht auch jugendlicher Stolz,
Der eine Rolle spielen möchte. – Bleibt
Ihm eine andre Wahl? Das geht vorbei,
Trifft ihn einmal die Reihe, zu befehlen.
DOMINGO. Ich zweifle. – Er ist stolz auf seine Freiheit,
Des Zwanges ungewohnt, womit man Zwang
Zu kaufen sich bequemen muss. – Taugt er
Auf unsern Thron? Der kühne Riesengeist
Wird unsrer Staatskunst Linien durchreißen.
Umsonst versucht' ich's, diesen trotz'gen Mut
In dieser Zeiten Wollust abzumatten;
Er überstand die Probe – Schrecklich ist
In diesem Körper dieser Geist – und Philipp
Wird sechzig Jahr' alt.
ALBA. Ihre Blicke reichen
Sehr weit.
DOMINGO. Er und die Königin sind eins.
Schon schleicht, verborgen zwar, in beider Brust
Das Gift der Neuerer; doch bald genug,
Gewinnt es Raum, wird es den Thron ergreifen.
Ich kenne diese Valois. – Fürchten wir
Die ganze Rache dieser stillen Feindin,
Wenn Philipp Schwächen sich erlaubt. Noch ist
Das Glück uns günstig. Kommen wir zuvor.
In *eine* Schlinge stürzen beide. – Jetzt
Ein solcher Wink dem Könige gegeben,
Bewiesen oder nicht bewiesen – viel
Ist schon gewonnen, wenn er wankt. Wir selbst,
Wir zweifeln beide nicht. Zu überzeugen
Fällt keinem Überzeugten schwer. Es kann
Nicht fehlen, wir entdecken mehr, sind wir
Vorher gewiss, dass wir entdecken müssen.
ALBA. Doch nun die wichtigste von allen Fragen!
Wer nimmt's auf sich, den König zu belehren?
DOMINGO. Noch Sie, noch ich. Erfahren Sie also,
Was lange schon, des großen Planes voll,
Mein stiller Fleiß dem Ziele zugetrieben.

Noch mangelt, unser Bündnis zu vollenden,
Die dritte, wichtigste Person. – Der König
Liebt die Prinzessin Eboli. Ich nähre
Die Leidenschaft, die meinen Wünschen wuchert.
Ich bin sein Abgesandter – unserm Plane
Erzieh ich sie – In dieser jungen Dame,
Gelingt mein Werk, soll eine Bundsverwandtin,
Soll eine Königin uns blühn. Sie selbst
Hat jetzt in dieses Zimmer mich berufen.
Ich hoffe alles. – Jene Lilien
Von Valois zerknickt ein span'sches Mädchen
Vielleicht in einer Mitternacht.

ALBA. Was hör ich?
Ist's Wahrheit, was ich jetzt gehört? – Beim Himmel!
Das überrascht mich! Ja, der Streich vollendet!
Dominikaner, ich bewundre dich.
Jetzt haben wir gewonnen –

DOMINGO. Still! Wer kommt? –
Sie ist's – sie selbst.

ALBA. Ich bin im nächsten Zimmer,
Wenn man –

DOMINGO. Schon recht. Ich rufe Sie.

(Der Herzog von Alba geht ab.)

ELFTER AUFTRITT

Die Prinzessin. Domingo.

DOMINGO. Zu Ihren
Befehlen, gnäd'ge Fürstin.

PRINZESSIN *(dem Herzog neugierig nachsehend).*
Sind wir etwa
Nicht ganz allein? Sie haben, wie ich sehe,
Noch einen Zeugen bei sich?

DOMINGO. Wie?

PRINZESSIN. Wer war es,
Der eben jetzt von Ihnen ging?

DOMINGO. Der Herzog
Von Alba, gnäd'ge Fürstin, der nach mir
Um die Erlaubnis bittet, vorgelassen
Zu werden.

PRINZESSIN. Herzog Alba? Was will der?

Was kann er wollen? Wissen Sie vielleicht
Es mir zu sagen?
DOMINGO. Ich? und eh ich weiß,
Was für ein Vorfall von Bedeutung mir
Das lang entbehrte Glück verschafft, der Fürstin
Von Eboli mich wiederum zu nähern?
(Pause, worin er ihre Antwort erwartet.)
Ob sich ein Umstand endlich vorgefunden,
Der für des Königs Wünsche spricht? ob ich
Mit Grund gehofft, dass bessre Überlegung
Mit einem Anerbieten Sie versöhnt,
Das Eigensinn, das Laune bloß verworfen?
Ich komme voll Erwartung –
PRINZESSIN. Brachten Sie
Dem König meine letzte Antwort?
DOMINGO. Noch
Verschob ich's, ihn so tödlich zu verwunden.
Noch, gnäd'ge Fürstin, ist es Zeit. Es steht
Bei Ihnen, sie zu mildern.
PRINZESSIN. Melden Sie
Dem König, dass ich ihn erwarte.
DOMINGO. Darf
Ich das für Wahrheit nehmen, schöne Fürstin?
PRINZESSIN. Für Scherz doch nicht? Bei Gott! Sie machen mir
Ganz Bange. – Wie? Was hab ich denn getan,
Wenn sogar Sie – Sie selber sich entfärben?
DOMINGO. Prinzessin, diese Überraschung – kaum
Kann ich es fassen –
PRINZESSIN. Ja, hochwürd'ger Herr,
Das sollen Sie auch nicht. Um alle Güter
Der Welt möcht ich nicht haben, dass Sie's fassten.
Genug für Sie, dass es so ist. Ersparen
Sie sich die Mühe, zu ergrübeln, wessen
Beredsamkeit Sie diese Wendung danken.
Zu Ihrem Trost setz ich hinzu: Sie haben
Nicht teil an dieser Sünde. Auch wahrhaftig
Die Kirche nicht; obschon Sie mir bewiesen,
Dass Fälle möglich wären, wo die Kirche
Sogar die Körper ihrer jungen Töchter
Für höhre Zwecke zu gebrauchen wüsste.
Auch diese nicht. – Dergleichen fromme Gründe,
Ehrwürd'ger Herr, sind mir zu hoch –
DOMINGO. Sehr gerne,

Prinzessin, nehm ich sie zurück, sobald
Sie überflüssig waren.
PRINZESSIN. Bitten Sie
Von meinetwegen den Monarchen, ja
In dieser Handlung mich nicht zu verkennen.
Was ich gewesen, bin ich noch. Die Lage
Der Dinge nur hat seitdem sich verwandelt.
Als ich sein Anerbieten mit Entrüstung
Zurückestieß, da glaubt' ich im Besitze
Der schönsten Königin ihn glücklich – glaubte
Die treue Gattin meines Opfers wert.
Das glaubt' ich damals – damals. Freilich jetzt,
Jetzt weiß ich's besser.
DOMINGO. Fürstin, weiter, weiter.
Ich hör es, wir verstehen uns.
PRINZESSIN. Genug,
Sie ist erhascht. Ich schone sie nicht länger.
Die schlaue Diebin ist erhascht. Den König,
Ganz Spanien und mich hat sie betrogen.
Sie liebt. Ich weiß es, dass sie liebt. Ich bringe
Beweise, die sie zittern machen sollen.
Der König ist betrogen – doch bei Gott,
Er sei es ungerochen nicht. Die Larve
Erhabner, übermenschlicher Entsagung
Reiß ich ihr ab, dass alle Welt die Stirne
Der Sünderin erkennen soll. Es kostet
Mir einen ungeheuern Preis, doch – das
Entzückt mich, das ist mein. Triumph – doch ihr
Noch einen größern.
DOMINGO. Nun ist alles reif.
Erlauben Sie, dass ich den Herzog rufe. *(Er geht hinaus.)*
PRINZESSIN *(erstaunt).* Was wird das?

ZWÖLFTER AUFTRITT

Die Prinzessin. Herzog Alba. Domingo.

DOMINGO *(der den Herzog hereingeführt).*
Unsre Nachricht, Herzog Alba,
Kommt hier zu spät. Die Fürstin Eboli
Entdeckt uns ein Geheimnis, das sie eben
Von uns erfahren sollte.

ALBA. Mein Besuch
Wird dann um so viel minder sie befremden.
Ich traue meinen Augen nicht. Dergleichen
Entdeckungen verlangen Weiberblicke.
PRINZESSIN. Sie sprechen von Entdeckungen? –
DOMINGO. Wir wünschten
Zu wissen, gnäd'ge Fürstin, welchen Ort
Und welche bessre Stunde Sie –
PRINZESSIN. Auch das!
So will ich morgen Mittag Sie erwarten.
Ich habe Gründe, dieses strafbare
Geheimnis länger nicht zu bergen – es
Nicht länger mehr dem König zu entziehn.
ALBA. Das war es, was mich hergeführt. Sogleich
Muss der Monarch es wissen. Und durch Sie,
Durch Sie, Prinzessin, muss er das. Wem sonst,
Wem sollt er lieber glauben als der strengen,
Der wachsamen Gespielin seines Weibes?
DOMINGO. Wem mehr als Ihnen, die, sobald sie will,
Ihn unumschränkt beherrschen kann?
ALBA. Ich bin
Erklärter Feind des Prinzen.
DOMINGO. Eben das
Ist man gewohnt von mir vorauszusetzen.
Die Fürstin Eboli ist frei. Wo wir
Verstummen müssen, zwingen Pflichten Sie,
Zu reden, Pflichten Ihres Amts. Der König
Entflieht uns nicht, wenn Ihre Winke wirken,
Und dann vollenden wir das Werk.
ALBA. Doch bald,
Gleich jetzt muss das geschehen. Die Augenblicke
Sind kostbar. Jede nächste Stunde kann
Mir den Befehl zum Abmarsch bringen –
DOMINGO *(sich nach einigem Überlegen zur Fürstin kehrend).*
Ob
Sich Briefe finden ließen? Briefe freilich
Von dem Infanten, aufgefangen, müssten
Hier Wirkung tun. – Lass sehen. – Nicht wahr? – Ja.
Sie schlafen doch – so deucht mir – in demselben
Gemache mit der Königin?
PRINZESSIN. Zunächst
An diesem. – Doch was soll mir das?
DOMINGO. Wer sich

Auf Schlösser gut verstände! – Haben Sie
Bemerkt, wo sie den Schlüssel zur Schatulle
Gewöhnlich zu bewahren pflegt?

PRINZESSIN *(nachdenkend).* Das könnte
Zu etwas führen. – Ja – der Schlüssel wäre
Zu finden, denk ich –

DOMINGO. Briefe wollen Boten – –
Der Königin Gefolg ist groß. – – Wer hier
Auf eine Spur geraten könnte! – – Gold
Vermag zwar viel –

ALBA. Hat niemand wahrgenommen,
Ob der Infant Vertraute hat?

DOMINGO. Nicht einen,
In ganz Madrid nicht einen.

ALBA. Das ist seltsam.

DOMINGO. Das dürfen Sie mir glauben; er verachtet
Den ganzen Hof; ich habe meine Proben.

ALBA. Doch wie? Hier eben fällt mir ein, als ich
Von dem Gemach der Königin herauskam,
Stand der Infant bei einem ihrer Pagen;
Sie sprachen heimlich –

PRINZESSIN *(rasch einfallend).*
Nicht doch! Nein! Das war –
Das war von etwas anderm.

DOMINGO. Können wir
Das wissen? – Nein, der Umstand ist verdächtig
(Zum Herzog.) Und kannten Sie den Pagen?

PRINZESSIN. Kinderpossen!
Was wird's auch sonst gewesen sein? Genug,
Ich kenne das. – Wir sehn uns also wieder,
Eh ich den König spreche. – Unterdessen
Entdeckt sich viel.

DOMINGO *(sie auf die Seite führend).*
Und der Monarch darf hoffen?
Ich darf es ihm verkündigen? Gewiss?
Und welche schöne Stunde seinen Wünschen
Erfüllung endlich bringen wird? Auch dies?

PRINZESSIN.
In ein'gen Tagen werd ich krank; man trennt mich
Von der Person der Königin – das ist
An unserm Hofe Sitte, wie Sie wissen.
Ich bleibe dann auf meinem Zimmer.

DOMINGO. Glücklich!

Gewonnen ist das große Spiel. Trotz sei
Geboten allen Königinnen –
PRINZESSIN. Horch!
Man fragt nach mir – die Königin verlangt mich.
Auf Wiedersehen. *(Sie eilt ab.)*

DREIZEHNTER AUFTRITT

Alba. Domingo.

DOMINGO *(nach einer Pause, worin er die Prinzessin mit den Augen begleitet hat).*
Herzog, diese Rosen,
Und Ihre Schlachten –
ALBA. Und dein Gott – so will ich
Den Blitz erwarten, der uns stürzen soll!
(Sie gehen ab.)

VIERZEHNTER AUFTRITT

In einem Kartäuserkloster

Don Carlos. Der Prior.

CARLOS *(zum Prior, indem er hereintritt).*
Schon da gewesen also? – Das beklag ich.
PRIOR. Seit heute Morgen schon das dritte Mal.
Vor einer Stunde ging er weg –
CARLOS. Er will
Doch wiederkommen? Hinterließ er's nicht?
PRIOR. Vor Mittag noch, versprach er.
CARLOS *(an ein Fenster und sich in der Gegend umsehend).*
Euer Kloster
Liegt weit ab von der Straße. – Dorthin zu
Sieht man noch Türme von Madrid. – Ganz recht,
Und hier fließt der Mansanares – Die Landschaft
Ist, wie ich sie mir wünsche. – Alles ist
Hier still, wie ein Geheimnis.
PRIOR. Wie der Eintritt
Ins andre Leben.
CARLOS. Eurer Redlichkeit,

Hochwürd'ger Herr, hab ich mein Kostbarstes,
Mein Heiligstes vertraut. Kein Sterblicher
Darf wissen oder nur vermuten, wen
Ich hier gesprochen und geheim. Ich habe
Sehr wicht'ge Gründe, vor der ganzen Welt
Den Mann, den ich erwarte, zu verleugnen;
Drum wählt' ich dieses Kloster. Vor Verrätern,
Vor Überfall sind wir doch sicher? Ihr
Besinnt Euch noch, was Ihr mir zugeschworen?
PRIOR. Vertrauen Sie uns, gnäd'ger Herr. Der Argwohn
Der Könige wird Gräber nicht durchsuchen.
Das Ohr der Neugier liegt nur an den Türen
Des Glückes und der Leidenschaft. Die Welt
Hört auf in diesen Mauern.
CARLOS. Denkt Ihr etwa,
Dass hinter diese Vorsicht, diese Furcht
Ein schuldiges Gewissen sich verkrieche?
PRIOR. Ich denke nichts.
CARLOS. Ihr irrt Euch, frommer Vater,
Ihr irrt Euch wahrlich. Mein Geheimnis zittert
Vor Menschen, aber nicht vor Gott.
PRIOR. Mein Sohn,
Das kümmert uns sehr wenig. Diese Freistatt
Steht dem Verbrechen offen wie der Unschuld.
Ob, was du vorhast, gut ist oder übel,
Rechtschaffen oder lasterhaft – das mache
Mit deinem eignen Herzen aus.
CARLOS *(mit Wärme)*. Was wir
Verheimlichen, kann euren Gott nicht schänden.
Es ist sein eignes, schönstes Werk. – Zwar Euch,
Euch kann ich's wohl entdecken.
PRIOR. Zu was Ende?
Erlassen Sie mir's lieber, Prinz. Die Welt
Und ihr Geräte liegt schon lange Zeit
Versiegelt da auf jene große Reise.
Wozu die kurze Frist vor meinem Abschied
Noch einmal es erbrechen? – Es ist wenig,
Was man zur Seligkeit bedarf. – Die Glocke
Zur Hora lautet. Ich muss beten gehen. *(Der Prior geht ab.)*

FÜNFZEHNTER AUFTRITT

Don Carlos. Der Marquis von Posa tritt herein.

CARLOS. Ach endlich einmal, endlich. –
MARQUIS. Welche Prüfung
Für eines Freundes Ungeduld! Die Sonne
Ging zweimal auf und zweimal unter, seit
Das Schicksal meines Carlos sich entschieden,
Und jetzt, erst jetzt werd ich es hören. – Sprich,
Ihr seid versöhnt?
CARLOS. Wer?
MARQUIS. Du und König Philipp;
Und auch mit Flandern ist's entschieden?
CARLOS. Dass
Der Herzog morgen dahin reist? – Das ist
Entschieden, ja.
MARQUIS. Das kann nicht sein. Das ist nicht.
Soll ganz Madrid belogen sein? Du hattest
Geheime Audienz, sagt man. Der König –
CARLOS. Blieb unbewegt. Wir sind getrennt auf immer,
Und mehr, als wir's schon waren –
MARQUIS. Du gehst nicht
Nach Flandern?
CARLOS. Nein! nein! nein!
MARQUIS. O meine Hoffnung!
CARLOS. Das nebenbei. O Roderich, seitdem
Wir uns verließen, was hab ich erlebt!
Doch jetzt vor allem deinen Rat! Ich muss
Sie sprechen –
MARQUIS. Deine Mutter? – Nein! – Wozu?
CARLOS. Ich habe Hoffnung. – Du wirst blass? Sei ruhig.
Ich soll und werde glücklich sein. – Doch davon
Ein andermal. Jetzt schaffe Rat, wie ich
Sie sprechen kann. –
MARQUIS. Was soll das? Worauf gründet
Sich dieser neue Fiebertraum?
CARLOS. Nicht Traum!
Beim wundervollen Gott nicht! – Wahrheit, Wahrheit!
(Den Brief des Königs an die Fürstin von Eboli hervorziehend.)
In diesem wichtigen Papier enthalten!
Die Königin ist frei; vor Menschenaugen,
Wie vor des Himmels Augen frei. Da lies

Und höre auf, dich zu verwundern.
MARQUIS *(den Brief eröffnend).* Was?
Was seh ich? Eigenhändig vom Monarchen?
(Nachdem er es gelesen.)
An wen ist dieser Brief?
CARLOS. An die Prinzessin
Von Eboli. – Vorgestern bringt ein Page
Der Königin von unbekannten Händen
Mir einen Brief und einen Schlüssel. Man
Bezeichnet mir im linken Flügel des
Palastes, den die Königin bewohnt,
Ein Kabinett, wo eine Dame mich
Erwarte, die ich längst geliebt. Ich folge
Sogleich dem Winke –
MARQUIS. Rasender, du folgst?
CARLOS. Ich kenne ja die Handschrift nicht – Ich kenne
Nur e i n e solche Dame. Wer als s i e
Wird sich von Carlos angebetet wähnen?
Voll süßen Schwindels flieg ich nach dem Platze;
Ein göttlicher Gesang, der aus dem Innern
Des Zimmers mir entgegenschallt, dient mir
Zum Führer – ich eröffne das Gemach –
Und wen entdeck ich? – Fühle mein Entsetzen!
MARQUIS. O ich errate alles
CARLOS. Ohne Rettung
War ich verloren, Roderich, wär ich
In eines Engels Hände nicht gefallen.
Welch unglücksel'ger Zufall! Hintergangen
Von meiner Blicke unvorsicht'ger Sprache,
Gab sie der süßen Täuschung sich dahin,
Sie selber sei der Abgott dieser Blicke.
Gerührt von meiner Seele stillen Leiden,
Beredet sich großmütig-unbesonnen
Ihr weiches Herz, mir Liebe zu erwidern.
Die Ehrfurcht schien mir Schweigen zu gebieten;
Sie hat die Kühnheit, es zu brechen – offen
Liegt ihre schöne Seele mir –
MARQUIS. So ruhig
Erzählst du das? – Die Fürstin Eboli
Durchschaute dich. Kein Zweifel mehr, sie drang
In deiner Liebe innerstes Geheimnis.
Du hast sie schwer beleidigt. Sie beherrscht
Den König.

CARLOS *(zuversichtlich).* Sie ist tugendhaft.
MARQUIS. Sie ist's
Aus Eigennutz der Liebe – Diese Tugend,
Ich fürchte sehr, ich kenne sie – wie wenig
Reicht sie empor zu jenem Ideale,
Das aus der Seele mütterlichem Boden,
In stolzer, schöner Grazie empfangen,
Freiwillig sprosst und ohne Gärtners Hilfe
Verschwenderische Blüten treibt! Es ist
Ein fremder Zweig, mit nachgeahmtem Süd
In einem rauern Himmelsstrich getrieben;
Erziehung, Grundsatz, nenn es, wie du willst,
Erworbne Unschuld, dem erhitzten Blut
Durch List und schwere Kämpfe abgerungen,
Dem Himmel, der sie fordert und bezahlt,
Gewissenhaft, sorgfältig angeschrieben.
Erwäge selbst! Wird sie der Königin
Es je vergeben können, dass ein Mann
An ihrer eignen, schwer erkämpften Tugend
Vorüberging, sich für Don Philipps Frau
In hoffnungslosen Flammen zu verzehren?
CARLOS. Kennst du die Fürstin so genau?
MARQUIS. Gewiss nicht.
Kaum dass ich zweimal sie gesehn. Doch nur
Ein Wort lass mich noch sagen: Mir kam vor,
Dass sie geschickt des Lasters Blößen mied,
Dass sie sehr gut um ihre Tugend wusste.
Dann sah ich auch die Königin. – O Karl,
Wie anders alles, was ich hier bemerkte!
In angeborner stiller Glorie,
Mit sorgenlosem Leichtsinn, mit des Anstands
Schulmäßiger Berechnung unbekannt,
Gleich ferne von Verwegenheit und Furcht,
Mit festem Heldenschritte wandelt sie
Die schmale Mittelbahn des Schicklichen,
Unwissend, dass sie Anbetung erzwungen,
Wo sie von eignem Beifall nie geträumt.
Erkennt mein Karl auch hier in diesem Spiegel,
Auch jetzt noch seine Eboli? – Die Fürstin
Blieb standhaft, weil sie liebte; Liebe war
In ihre Tugend wörtlich einbedungen.
Du hast sie nicht belohnt – sie fällt.
CARLOS *(mit einiger Heftigkeit).* Nein! nein!

(Nachdem er heftig auf und nieder gegangen.)
Nein, sag ich dir. – O wüsste Roderich,
Wie trefflich es ihn kleidet, seinem Karl
Der Seligkeiten göttlichste, den Glauben
An menschliche Vortrefflichkeit, zu stehlen!

MARQUIS.
Verdien ich das? – Nein, Liebling meiner Seele,
Das wollt' ich nicht, bei Gott im Himmel nicht! –
O diese Eboli – sie wär ein Engel,
Und ehrerbietig, wie du selbst, stürzt ich
Vor ihrer Glorie mich nieder, hätte
Sie – dein Geheimnis nicht erfahren.

CARLOS. Sieh,
Wie eitel deine Furcht ist! Hat sie andre
Beweise wohl, als die sie selbst beschämen?
Wird sie der Rache trauriges Vergnügen
Mit ihrer Ehre kaufen?

MARQUIS. Ein Erröten
Zurückzunehmen, haben manche schon
Der Schande sich geopfert.

CARLOS *(mit Heftigkeit aufstehend).* Nein, das ist
Zu hart, zu grausam. Sie ist stolz und edel;
Ich kenne sie und fürchte nichts. Umsonst
Versuchst du, meine Hoffnungen zu schrecken.
Ich spreche meine Mutter.

MARQUIS. Jetzt? Wozu?

CARLOS. Ich habe nun nichts mehr zu schonen – muss
Mein Schicksal wissen. Sorge nur, wie ich
Sie sprechen kann.

MARQUIS. Und diesen Brief willst du
Ihr zeigen? Wirklich willst du das?

CARLOS. Befrage
Mich darum nicht. Das Mittel jetzt, das Mittel,
Dass ich sie spreche!

MARQUIS *(mit Bedeutung).* Sagtest du mir nicht,
Du liebtest deine Mutter? – Du bist willens,
Ihr diesen Brief zu zeigen? *(Carlos sieht zur Erde und schweigt.)*
Karl, ich lese
In deinen Mienen etwas – mir ganz neu –
Ganz fremd bis diesen Augenblick. – Du wendest
Die Augen von mir? Warum wendest du
Die Augen von mir? So ist's wahr? – Ob ich
Denn wirklich recht gelesen? Lass doch sehn –

(Carlos gibt ihm den Brief. Der Marquis zerreißt ihn.)

CARLOS. Was, bist du rasend? *(Mit gemäßigter Empfindlichkeit.)* Wirklich – ich gesteh es –
An diesem Briefe lag mir viel.

MARQUIS. So schien es.
Darum zerriss ich ihn.

(Der Marquis ruht mit einem durchdringenden Blick auf dem Prinzen, der ihn zweifelhaft ansieht. Langes Stillschweigen.)

Sprich doch – was haben
Entweihungen des königlichen Bettes
Mit deiner – deiner Liebe denn zu schaffen?
War Philipp dir gefährlich? Welches Band
Kann die verletzten Pflichten des Gemahls
Mit deinen kühnern Hoffnungen verknüpfen?
Hat er gesündigt, wo du liebst? Nun freilich
Lern ich dich fassen. O wie schlecht hab ich
Bis jetzt auf deine Liebe mich verstanden!

CARLOS. Wie, Roderich? Was glaubst du?

MARQUIS. O ich fühle,
Wovon ich mich entwöhnen muss. Ja einst,
Einst war's ganz anders. Da warst du reich,
So warm, so reich! Ein ganzer Weltkreis hatte
In deinem weiten Busen Raum. Das alles
Ist nun dahin, von einer Leidenschaft,
Von einem kleinen Eigennutz verschlungen.
Dein Herz ist ausgestorben. Keine Träne
Dem ungeheuern Schicksal der Provinzen,
Nicht einmal eine Träne mehr! – O Karl,
Wie arm bist du, wie bettelarm geworden,
Seitdem du niemand liebst als dich!

CARLOS *(wirft sich in einen Sessel. – Nach einer Pause mit kaum unterdrücktem Weinen).* Ich weiß
Dass du mich nicht mehr achtest.

MARQUIS. Nicht so, Karl!
Ich kenne diese Aufwallung. Sie war
Verirrung lobenswürdiger Gefühle.
Die Königin gehörte dir, war dir
Geraubt von dem Monarchen – doch bis jetzt
Misstrautest du bescheiden deinen Rechten.
Vielleicht war Philipp ihrer wert. Du wagtest
Nur leise noch, das Urteil ganz zu sprechen.
Der Brief entschied. Der Würdigste warst du.
Mit stolzer Freude sahst du nun das Schicksal

Der Tyrannei, des Raubes überwiesen.
Du jauchztest, der Beleidigte zu sein;
Denn Unrecht leiden schmeichelt großen Seelen.
Doch hier verirrte deine Phantasie,
Dein Stolz empfand Genugtuung – dein Herz
Versprach sich Hoffnung. Sieh, ich wusst' es wohl,
Du hattest diesmal selbst dich missverstanden.
CARLOS *(gerührt).* Nein, Roderich, du irrest sehr. Ich dachte
So edel nicht, bei weitem nicht, als du
Mich gerne glauben machen möchtest.
MARQUIS. Bin
Ich denn so wenig hier bekannt? Sieh, Karl,
Wenn du verirrest, such ich allemal
Die Tugend unter hunderten zu raten,
Die ich des Fehlers zeihen kann. Doch nun
Wir besser uns verstehen, sei's! Du sollst
Die Königin jetzt sprechen, musst sie sprechen. –
CARLOS *(ihm um den Hals fallend).*
O wie erröt ich neben dir!
MARQUIS. Du hast
Mein Wort. Nun überlass mir alles andre.
Ein wilder, kühner, glücklicher Gedanke
Steigt auf in meiner Phantasie. – Du sollst
Ihn hören, Karl, aus einem schönern Munde.
Ich dränge mich zur Königin. Vielleicht,
Dass morgen schon der Ausgang sich erwiesen.
Bis dahin, Karl, vergiss nicht, dass „ein Anschlag,
Den höhere Vernunft gebar, das Leiden
Der Menschheit drängt, zehntausendmal vereitelt,
Nie aufgegeben werden darf". – Hörst du?
Erinnre dich an Flandern!
CARLOS. Alles, alles,
Was du und hohe Tugend mir gebieten.
MARQUIS *(geht an ein Fenster).*
Die Zeit ist um. Ich höre dein Gefolge. *(Sie umarmen sich.)*
Jetzt wieder Kronprinz und Vasall.
CARLOS. Du fährst
Sogleich zur Stadt?
MARQUIS. Sogleich.
CARLOS. Halt! noch ein Wort!
Wie leicht war das vergessen! – Eine Nachricht,
Die äußerst wichtig: – „Briefe nach Brabant
Erbricht der König." Sei auf deiner Hut!

Die Post des Reichs, ich weiß es, hat geheime
Befehle. –
MARQUIS. Wie erfuhrst du das?
CARLOS. Don Raimond
Von Taxis ist mein guter Freund.
MARQUIS *(nach einigem Stillschweigen).* Auch das!
So nehmen sie den Umweg über Deutschland!
(Sie gehen ab zu verschiedenen Türen.)

DRITTER AKT

Das Schlafzimmer des Königs

ERSTER AUFTRITT

Auf dem Nachttische zwei brennende Lichter. Im Hintergrunde des Zimmers einige Pagen auf den Knien, eingeschlafen. Der König, *von oben herab halb ausgekleidet, steht vor dem Tische, einen Arm über den Sessel gebeugt, in einer nachdenkenden Stellung. Vor ihm liegt ein Medaillon und Papiere.*

KÖNIG. Dass sie sonst Schwärmerin gewesen – wer
Kann's leugnen? Nie konnt' ich ihr Liebe geben,
Und dennoch – schien sie Mangel je zu fühlen?
So ist's erwiesen, sie ist falsch.
(Hier macht er eine Bewegung, die ihn zu sich selbst bringt. Er sieht mit Befremdung auf.)
Wo war ich?
Wacht denn hier niemand als der König? – Was?
Die Lichter schon herabgebrannt? doch nicht
Schon Tag? – Ich bin um meinen Schlummer. Nimm
Ihn für empfangen an, Natur. Ein König hat
Nicht Zeit, verlorne Nächte nachzuholen;
Jetzt bin ich wach, und Tag soll sein.
(Er löscht die Lichter aus und öffnet eine Fenstergardine. – Indem er auf und nieder geht, bemerkt er die schlafenden Knaben und bleibt eine Zeit lang schweigend vor ihnen stehen; darauf zieht er die Glocke.)
Schläft's irgend
Vielleicht in meinem Vorsaal auch?

ZWEITER AUFTRITT

Der König. *Graf* Lerma.

LERMA *(mit Bestürzung, da er den König gewahr wird).*
Befinden
Sich Ihre Majestät nicht wohl?
KÖNIG. Im linken
Pavillon war Feuer. Hörtet Ihr
Den Lärmen nicht?

LERMA. Nein, Ihre Majestät.
KÖNIG. Nein? Wie? Und also hätt ich nur geträumt?
Das kann von ohngefähr nicht kommen. Schläft
Auf jenem Flügel nicht die Königin?
LERMA. Ja, Ihre Majestät.
KÖNIG. Der Traum erschreckt mich.
Man soll die Wachen künftig dort verdoppeln,
Hört Ihr? sobald es Abend wird – doch ganz,
Ganz insgeheim. – Ich will nicht haben, dass –
Ihr prüft mich mit den Augen?
LERMA. Ich entdecke
Ein brennend Auge, das um Schlummer bittet.
Darf ich es wagen, Ihre Majestät
An ein kostbares Leben zu erinnern,
An Völker zu erinnern, die die Spur
Durchwachter Nacht mit fürchtender Befremdung
In solchen Mienen lesen würden? – Nur
Zwei kurze Morgenstunden Schlafes –
KÖNIG *(mit zerstörten Blicken).* Schlaf?
Schlaf find ich in Eskurial. – Solange
Der König schläft, ist er um seine Krone,
Der Mann um seines Weibes Herz – Nein, nein!
Es ist Verleumdung. – War es nicht ein Weib,
Ein Weib, das mir es flüsterte? Der Name
Des Weibes heißt Verleumdung. Das Verbrechen
Ist nicht gewiss, bis mir's ein Mann bekräftigt.
(Zu den Pagen, welche sich unterdessen ermuntert haben.)
Ruft Herzog Alba! *(Pagen gehen.)*
Tretet näher, Graf!
Ist's wahr? *(Er bleibt forschend vor dem Grafen stehen.)*
O eines Pulses Dauer nur
Allwissenheit! – Schwört mir, ist's wahr? Ich bin
Betrogen? Bin ich's? Ist es wahr?
LERMA. Mein großer,
Mein bester König –
KÖNIG *(zurückfahrend).* König! König nur,
Und wieder König! – Keine bessre Antwort
Als leeren hohlen Widerhall? Ich schlage
An diesen Felsen und will Wasser, Wasser
Für meinen heißen Fieberdurst – er gibt
Mir glühend Gold.
LERMA. Was wäre wahr, mein König?
KÖNIG. Nichts. Nichts. Verlasst mich. Geht.

(Der Graf will sich entfernen, er ruft ihn noch einmal zurück.)
Ihr seid vermählt?
Seid Vater? Ja?
LERMA. Ja, Ihre Majestät.
KÖNIG. Vermählt und könnt es wagen, eine Nacht
Bei Eurem Herrn zu wachen? Euer Haar
Ist silbergrau, und Ihr errötet nicht,
An Eures Weibes Redlichkeit zu glauben?
O geht nach Hause. Eben trefft Ihr sie
In Eures Sohns blutschändrischer Umarmung.
Glaubt Eurem König, geht – Ihr steht bestürzt?
Ihr seht mich mit Bedeutung an? – weil ich,
Ich selber etwa graue Haare trage?
Unglücklicher, besinnt Euch. Königinnen
Beflecken ihre Tugend nicht. Ihr seid
Des Todes, wenn Ihr zweifelt –
LERMA *(mit Hitze).* Wer kann das?
In allen Staaten meines Königs, wer
Ist frech genug, mit giftigem Verdacht
Die engelreine Tugend anzuhauchen?
Die beste Königin so tief –
KÖNIG. Die Beste?
Und Eure Beste also auch? Sie hat
Sehr warme Freunde um mich her, find ich.
Das muss ihr viel gekostet haben – mehr,
Als mir bekannt ist, dass sie geben kann.
Ihr seid entlassen. Lasst den Herzog kommen.
LERMA. Schon hör ich ihn im Vorsaal –
(Im Begriff zu gehen.)
KÖNIG *(mit gemildertem Tone).* Graf! Was Ihr
Vorhin bemerkt, ist doch wohl wahr gewesen.
Mein Kopf glüht von durchwachter Nacht. – Vergesst,
Was ich im wachen Traum gesprochen. Hört Ihr?
Vergesst es. Ich bin Euer gnäd'ger König.
(Er reicht ihm die Hand zum Kusse. Lerma geht und öffnet dem Herzog von Alba die Türe.)

DRITTER AUFTRITT

Der König und Herzog von Alba.

ALBA *(nähert sich dem Könige mit ungewisser Miene).*
Ein mir so überraschender Befehl –
Zu dieser außerordentlichen Stunde?
(Er stutzt, wie er den König genauer betrachtet.)
Und dieser Anblick –
KÖNIG *(hat sich niedergesetzt und das Medaillon auf dem Tische ergriffen. Er sieht den Herzog eine lange Zeit stillschweigen an).*
Also wirklich wahr?
Ich habe keinen treuen Diener?
ALBA *(steht betreten still).* Wie?
KÖNIG. Ich bin aufs tödlichste gekränkt – man weiß es,
Und niemand, der mich warnte!
ALBA *(mit einem Blick des Erstaunens).* Eine Kränkung,
Die meinem König gilt und meinem Aug
Entging?
KÖNIG *(zeigt ihm die Briefe).* Erkennt Ihr diese Hand?
ALBA. Es ist
Don Carlos' Hand –
KÖNIG *(Pause, worin er den Herzog scharf beobachtet).*
Vermutet Ihr noch nichts?
Ihr habt vor seinem Ehrgeiz mich gewarnt.
War's nur sein Ehrgeiz, dieser nur, wovor
Ich zittern sollte?
ALBA. Ehrgeiz ist ein großes –
Ein weites Wort, worin unendlich viel
Noch liegen kann.
KÖNIG. Und wisst Ihr nichts besonders
Mir zu entdecken?
ALBA *(nach einigem Stillschweigen mit verschlossener Miene).*
Ihre Majestät
Vertrauten meiner Wachsamkeit das Reich.
Dem Reiche bin ich mein geheimstes Wissen
Und meine Einsicht schuldig. Was ich sonst
Vermute, denke oder weiß, gehört
Mir eigen zu. Es sind geheiligte
Besitzungen, die der verkaufte Sklave,
Wie der Vasall, den Königen der Erde
Zurückzuhalten Vorrecht hat. – Nicht alles,
Was klar vor m e i n e r Seele steht, ist reif

Genug für meinen König. Will er doch
Befriedigt sein, so muss ich bitten, nicht
Als Herr zu fragen.
KÖNIG *(gibt ihm die Briefe).* Lest.
ALBA *(liest und wendet sich erschrocken gegen den König).*
Wer war
Der Rasende, dies unglücksel'ge Blatt
In meines Königs Hand zu geben?
KÖNIG. Was?
So wisst Ihr, wen der Inhalt meint? – Der Name
Ist, wie ich weiß, auf dem Papier vermieden.
ALBA *(betroffen zurücktretend).*
Ich war zu schnell.
KÖNIG. Ihr wisst?
ALBA *(nach einigem Bedenken).* Es ist heraus.
Mein Herr befiehlt – ich darf nicht mehr zurücke –
Ich leugn' es nicht – ich kenne die Person.
KÖNIG *(aufstehend in einer schrecklichen Bewegung).*
O einen neuen Tod hilf mir erdenken,
Der Rache fürchterlicher Gott! – So klar,
So weltbekannt, so laut ist das Verständnis,
Dass man, des Forschens Mühe überhoben,
Schon auf den ersten Blick es rät – Das ist
Zu viel! Das hab ich nie gewusst! Das nicht!
Ich also bin der Letzte, der es findet!
Der Letzte durch mein ganzes Reich –
ALBA *(wirft sich dem König zu Füßen).* Ja, ich bekenne
Mich schuldig, gnädigster Monarch. Ich schäme
Mich einer feigen Klugheit, die mir da
Zu schweigen riet, wo meines Königs Ehre,
Gerechtigkeit und Wahrheit laut genug
Zu reden mich bestürmten – Weil doch alles
Verstummen will – weil die Bezauberung
Der Schönheit aller Männer Zungen bindet,
So sei's gewagt, ich rede; weiß ich gleich,
Dass eines Sohnes einschmeichelnde Beteurung,
Dass die verführerischen Reizungen,
Die Tränen der Gemahlin –
KÖNIG *(rasch und heftig).* Stehet auf.
Ihr habt mein königliches Wort – Steht auf.
Sprecht unerschrocken.
ALBA *(aufstehend).* Ihre Majestät
Besinnen sich vielleicht noch jenes Vorfalls

Im Garten zu Aranjuez. Sie fanden
Die Königin von allen ihren Damen
Verlassen – mit zerstörtem Blick – allein
In einer abgelegnen Laube.

KÖNIG. Ha!
Was werd ich hören? Weiter!

ALBA. Die Marquisin
Von Mondekar ward aus dem Reich verbannt,
Weil sie Großmut genug besaß, sich schnell
Für ihre Königin zu opfern – Jetzt
Sind wir berichtet – Die Marquisin hatte
Nicht mehr getan, als ihr befohlen worden.
Der Prinz war dort gewesen.

KÖNIG *(schrecklich auffahrend)*. Dort gewesen?
Doch also –

ALBA. Eines Mannes Spur im Sande,
Die von dem linken Eingang dieser Laube
Nach einer Grotte sich verlor, wo noch
Ein Schnupftuch lag, das der Infant vermisste,
Erweckte gleich Verdacht. Ein Gärtner hatte
Dem Prinzen dort begegnet, und das war,
Beinah auf die Minute ausgerechnet,
Dieselbe Zeit, wo Eure Majestät
Sich in der Laube zeigten.

KÖNIG *(aus einem finstern Nachsinnen zurückkommend)*.
Und sie weinte,
Als ich Befremdung blicken ließ! Sie machte
Vor meinem ganzen Hofe mich erröten!
Erröten vor mir selbst – Bei Gott! Ich stand
Wie ein Gerichteter vor ihrer Tugend –
(Eine lange und tiefe Stille. Er setzt sich nieder und verhüllt das Gesicht.)
Ja, Herzog Alba – Ihr habt Recht – Das könnte
Zu etwas Schrecklichem mich führen – Lasst
Mich einen Augenblick allein.

ALBA. Mein König,
Selbst das entscheidet noch nicht ganz –

KÖNIG *(nach den Papieren greifend)*. Auch das nicht?
Und das? Und wieder das? Und dieser laute
Zusammenklang verdammender Beweise?
O es ist klärer als das Licht – Was ich
Schon lange Zeit vorausgewusst – Der Frevel
Begann schon da, als ich von Euern Händen

Sie in Madrid zuerst empfing – Noch seh ich
Mit diesem Blick des Schreckens, geisterbleich,
Auf meinen grauen Haaren sie verweilen.
Da fing es an, das falsche Spiel!

ALBA. Dem Prinzen
Starb eine Braut in seiner jungen Mutter.
Schon hatten sie mit Wünschen sich gewiegt,
In feurigen Empfindungen verstanden,
Die ihr der neue Stand verbot. Die Furcht
War schon besiegt, die Furcht, die sonst das erste
Geständnis zu begleiten pflegt, und kühner
Sprach die Verführung in vertrauten Bildern
Erlaubter Rückerinnerung. Verschwistert
Durch Harmonie der Meinung und der Jahre,
Durch gleichen Zwang erzürnt, gehorchten sie
Den Wallungen der Leidenschaft so dreister.
Die Politik griff ihrer Neigung vor;
Ist es zu glauben, mein Monarch, dass sie
Dem Staatsrat diese Vollmacht zuerkannte?
Dass sie die Lüsternheit bezwang, die Wahl
Des Kabinetts aufmerksamer zu prüfen?
Sie war gefasst auf Liebe und empfing –
Ein Diadem.

KÖNIG *(beleidigt und mit Bitterkeit).* Ihr unterscheidet sehr –
Sehr weise, Herzog – Ich bewundre Eure
Beredsamkeit. Ich dank Euch.
(Aufstehend, kalt und stolz.) Ihr habt Recht;
Die Königin hat sehr gefehlt, mir Briefe
Von diesem Inhalt zu verbergen – mir
Die strafbare Erscheinung des Infanten
Im Garten zu verheimlichen. Sie hat
Aus falscher Großmut sehr gefehlt. Ich werde
Sie zu bestrafen wissen. *(Er zieht die Glocke.)*
Wer ist sonst
Im Vorsaal? – Euer, Herzog Alba,
Bedarf ich nicht mehr. Tretet ab.

ALBA. Sollt ich
Durch meinen Eifer Eurer Majestät
Zum zweiten Mal missfallen haben?

KÖNIG *(zu einem Pagen, der hereintritt).* Lasst
Domingo kommen. *(Der Page geht ab.)*
Ich vergeb es Euch,
Dass Ihr beinahe zwei Minuten lang

Mich ein Verbrechen hättet fürchten lassen,
Das gegen Euch begangen werden kann.
(Alba entfernt sich.)

VIERTER AUFTRITT

Der König. Domingo.

DER KÖNIG *(geht einige Mal auf und ab, sich zu sammeln).*
DOMINGO *(tritt einige Minuten nach dem Herzog herein, nähert sich dem Könige, den er eine Zeit lang mit feierlicher Stille betrachtet).*
Wie froh erstaun ich, Eure Majestät
So ruhig, so gefasst zu sehn.
KÖNIG. Erstaunt Ihr –
DOMINGO. Der Vorsicht sei's gedankt, dass meine Furcht
Doch also nicht gegründet war! Nun darf
Ich umso eher hoffen.
KÖNIG. Eure Furcht?
Was war zu fürchten?
DOMINGO. Ihre Majestät,
Ich darf nicht bergen, dass ich allbereits
Um ein Geheimnis weiß –
KÖNIG *(finster).* Hab ich denn schon
Den Wunsch geäußert, es mit Euch zu teilen?
Wer kam so unberufen mir zuvor?
Sehr kühn, bei meiner Ehre!
DOMINGO. Mein Monarch,
Der Ort, der Anlass, wo ich es erfahren,
Das Siegel, unter dem ich es erfahren,
Spricht wenigstens von dieser Schuld mich frei.
Am Beichtstuhl ward es mir vertraut – vertraut
Als Missetat, die das empfindliche
Gewissen der Entdeckerin belastet
Und Gnade bei dem Himmel sucht. Zu spät
Beweint die Fürstin eine Tat, von der
Sie Ursach hat, die fürchterlichsten Folgen
Für ihre Königin zu ahnden.
KÖNIG. Wirklich?
Das gute Herz – Ihr habt ganz recht vermutet,
Weswegen ich Euch rufen ließ. Ihr sollt
Aus diesem dunkeln Labyrinth mich führren,

Worein ein blinder Eifer mich geworfen.
Von Euch erwart ich Wahrheit. Redet offen
Mit mir. Was soll ich glauben, was beschließen?
Von Eurem Amte fordr' ich Wahrheit.

DOMINGO. Sire,
Wenn meines Standes Mildigkeit mir auch
Der Schonung süße Pflicht nicht auferlegte,
Doch würd ich Eure Majestät beschwören,
Um Ihrer Ruhe willen Sie beschwören,
Bei dem Entdeckten stillzustehn – das Forschen
In ein Geheimnis ewig aufzugeben,
Das niemals freudig sich entwickeln kann.
Was jetzt bekannt ist, kann vergeben werden.
Ein Wort des Königs – und die Königin
Hat nie gefehlt. Der Wille des Monarchen
Verleiht die Tugend wie das Glück – und nur
Die immer gleiche Ruhe meines Königs
Kann die Gerüchte mächtig niederschlagen,
Die sich die Lästerung erlaubt.

KÖNIG. Gerüchte?
Von mir? und unter meinem Volke?

DOMINGO. Lügen!
Verdammenswerte Lügen! Ich beschwör es. –
Doch freilich gibt es Fälle, wo der Glaube
Des Volks, und wär er noch so unerwiesen,
Bedeutend wie die Wahrheit wird.

KÖNIG. Bei Gott!
Und hier gerade wär es –

DOMINGO. Guter Name
Ist das kostbare, einz'ge Gut, um welches
Die Königin mit einem Bürgerweibe
Wetteifern muss –

KÖNIG. Für den doch, will ich hoffen,
Hier nicht gezittert werden soll?

(Er ruht mit ungewissem Blick auf Domingo. Nach einem Stillschweigen.)

Kaplan,
Ich soll noch etwas Schlimmes von Euch hören.
Verschiebt es nicht. Schon lange les ich es
In diesem Unglück bringenden Gesichte.
Heraus damit! Sei's, was es wolle! Lasst
Nicht länger mich auf dieser Folter beben.
Was glaubt das Volk?

DOMINGO. Noch einmal, Sire, das Volk
Kann irren – und es irrt gewiss. Was es
Behauptet, darf den König nicht erschüttern –
Nur – d a s s es so weit schon sich wagen durfte,
Dergleichen zu behaupten –
KÖNIG. Was? Muss ich
So lang um einen Tropfen Gift Euch bitten?
DOMINGO. Das Volk denkt an den Monat noch zurücke,
Der Eure königliche Majestät
Dem Tode nahe brachte – dreißig Wochen
Nach diesem liest es von der glücklichen
Entbindung –
(Der König steht auf und zieht die Glocke. Herzog von Alba tritt herein. Domingo betroffen.)
Ich erstaune, Sire!
KÖNIG *(dem Herzog Alba entgegengehend).* Toledo!
Ihr seid ein Mann. Schützt mich vor diesem Priester.
DOMINGO *(Er und Herzog Alba geben sich verlegne Blicke. Nach einer Pause).*
Wenn wir voraus es hätten wissen können,
Dass diese Nachricht an dem Überbringer
Geahndet werden sollte –
KÖNIG. Bastard sagt Ihr?
Ich war, sagt Ihr, vom Tode kaum erstanden,
Als sie sich Mutter fühlte? – Wie? Das war
Ja damals, wenn ich anders mich nicht irre,
Als Ihr den heiligen Dominikus
In allen Kirchen für das hohe Wunder lobtet,
Das er an mir gewirkt? – Was damals Wunder
Gewesen, ist es jetzt nicht mehr? So habt
Ihr damals oder heute mir gelogen.
An was verlangt Ihr, dass ich glauben soll?
O ich durchschau Euch. Wäre das Komplott
Schon damals reif gewesen – ja, dann war
Der Heilige um seinen Ruhm.
ALBA. Komplott!
KÖNIG. Ihr solltet
Mit dieser beispiellosen Harmonie
Jetzt in derselben Meinung Euch begegnen
Und doch nicht einverstanden sein? Mich wollt
Ihr das bereden? Mich? Ich soll vielleicht
Nicht wahrgenommen haben, wie erpicht
Und gierig Ihr auf Euren Raub Euch stürztet?

Mit welcher Wollust Ihr an meinem Schmerz,
An meines Zornes Wallung Euch geweidet?
Nicht merken soll ich, wie voll Eifer dort
Der Herzog brennt, der Gunst zuvorzueilen,
Die meinem Sohn beschieden war? Wie gerne
Der fromme Mann hier seinen kleinen Groll
Mit meines Zornes Riesenarm bewehrte?
Ich bin der Bogen, bildet Ihr Euch ein,
Den man nur spannen dürfe nach Gefallen? –
Noch hab ich meinen Willen auch – und wenn
Ich zweifeln soll, so lasst mich wenigstens
Bei Euch den Anfang machen.

ALBA. Diese Deutung
Hat unsre Treue nicht erwartet.

KÖNIG. Treue!
Die Treue warnt vor drohenden Verbrechen,
Die Rachgier spricht von den begangenen.
Lasst hören! Was gewann ich denn durch Eure
Dienstfertigkeit? – Ist, was Ihr vorgebt, wahr,
Was bleibt mir übrig als der Trennung Wunde?
Der Rache trauriger Triumph? – Doch nein,
Ihr fürchtet nur, Ihr gebt mir schwankende
Vermutungen – am Absturz einer Hölle
Lasst Ihr mich stehen und entflieht.

DOMINGO. Sind andre
Beweise möglich, wo das Auge selbst
Nicht überwiesen werden kann?

KÖNIG *(nach einer großen Pause, ernst und feierlich zu Domingo sich wendend).* Ich will
Die Großen meines Königreichs versammeln
Und selber zu Gerichte sitzen. Tretet
Heraus vor allen – habt Ihr Mut – und klaget
Als eine Buhlerin sie an! – Sie soll
Des Todes sterben – ohne Rettung – sie
Und der Infant soll sterben – aber – merkt Euch!
Kann sie sich reinigen – Ihr selbst! Wollt Ihr
Die Wahrheit durch ein solches Opfer ehren?
Entschließet Euch. Ihr wollt nicht? Ihr verstummt?
Ihr wollt nicht? – Das ist eines Lügners Eifer.

ALBA *(der stillschweigend in der Ferne gestanden hat, kalt und ruhig).* Ich will es.

KÖNIG *(dreht sich erstaunt um und sieht den Herzog eine Zeit lang starr an).* Das ist kühn! – Doch mir fällt ein,

Dass Ihr in scharfen Schlachten Euer Leben
An etwas weit Geringeres gewagt –
Mit eines Würfelspielers Leichtsinn für
Des Ruhmes Unding es gewagt – Und was
Ist Euch das Leben? – Königliches Blut
Geb ich dem Rasenden nicht preis, der nichts
Zu hoffen hat, als ein geringes Dasein
Erhaben aufzugeben – Euer Opfer
Verwerf ich. Geht – geht, und im Audienzsaal
Erwartet meine weiteren Befehle. *(Beide gehen ab.)*

FÜNFTER AUFTRITT

Der König allein.

Jetzt gib mir einen Menschen, gute Vorsicht –
Du hast mir viel gegeben. Schenke mir
Jetzt einen Menschen. Du – du bist allein,
Denn deine Augen prüfen das Verborgne,
Ich bitte dich um einen Freund, denn ich
Bin nicht, wie du, allwissend. Die Gehülfen,
Die du mir zugeordnet hast, was sie
Mir sind, weißt du. Was sie verdienen, haben
Sie mir gegolten. Ihre zahmen Laster,
Beherrscht vom Zaume, dienen meinen Zwecken,
Wie deine Wetter reinigen die Welt.
Ich brauche Wahrheit – Ihre stille Quelle
Im dunkeln Schutt des Irrtums aufzugraben,
Ist nicht das Los der Könige. Gib mir
Den seltnen Mann mit reinem, offnem Herzen,
Mit hellem Geist und unbefangnen Augen,
Der mir sie finden helfen kann – ich schütte
Die Lose auf; lass unter Tausenden,
Die um der Hoheit Sonnenscheibe flattern,
Den Einzigen mich finden.
(Er öffnet eine Schatulle und nimmt eine Schreibtafel heraus. Nachdem er eine Zeit lang darin geblättert.)
Bloße Namen –
Nur Namen stehen hier, und nicht einmal
Erwähnung des Verdiensts, dem sie den Platz
Auf dieser Tafel danken – und was ist
Vergesslicher als Dankbarkeit? Doch hier

Auf dieser andern Tafel les ich jede
Vergehung pünktlich beigeschrieben. Wie?
Das ist nicht gut. Braucht etwa das Gedächtnis
Der Rache dieser Hülfe noch? *(Liest weiter.)*
Graf Egmont?
Was will der hier? – der Sieg bei Saint Quentin
War längst verwirkt. Ich werf ihn zu den Toten.
(Er löscht diesen Namen aus und schreibt ihn auf die andere Tafel. Nachdem er weitergelesen.)
Marquis von Posa? – Posa? – Posa? Kann
Ich dieses Menschen mich doch kaum besinnen!
Und zweifach angestrichen – ein Beweis,
Dass ich zu großen Zwecken ihn bestimmte!
Und, war es möglich? dieser Mensch entzog
Sich meiner Gegenwart bis jetzt? vermied
Die Augen seines königlichen Schuldners?
Bei Gott! im ganzen Umkreis meiner Staaten
Der einz'ge Mensch, der meiner nicht bedarf!
Besäß er Habsucht oder Ehrbegierde,
Er wäre längst vor meinem Thron erschienen.
Wag ich's mit diesem Sonderling? Wer mich
Entbehren kann, wird Wahrheit für mich haben.
(Er geht ab.)

SECHSTER AUFTRITT

Der Audienzsaal

Don Carlos im Gespräch mit dem Prinzen von Parma. Die Herzoge von Alba, Feria und Medina Sidonia. Graf von Lerma und noch andere Granden mit Schriften in der Hand. Alle den König erwartend.

MEDINA SIDONIA *(von allen Umstehenden sichtbar vermieden, wendet sich zum Herzog von Alba, der allein und in sich gekehrt auf und ab geht).*
Sie haben ja den Herrn gesprochen, Herzog. –
Wie fanden Sie ihn aufgelegt?
ALBA. Sehr übel
Für Sie und Ihre Zeitungen.
MEDINA SIDONIA. Im Feuer
Des englischen Geschützes war mir's leichter

Als hier auf diesem Pflaster.
(Carlos, der mit stiller Teilnahme auf ihn geblickt hat, nähert sich ihm jetzt und drückt ihm die Hand.)
Warmen Dank
Für diese großmutsvolle Träne, Prinz.
Sie sehen, wie mich alles flieht. Nun ist
Mein Untergang beschlossen.

CARLOS. Hoffen Sie
Das Beste, Freund, von meines Vaters Gnade
Und Ihrer Unschuld.

MEDINA SIDONIA. Ich verlor ihm eine Flotte,
Wie keine noch im Meer erschien – Was ist
Ein Kopf wie dieser gegen siebenzig
Versunkne Gallionen? – Aber, Prinz –
Fünf Söhne, hoffnungsvoll wie Sie – das bricht
Mein Herz –

SIEBENTER AUFTRITT

Der König kommt angekleidet heraus. Die Vorigen.

(Alle nehmen die Hüte ab und weichen zu beiden Seiten aus, indem sie einen halben Kreis um ihn bilden. Stillschweigen.)

KÖNIG *(den ganzen Kreis flüchtig durchschauend).*
Bedeckt euch!
(Don Carlos und der Prinz von Parma nähern sich zuerst und küssen dem König die Hand. Er wendet sich mit einiger Freundlichkeit zu dem Letztern, ohne seinen Sohn bemerken zu wollen.)
Eure Mutter, Neffe,
Will wissen, wie man in Madrid mit Euch
Zufrieden sei.

PARMA. Das frage sie nicht eher
Als nach dem Ausgang meiner ersten Schlacht.

KÖNIG. Gebt Euch zufrieden. Auch an Euch wird einst
Die Reihe sein, wenn diese Stämme brechen.
(Zum Herzog von Feria.)
Was bringt Ihr mir?

FERIA *(ein Knie vor dem König beugend).*
Der Großkomtur des Ordens
Von Calatrava starb an diesem Morgen.
Hier folgt sein Ritterkreuz zurück.

KÖNIG *(nimmt den Orden und sieht im ganzen Zirkel herum).*
Wer wird
Nach ihm am würdigsten es tragen?
(Er winkt Alba zu sich, welcher sich vor ihm auf ein Knie niederlässt, und hängt ihm den Orden um.)
Herzog,
Ihr seid mein erster Feldherr – seid nie mehr,
So wird Euch meine Gnade niemals fehlen.
(Er wird den Herzog von Medina Sidonia gewahr.)
Sieh da! Mein Admiral!

MEDINA SIDONIA *(nähert sich wankend und kniet vor dem Könige nieder, mit gesenktem Haupt).* Das, großer König,
Ist alles, was ich von der span'schen Jugend
Und der Armada wiederbringe.

KÖNIG *(nach einem langen Stillschweigen).* Gott
Ist über mir – Ich habe gegen Menschen,
Nicht gegen Sturm und Klippen Sie gesendet –
Seid mir willkommen in Madrid.
(Er reicht ihm die Hand zum Kusse.)
Und Dank,
Dass Ihr in Euch mir einen würd'gen Diener
Erhalten habt! – Für diesen, meine Granden,
Erkenn ich ihn, will ich erkannt ihn wissen.
(Er gibt ihm einen Wink, aufzustehen und sich zu bedecken – dann wendet er sich gegen die andern.)
Was gibt es noch?
(Zu Don Carlos und dem Prinzen von Parma.)
Ich dank euch, meine Prinzen.
(Diese treten ab. Die noch übrigen Granden nähern sich und überreichen dem König kniend ihre Papiere. Er durchsieht sie flüchtig und reicht sie dem Herzog von Alba.)
Legt das im Kabinett mir vor – Bin ich zu Ende?
(Niemand antwortet.)
Wie kommt es denn, dass unter meinen Granden
Sich nie ein Marquis Posa zeigt? Ich weiß
Recht gut, dass dieser Marquis Posa mir
Mit Ruhm gedient. Er lebt vielleicht nicht mehr?
Warum erscheint er nicht?

LERMA. Der Chevalier
Ist kürzlich erst von Reisen angelangt,
Die er durch ganz Europa unternommen.
Soeben ist er in Madrid und wartet
Nur auf den öffentlichen Tag, sich zu

Den Füßen seines Oberherrn zu werfen.
ALBA. Marquis von Posa? – Recht! Das ist der kühne
Malteser, Ihre Majestät, von dem
Der Ruf die schwärmerische Tat erzählte.
Als auf des Ordensmeisters Aufgebot
Die Ritter sich auf ihrer Insel stellten,
Die Soliman belagern ließ, verschwand
Auf einmal von Alkalas hoher Schule
Der achtzehnjähr'ge Jüngling. Ungerufen
Stand er vor la Valette. „Man kaufte mir
Das Kreuz", sagt' er; „ich will es jetzt verdienen."
Von jenen vierzig Rittern war er einer,
Die gegen Piali, Ulucciali
Und Mustafa und Hassem das Kastell
Sankt Elmo in drei wiederholten Stürmen
Am hohen Mittag hielten. Als es endlich
Erstiegen wird und um ihn alle Ritter
Gefallen, wirft er sich ins Meer und kommt
Allein erhalten an bei la Valette.
Zwei Monate darauf verlässt der Feind
Die Insel, und der Ritter kommt zurück,
Die angefangnen Studien zu enden.
FERIA. Und dieser Marquis Posa war es auch,
Der nachher die berüchtigte Verschwörung
In Katalonien entdeckt' und bloß
Durch seine Fertigkeit allein der Krone
Die wichtigste Provinz erhielt.
KÖNIG. Ich bin
Erstaunt – Was ist das für ein Mensch, der d a s
Getan und unter dreien, die ich frage,
Nicht einen einz'gen Neider hat? – Gewiss!
Der Mensch besitzt den ungewöhnlichsten
Charakter oder keinen – Wunders wegen
Muss ich ihn sprechen. *(Zum Herzog von Alba.)*
Nach gehörter Messe
Bringt ihn ins Kabinett zu mir.
(Der Herzog geht ab. Der König ruft Feria.)
Und Ihr
Nehmt meine Stelle im Geheimen Rate. *(Er geht ab.)*
FERIA. Der Herr ist heut sehr gnädig.
MEDINA SIDONIA. Sagen Sie:
Er ist ein Gott! – Er ist es mir gewesen.
FERIA. Wie sehr verdienen Sie Ihr Glück! Ich nehme

Den wärmsten Anteil, Admiral.
EINER VON DEN GRANDEN. Auch ich.
EIN ZWEITER. Ich wahrlich auch.
EIN DRITTER. Das Herz hat mir geschlagen,
Ein so verdienter General!
DER ERSTE. Der König
War gegen Sie nicht gnädig – nur gerecht.
LERMA *(im Abgehen zu Medina Sidonia).*
Wie reich sind Sie auf einmal durch zwei Worte!
(Alle gehen ab.)

ACHTER AUFTRITT

Das Kabinett des Königs

Marquis von Posa und Herzog von Alba.

MARQUIS *(im Hereintreten).*
Mich will er haben? Mich? – Das kann nicht sein.
Sie irren sich im Namen – Und was will
Er denn von mir?
ALBA. Er will Sie kennen lernen.
MARQUIS. Der bloßen Neugier wegen – O dann schade
Um den verlornen Augenblick – Das Leben
Ist so erstaunlich schnell dahin.
ALBA. Ich übergebe
Sie Ihrem guten Stern. Der König ist
In Ihren Händen. Nützen Sie, so gut
Sie können, diesen Augenblick, und sich,
Sich selber schreiben Sie es zu, geht er
Verloren. *(Er entfernt sich.)*

NEUNTER AUFTRITT

Der Marquis allein.

Wohl gesprochen, Herzog. Nützen
Muss man den Augenblick, der einmal nur
Sich bietet. Wahrlich, dieser Höfling gibt
Mir eine gute Lehre – wenn auch nicht
In seinem Sinne gut, doch in dem meinen.

(Nach einigem Auf- und Niedergehen.)

Wie komm ich aber hieher? – Eigensinn
Des launenhaften Zufalls wär es nur,
Was mir mein Bild in diesen Spiegeln zeigt?
Aus einer Million gerade mich,
Den Unwahrscheinlichsten, ergriff und im
Gedächtnisse des Königs auferweckte?
Ein Zufall nur? Vielleicht auch mehr – Und was
Ist Zufall anders als der rohe Stein,
Der Leben annimmt unter Bildners Hand?
Den Zufall gibt die Vorsehung – zum Zwecke
Muss ihn der Mensch gestalten. – Was der König
Mit mir auch wollen mag, gleichviel! – Ich weiß,
Was ich – ich mit dem König soll – Und wär's
Auch eine Feuerflocke Wahrheit nur,
In des Despoten Seele kühn geworfen –
Wie fruchtbar in der Vorsicht Hand! So könnte,
Was erst so grillenhaft mir schien, sehr zweckvoll
Und sehr besonnen sein. Sein oder nicht –
Gleichviel! In diesem Glauben will ich handeln.

(Er macht einige Gänge durch das Zimmer und bleibt endlich in ruhiger Betrachtung vor einem Gemälde stehen. Der König erscheint in dem angrenzenden Zimmer, wo er einige Befehle gibt. Alsdann tritt er herein, steht an der Türe still und sieht dem Marquis eine Zeit lang zu, ohne von ihm bemerkt zu werden.)

ZEHNTER AUFTRITT

Der König und Marquis von Posa.

(Dieser geht dem König, sobald er ihn gewahr wird, entgegen und lässt sich vor ihm auf ein Knie nieder, steht auf und bleibt ohne Zeichen der Verwirrung vor ihm stehen.)

KÖNIG *(betrachtet ihn mit einem Blick der Verwunderung).*
Mich schon gesprochen also?
MARQUIS. Nein.
KÖNIG. Ihr machtet
Um meine Krone Euch verdient. Warum
Entziehet Ihr Euch meinem Dank? In meinem
Gedächtnis drängen sich der Menschen viel.
Allwissend ist nur Einer. Euch kam's zu,

Das Auge Eures Königes zu suchen.
Weswegen tatet Ihr das nicht?
MARQUIS. Es sind
Zween Tage, Sire, dass ich ins Königreich
Zurückgekommen.
KÖNIG. Ich bin nicht gesonnen,
In meiner Diener Schuld zu stehn – Erbittet
Euch eine Gnade.
MARQUIS. Ich genieße die Gesetze.
KÖNIG. Dies Recht hat auch der Mörder.
MARQUIS. Wie viel mehr
Der gute Bürger! – Sire, ich bin zufrieden.
KÖNIG *(vor sich)*. Viel Selbstgefühl und kühner Mut, bei Gott!
Doch das war zu erwarten – Stolz will ich
Den Spanier. Ich mag es gerne leiden,
Wenn auch der Becher überschäumt. – Ihr tratet
Aus meinen Diensten, hör ich?
MARQUIS. Einem Bessern
Den Platz zu räumen, zog ich mich zurücke.
KÖNIG. Das tut mir Leid. Wenn solche Köpfe feiern,
Wie viel Verlust für meinen Staat – Vielleicht
Befürchtet Ihr, die Sphäre zu verfehlen,
Die Eures Geistes würdig ist.
MARQUIS. O nein!
Ich bin gewiss, dass der erfahrne Kenner,
In Menschenseelen, seinem Stoff, geübt,
Beim ersten Blicke wird gelesen haben,
Was ich ihm taugen kann, was nicht. Ich fühle
Mit demutsvoller Dankbarkeit die Gnade,
Die Eure königliche Majestät
Durch diese stolze Meinung auf mich häufen;
Doch – *(Er hält inne.)*
KÖNIG. Ihr bedenket Euch?
MARQUIS. Ich bin – ich muss
Gestehen, Sire, sogleich nicht vorbereitet,
Was ich als Bürger dieser Welt gedacht,
In Worte Ihres Untertans zu kleiden. –
Denn damals, Sire, als ich auf immer mit
Der Krone aufgehoben, glaubt' ich mich
Auch der Notwendigkeit entbunden, ihr
Von diesem Schritte Gründe anzugeben.
KÖNIG. So schwach sind diese Gründe? Fürchtet Ihr
Dabei zu wagen?

MARQUIS. Wenn ich Zeit gewinne,
Sie zu erschöpfen, Sire – mein Leben höchstens.
Die Wahrheit aber setz ich aus, wenn Sie
Mir diese Gunst verweigern. Zwischen Ihrer
Ungnade und Geringschätzung ist mir
Die Wahl gelassen. – Muss ich mich entscheiden,
So will ich ein Verbrecher lieber als
Ein Tor von Ihren Augen gehen.
KÖNIG *(mit erwartender Miene).* Nun?
MARQUIS. – Ich kann nicht Fürstendiener sein.
(Der König sieht ihn mit Erstaunen an.) Ich will
Den Käufer nicht betrügen. Sire. – Wenn Sie
Mich anzustellen würdigen, so wollen
Sie nur die vorgewogne Tat. Sie wollen
Nur meinen Arm und meinen Mut im Felde,
Nur meinen Kopf im Rat. Nicht meine Taten,
Der Beifall, den sie finden an dem Thron,
Soll meiner Taten Endzweck sein. Mir aber,
Mir hat die Tugend eignen Wert. Das Glück,
Das der Monarch mit meinen Händen pflanzte,
Erschüf ich selbst, und Freude wäre mir
Und eigne Wahl, was mir nur Pflicht sein sollte.
Und ist das Ihre Meinung? Können Sie
In Ihrer Schöpfung fremde Schöpfer dulden?
Ich aber soll zum Meißel mich erniedern,
Wo ich der Künstler könnte sein? – Ich liebe
Die Menschheit, und in Monarchien darf
Ich niemand lieben als mich selbst.
KÖNIG. Dies Feuer
Ist lobenswert. Ihr möchtet Gutes stiften.
Wie Ihr es stiftet, kann dem Patrioten,
Dem Weisen gleich viel heißen. Suchet Euch
Den Posten aus in meinen Königreichen,
Der Euch berechtigt, diesem edeln Triebe
Genug zu tun.
MARQUIS. Ich finde keinen.
KÖNIG. Wie?
MARQUIS. Was Eure Majestät durch meine Hand
Verbreiten – ist das Menschenglück? – Ist das
Dasselbe Glück, das meine reine Liebe
Den Menschen gönnt? – Vor diesem Glücke würde
Die Majestät erzittern – Nein! Ein neues
Erschuf der Krone Politik – ein Glück,

Das sie noch reich genug ist auszuteilen,
Und in dem Menschenherzen neue Triebe,
Die sich von diesem Glücke stillen lassen.
In ihren Münzen lässt sie Wahrheit schlagen,
Die Wahrheit, die sie dulden kann. Verworfen
Sind alle Stempel, die nicht diesem gleichen.
Doch, was der Krone frommen kann – ist das
Auch mir genug? Darf meine Bruderliebe
Sich zur Verkürzung meines Bruders borgen?
Weiß ich ihn glücklich – eh er denken darf?
Mich wählen Sie nicht, Sire, Glückseligkeit,
Die Sie uns prägen, auszustreun. Ich muss
Mich weigern, diese Stempel auszugeben. –
Ich kann nicht Fürstendiener sein.

KÖNIG *(etwas rasch).* Ihr seid
Ein Protestant.

MARQUIS *(nach einigem Bedenken).* Ihr Glaube, Sire, ist auch
Der meinige. *(Nach einer Pause.)*
Ich werde missverstanden.
Das war es, was ich fürchtete. Sie sehen
Von den Geheimnissen der Majestät
Durch meine Hand den Schleier weggezogen.
Wer sichert Sie, dass mir noch heilig heiße,
Was mich zu schrecken aufgehört? Ich bin
Gefährlich, weil ich über mich gedacht. –
Ich bin es nicht, mein König. Meine Wünsche
Verwesen hier. *(Die Hand auf die Brust gelegt.)*
Die lächerliche Wut
Der Neuerung, die nur der Ketten Last,
Die sie nicht ganz zerbrechen kann, vergrößert,
Wird mein Blut nie erhitzen. Das Jahrhundert
Ist meinem Ideal nicht reif. Ich lebe
Ein Bürger derer, welche kommen werden.
Kann ein Gemälde Ihre Ruhe trüben? –
Ihr Atem löscht es aus.

KÖNIG. Bin ich der Erste,
Der Euch von dieser Seite kennt?

MARQUIS. Von dieser –
Ja!

KÖNIG *(steht auf, macht einige Schritte und bleibt dem Marquis gegenüber stehen. Vor sich.)*
Neu zum wenigsten ist dieser Ton!
Die Schmeichelei erschöpft sich. Nachzuahmen

Erniedrigt einen Mann von Kopf. – Auch einmal
Die Probe von dem Gegenteil. Warum nicht?
Das Überraschende macht Glück – Wenn Ihr
Es so verstehet, gut, so will ich mich
Auf eine neue Kronbedienung richten –
Den starken Geist –

MARQUIS. Ich höre, Sire, wie klein,
Wie niedrig Sie von Menschenwürde denken,
Selbst in des freien Mannes Sprache nur
Den Kunstgriff eines Schmeichlers sehen, und
Mir deucht, ich weiß, wer Sie dazu berechtigt.
Die Menschen zwangen Sie dazu; *die* haben
Freiwillig ihres Adels sich begeben,
Freiwillig sich auf diese niedre Stufe
Herabgestellt. Erschrocken fliehen sie
Vor dem Gespenste ihrer innern Größe,
Gefallen sich in ihrer Armut, schmücken
Mit feiger Weisheit ihre Ketten aus,
Und Tugend nennt man, sie mit Anstand tragen.
So überkamen Sie die Welt. So ward
Sie Ihrem großen Vater überliefert.
Wie könnten Sie in dieser traurigen
Verstümmlung – Menschen ehren?

KÖNIG. Etwas Wahres
Find ich in diesen Worten.

MARQUIS. Aber schade!
Da Sie den Menschen aus des Schöpfers Hand
In Ihrer Hände Werk verwandelten
Und dieser neu gegossnen Kreatur
Zum Gott sich gaben – da versahen Sie's
In etwas nur: Sie blieben selbst noch Mensch –
Mensch aus des Schöpfers Hand. *Sie* fuhren fort
Als Sterblicher zu leiden, zu begehren;
Sie brauchen Mitgefühl – und einem Gott
Kann man nur opfern – zittern – zu ihm beten!
Bereuenswerter Tausch! Unselige
Verdrehung der Natur! – Da Sie den Menschen
Zu Ihrem Saitenspiel herunterstürzten,
Wer teilt mit Ihnen Harmonie?

KÖNIG. (Bei Gott,
Er greift in meine Seele!)

MARQUIS. Aber Ihnen
Bedeutet dieses Opfer nichts. Dafür

Sind Sie auch einzig – Ihre eigne Gattung –
Um diesen Preis sind Sie ein Gott. – Und schrecklich
Wenn das nicht wäre – wenn für diesen Preis,
Für das zertretne Glück von Millionen,
Sie nichts gewonnen hätten! wenn die Freiheit,
Die Sie vernichteten, das Einz'ge wäre,
Das Ihre Wünsche reifen kann? – Ich bitte,
Mich zu entlassen, Sire. Mein Gegenstand
Reißt mich dahin. Mein Herz ist voll – der Reiz
Zu mächtig, vor dem Einzigen zu stehen,
Dem ich es öffnen möchte.

(Der Graf von Lerma tritt herein und spricht einige Worte leise mit dem König. Dieser gibt ihm einen Wink, sich zu entfernen, und bleibt in seiner vorigen Stellung sitzen.)

KÖNIG *(zum Marquis, nachdem Lerma weggegangen).*
Redet aus!

MARQUIS *(nach einigem Stillschweigen).*
Ich fühle, Sire – den ganzen Wert –

KÖNIG. Vollendet!
Ihr hattet mir noch mehr zu sagen.

MARQUIS. Sire!
Jüngst kam ich an von Flandern und Brabant. –
So viele reiche, blühende Provinzen!
Ein kräftiges, ein großes Volk – und auch
Ein gutes Volk – und Vater dieses Volkes!
Das, dacht' ich, das muss göttlich sein! – Da stieß
Ich auf verbrannte menschliche Gebeine –

(Hier schweigt er still; seine Augen ruhen auf dem König, der es versucht, diesen Blick zu erwidern, aber betroffen und verwirrt zur Erde sieht.)

Sie haben Recht. Sie müssen. Dass Sie können,
Was Sie zu müssen eingesehn, hat mich
Mit schauernder Bewunderung durchdrungen.
O schade, dass, in seinem Blut gewälzt,
Das Opfer wenig dazu taugt, dem Geist
Des Opferers ein Loblied anzustimmen!
Dass Menschen nur – nicht Wesen höhrer Art –
Die Weltgeschichte schreiben! – Sanftere
Jahrhunderte verdrängen Philipps Zeiten;
Die bringen mildre Weisheit; Bürgerglück
Wird dann versöhnt mit Fürstengröße wandeln,
Der karge Staat mit seinen Kindern geizen,
Und die Notwendigkeit wird menschlich sein.

KÖNIG. Wann, denkt Ihr, würden diese menschlichen
Jahrhunderte erscheinen, hätt ich vor
Dem Fluch des jetzigen gezittert? Sehet
In meinem Spanien Euch um. Hier blüht
Des Bürgers Glück in nie bewölktem Frieden;
Und diese Ruhe gönn ich den Flamändern.
MARQUIS *(schnell).* Die Ruhe eines Kirchhofs! Und Sie hoffen
Zu endigen, was Sie begannen? hoffen,
Der Christenheit gezeitigte Verwandlung,
Den allgemeinen Frühling aufzuhalten,
Der die Gestalt der Welt verjüngt? Sie wollen
Allein in ganz Europa – sich dem Rade
Des Weltverhängnisses, das unaufhaltsam
In vollem Laufe rollt, entgegenwerfen?
Mit Menschenarm in seine Speichen fallen?
Sie werden nicht! Schon flohen Tausende
Aus Ihren Ländern froh und arm. Der Bürger,
Den Sie verloren für den Glauben, war
Ihr edelster. Mit offnen Mutterarmen
Empfängt die Fliehenden Elisabeth,
Und fruchtbar blüht durch Früchte unsres Landes
Britannien. Verlassen von dem Fleiß
Der neuen Christen, liegt Grenada öde,
Und jauchzend sieht Europa seinen Feind
An selbst geschlagnen Wunden sich verbluten.
(Der König ist bewegt, der Marquis bemerkt es und tritt einige Schritte näher.)
Sie wollen pflanzen für die Ewigkeit,
Und säen Tod? Ein so erzwungnes Werk
Wird seines Schöpfers Geist nicht überdauern.
Dem Undank haben Sie gebaut – umsonst
Den harten Kampf mit der Natur gerungen,
Umsonst ein großes königliches Leben
Zerstörenden Entwürfen hingeopfert.
Der Mensch ist mehr, als Sie von ihm gehalten.
Des langen Schlummers Bande wird er brechen
Und wiederfordern sein geheiligt Recht.
Zu einem Nero und Busiris wirft
Er Ihren Namen, und – das schmerzt mich, denn
Sie waren gut.
KÖNIG. Wer hat Euch dessen so
Gewiss gemacht?
MARQUIS *(mit Feuer).* Ja, beim Allmächtigen!

Ja – ja – ich wiederhol es. Geben Sie,
Was Sie uns nahmen, wieder. Lassen Sie,
Großmütig wie der Starke, Menschenglück
Aus Ihrem Füllhorn strömen – Geister reifen
In Ihrem Weltgebäude. Geben Sie,
Was Sie uns nahmen, wieder. Werden Sie
Von Millionen Königen ein König.
(Er nähert sich ihm kühn, indem er feste und feurige Blicke auf ihn richtet.)
O könnte die Beredsamkeit von allen
Den Tausenden, die dieser großen Stunde
Teilhaftig sind, auf meinen Lippen schweben,
Den Strahl, den ich in diesen Augen merke,
Zur Flamme zu erheben! – Geben Sie
Die unnatürliche Vergöttrung auf,
Die uns vernichtet. Werden Sie uns Muster
Des Ewigen und Wahren. Niemals – niemals
Besaß ein Sterblicher so viel, so göttlich
Es zu gebrauchen. Alle Könige
Europens huldigen dem span'schen Namen.
Gehn Sie Europens Königen voran.
Ein Federzug von dieser Hand, und neu
Erschaffen wird die Erde. Geben Sie
Gedankenfreiheit – *(Sich ihm zu Füßen werfend.)*

KÖNIG *(überrascht, das Gesicht weggewandt und dann wieder auf den Marquis geheftet).* Sonderbarer Schwärmer!
Doch – stehet auf – ich –

MARQUIS. Sehen Sie sich um
In seiner herrlichen Natur! Auf Freiheit
Ist sie gegründet – und wie reich ist sie
Durch Freiheit! Er, der große Schöpfer, wirft
In einen Tropfen Tau den Wurm und lässt
Noch in den toten Räumen der Verwesung
Die Willkür sich ergetzen – I h r e Schöpfung,
Wie eng und arm! Das Rauschen eines Blattes
Erschreckt den Herrn der Christenheit – S i e müssen
Vor jeder Tugend zittern. Er – der Freiheit
Entzückende Erscheinung nicht zu stören –
Er lässt des Übels grauenvolles Heer
In seinem Weltall lieber toben – ihn,
Den Künstler, wird man nicht gewahr, bescheiden
Verhüllt er sich in ewige Gesetze;
D i e sieht der Freigeist, doch nicht i h n. Wozu

Ein Gott? sagt er; die Welt ist sich genug.
Und keines Christen Andacht hat ihn mehr
Als dieses Freigeists Lästerung gepriesen.
KÖNIG. Und wolltet Ihr es unternehmen, dies
Erhabne Muster in der Sterblichkeit
In meinen Staaten nachzubilden?
MARQUIS. Sie,
Sie können es. Wer anders? Weihen Sie
Dem Glück der Völker die Regentenkraft,
Die – ach so lang – des Thrones Größe nur
Gewuchert hatte – Stellen Sie der Menschheit
Verlornen Adel wieder her. Der Bürger
Sei wiederum, was er zuvor gewesen,
Der Krone Zweck – ihn binde keine Pflicht
Als seiner Brüder gleich ehrwürd'ge Rechte.
Wenn nun der Mensch, sich selbst zurückgegeben,
Zu seines Werts Gefühl erwacht – der Freiheit
Erhabne, stolze Tugenden gedeihen –
Dann, Sire, wenn Sie zum glücklichsten der Welt
Ihr eignes Königreich gemacht – dann ist
Es Ihre Pflicht, die Welt zu unterwerfen.
KÖNIG *(nach einem großen Stillschweigen).*
Ich ließ Euch bis zu Ende reden – Anders,
Begreif ich wohl, als sonst in Menschenköpfen
Malt sich in diesem Kopf die Welt – auch will
Ich fremdem Maßstab Euch nicht unterwerfen.
Ich bin der Erste, dem Ihr Euer Innerstes
Enthüllt. Ich glaub es, weil ich's weiß. Um dieser
Enthaltung willen, solche Meinungen,
Mit solchem Feuer doch umfasst, verschwiegen
Zu haben bis auf diesen Tag – um dieser
Bescheidnen Klugheit willen, junger Mann,
Will ich vergessen, dass ich sie erfahren,
Und wie ich sie erfahren. Stehet auf.
Ich will den Jüngling, der sich übereilte,
Als Greis und nicht als König widerlegen.
Ich will es, weil ich's will – Gift also selbst,
Find ich, kann in gutartigen Naturen
Zu etwas Besserm sich veredeln – Aber
Flieht meine Inquisition. – Es sollte
Mir Leid tun –
MARQUIS. Wirklich? Sollt es das?
KÖNIG *(in seinem Anblick verloren).* Ich habe

Solch einen Menschen nie gesehn. – Nein!
Nein, Marquis! Ihr tut mir zu viel. Ich will
Nicht Nero sein. Ich will es nicht sein – will
Es gegen Euch nicht sein. Nicht alle
Glückseligkeit soll unter mir verdorren.
Ihr selbst, Ihr sollet unter meinen Augen
Fortfahren dürfen, Mensch zu sein.

MARQUIS *(rasch)*. Und meine
Mitbürger Sire? – Oh! nicht um mich war mir's
Zu tun, nicht m e i n e Sache wollt' ich führen.
Und Ihre Untertanen, Sire?

KÖNIG. Und wenn
Ihr so gut wisset, wie die Folgezeit
Mich richten wird, so lerne sie an Euch,
Wie ich mit Menschen es gehalten, als
Ich einen fand.

MARQUIS. Oh! der gerechteste
Der Könige sei nicht mit einem Male
Der ungerechteste – In Ihrem Flandern
Sind tausend Bessere als ich. Nur S i e –
Darf ich es frei gestehen, großer König? –
S i e sehn jetzt unter diesem sanftern Bilde
Vielleicht zum ersten Mal die Freiheit.

KÖNIG *(mit gemildertem Ernst)*. Nichts mehr
Von diesem Inhalt, junger Mann. – Ich weiß,
Ihr werdet anders denken, kennet Ihr
Den Menschen erst wie ich – Doch hätt ich Euch
Nicht gern zum letzten Mal gesehn. Wie fang ich
Es an, Euch zu verbinden?

MARQUIS. Lassen Sie
Mich wie ich bin. Was wär ich Ihnen, Sire,
Wenn Sie auch mich bestächen?

KÖNIG. Diesen Stolz
Ertrag ich nicht. Ihr seid von heute an
In meinen Diensten – Keine Einwendung!
Ich will es haben. *(Nach einer Pause.)*
Aber wie? Was wollte
Ich denn? War es nicht Wahrheit, was ich wollte?
Und hier find ich noch etwas mehr – Ihr habt
Auf meinem Thron mich ausgefunden, Marquis.
Nicht auch in meinem Hause?
(Da sich der Marquis zu bedenken scheint.) Ich versteh Euch.
Doch – wär ich auch von allen Vätern der

Unglücklichste, kann ich nicht glücklich sein
Als Gatte?
MARQUIS. Wenn ein hoffnungsvoller Sohn,
Wenn der Besitz der liebenswürdigsten
Gemahlin einem Sterblichen ein Recht
Zu diesem Namen geben, Sire, so sind Sie
Der Glücklichste durch beides.
KÖNIG *(mit finstrer Miene).* Nein, ich bin's nicht!
Und dass ich's nicht bin, hab ich tiefer nie
Gefühlt als eben jetzt –
(Mit einem Blick der Wehmut auf dem Marquis verweilend.)
MARQUIS. Der Prinz denkt edel
Und gut. Ich hab ihn anders nie gefunden.
KÖNIG. Ich aber hab es – Was er mir genommen,
Kann keine Krone mir ersetzen – Eine
So tugendhafte Königin!
MARQUIS. Wer kann
Es wagen, Sire?
KÖNIG. Die Welt! Die Lästerung!
Ich selbst! – Hier liegen Zeugnisse, die ganz
Unwidersprechlich sie verdammen; andre
Sind noch vorhanden, die das Schrecklichste
Mich fürchten lassen – Aber, Marquis – schwer,
Schwer fällt es mir, an e i n e s nur zu glauben.
Wer klagt sie an? – Wenn s i e – sie fähig sollte
Gewesen sein, so tief sich zu entehren,
O wie viel mehr ist mir zu glauben dann
Erlaubt, dass eine Eboli verleumdet?
Hasst nicht der Priester meinen Sohn und sie?
Und weiß ich nicht, dass Alba Rache brütet?
Mein Weib ist mehr wert als sie alle.
MARQUIS. Sire,
Und etwas lebt noch in des Weibes Seele,
Das über allen Schein erhaben ist
Und über alle Lästerung – es heißt
Weibliche Tugend.
KÖNIG. Ja! Das sag ich auch.
So tief, als man die Königin bezüchtigt,
Herabzusinken, kostet viel. So leicht,
Als man mich überreden möchte, reißen
Der Ehre heil'ge Bande nicht. Ihr kennt
Den Menschen, Marquis. Solch ein Mann hat mir
Schon längst gemangelt, Ihr seid gut und fröhlich

Und kennet doch den Menschen auch – Drum hab
Ich Euch gewählt –
MARQUIS *(überrascht und erschrocken).* Mich, Sire?
KÖNIG. Ihr standet
Vor Eurem Herrn und habt nichts für Euch selbst
Erbeten – nichts. Das ist mir neu – Ihr werdet
Gerecht sein. Leidenschaft wird Euren Blick
Nicht irren. – Dränget Euch zu meinem Sohn,
Erforscht das Herz der Königin. Ich will
Euch Vollmacht senden, sie geheim zu sprechen.
Und jetzt verlasst mich! *(Er zieht eine Glocke.)*
MARQUIS. Kann ich es mit einer
Erfüllten Hoffnung? – Dann ist dieser Tag
Der schönste meines Lebens.
KÖNIG *(reicht ihm die Hand zum Kusse).* Er ist kein
Verlorner in dem meinigen.
(Der Marquis steht auf und geht. Graf Lerma tritt herein.)
Der Ritter
Wird künftig unangemeldet vorgelassen.

VIERTER AKT

Saal bei der Königin

ERSTER AUFTRITT

Die Königin. Die Herzogin Olivarez. Die Prinzessin von Eboli. Die Gräfin Fuentes und noch andere Damen.

KÖNIGIN *(zur Oberhofmeisterin, indem sie aufsteht).*
Der Schlüssel fand sich also nicht? – So wird
Man die Schatulle mir erbrechen müssen,
Und zwar sogleich –
(Da sie die Prinzessin von Eboli gewahr wird, welche sich ihr nähert und ihr die Hand küsst.)
Willkommen, liebe Fürstin.
Mich freut, Sie wiederhergestellt zu finden –
Zwar noch sehr blass –
FUENTES *(etwas tückisch).* Die Schuld des bösen Fiebers,
Das ganz erstaunlich an die Nerven greift.
Nicht wahr, Prinzessin?
KÖNIGIN. Sehr hab ich gewünscht,
Sie zu besuchen, meine Liebe. – Doch
Ich darf ja nicht.
OLIVAREZ. Die Fürstin Eboli
Litt wenigstens nicht Mangel an Gesellschaft. –
KÖNIGIN. Das glaub ich gern. Was haben Sie? Sie zittern.
EBOLI. Nichts – gar nichts, meine Königin. Ich bitte
Um die Erlaubnis, wegzugehen.
KÖNIGIN. Sie
Verhehlen uns, sind kränker gar, als Sie
Uns glauben machen wollen? Auch das Stehn
Wird Ihnen sauer. Helfen Sie ihr, Gräfin,
Auf dieses Taburett sich niedersetzen.
EBOLI. Im Freien wird mir besser. *(Sie geht ab.)*
KÖNIGIN. Folgen Sie
Ihr, Gräfin – Welche Anwandlung!
(Ein Page tritt herein und spricht mit der Herzogin, welche sich alsdann zur Königin wendet.)
OLIVAREZ. Der Marquis
Von Posa, Ihre Majestät – Er kommt
Von seiner Majestät dem König.
KÖNIGIN. Ich

Erwart ihn.
(Der Page geht ab und öffnet dem Marquis die Türe.)

ZWEITER AUFTRITT

Marquis von Posa. Die Vorigen.

(Der Marquis lässt sich auf ein Knie vor der Königin nieder, welche ihm einen Wink gibt, aufzustehen.)

KÖNIGIN. Was ist meines Herrn Befehl?
Darf ich ihn öffentlich –
MARQUIS. Mein Auftrag lautet
An Ihre königliche Majestät allein.
(Die Damen entfernen sich auf einen Wink der Königin.)

DRITTER AUFTRITT

Die Königin. Marquis von Posa.

KÖNIGIN *(voll Verwunderung).*
Wie? Darf ich meinen Augen trauen, Marquis?
Sie an mich abgeschickt vom König?
MARQUIS. Dünkt
Das Ihre Majestät so sonderbar?
Mir ganz und gar nicht.
KÖNIGIN. Nun, so ist die Welt
Aus ihrer Bahn gewichen. Sie und er –
Ich muss gestehen –
MARQUIS. Dass es seltsam klingt?
Das mag wohl sein. – Die gegenwärt'ge Zeit
Ist noch an mehrern Wunderdingen fruchtbar.
KÖNIGIN. An größern kaum.
MARQUIS. Gesetzt, ich hätte mich
Bekehren lassen endlich – wär es müde,
An Philipps Hof den Sonderling zu spielen?
Den Sonderling! Was heißt auch das? Wer sich
Den Menschen nützlich machen will, muss doch
Zuerst sich ihnen gleichzustellen suchen.
Wozu der Sekte prahlerische Tracht?
Gesetzt – Wer ist von Eitelkeit so frei,

Um nicht für seinen Glauben gern zu werben? –
Gesetzt, ich ginge damit um, den meinen
Auf einen Thron zu setzen?
KÖNIGIN. Nein! – Nein, Marquis.
Auch nicht einmal im Scherze möcht ich dieser
Unreifen Einbildung Sie zeihn. Sie sind
Der Träumer nicht, der etwas unternähme,
Was nicht geendigt werden kann.
MARQUIS. Das eben
Wär noch die Frage, denk ich.
KÖNIGIN. Was ich höchstens
Sie zeihen könnte, Marquis – was von Ihnen
Mich fast befremden könnte, wäre – wäre –
MARQUIS. Zweideutelei. Kann sein.
KÖNIGIN. Unredlichkeit
Zum wenigsten. Der König wollte mir
Wahrscheinlich nicht durch Sie entbieten lassen,
Was Sie mir sagen werden.
MARQUIS. Nein.
KÖNIGIN. Und kann
Die gute Sache schlimme Mittel adeln?
Kann sich – verzeihen Sie mir diesen Zweifel –
Ihr edler Stolz zu diesem Amte borgen?
Kaum glaub ich es. –
MARQUIS. Auch *ich* nicht, wenn es hier
Nur gelten soll, den König zu betrügen.
Doch das ist meine Meinung nicht. Ihm selbst
Gedenk ich diesmal redlicher zu dienen,
Als er mir aufgetragen hat.
KÖNIGIN. Daran
Erkenn ich Sie, und nun genug! Was macht er?
MARQUIS. Der König? – Wie es scheint, bin ich sehr bald
An meiner strengen Richterin gerächt.
Was ich so sehr nicht zu erzählen eile,
Eilt Ihre Majestät, wie mir geschienen,
Noch weit, weit weniger zu hören. – Doch
Gehört muss es doch werden! Der Monarch
Lässt Ihre Majestät ersuchen, dem
Ambassadeur von Frankreich kein Gehör
Für heute zu bewilligen. Das war
Mein Auftrag. Er ist abgetan.
KÖNIGIN. Und das
Ist alles, Marquis, was Sie mir von ihm

Zu sagen haben?
MARQUIS. Alles ohngefähr,
Was mich berechtigt, hier zu sein.
KÖNIGIN. Ich will
Mich gern bescheiden, Marquis, nicht zu wissen,
Was mir vielleicht Geheimnis bleiben muss –
MARQUIS. Das *muss* es, meine Königin – Zwar, wären
Sie nicht *Sie* selbst, ich würde eilen, Sie
Von ein'gen Dingen zu belehren, vor
Gewissen Menschen Sie zu warnen – doch
Das braucht es nicht bei Ihnen. Die Gefahr
Mag auf- und untergehen um Sie her,
Sie sollen's nie erfahren. Alles dies
Ist ja nicht so viel wert, den goldnen Schlaf
Von eines Engels Stirne zu verjagen.
Auch war es das nicht, was mich hergeführt.
Prinz Carlos –
KÖNIGIN. Wie verließen Sie ihn?
MARQUIS. Wie
Den einz'gen Weisen seiner Zeit, dem es
Verbrechen ist, die Wahrheit anzubeten –
Und ebenso beherzt, für *seine* Liebe,
Wie jener für die seinige, zu sterben.
Ich bringe wenig Worte – aber hier,
Hier ist er selbst. *(Er gibt der Königin einen Brief.)*
KÖNIGIN *(nachdem sie ihn gelesen).*
Er muss mich sprechen, sagt er.
MARQUIS. Das sag ich auch.
KÖNIGIN. Wird es ihn glücklich machen,
Wenn er mit seinen Augen sieht, dass ich
Es auch nicht bin?
MARQUIS. Nein – aber tätiger
Soll es ihn machen und entschlossner.
KÖNIGIN. Wie?
MARQUIS. Der Herzog Alba ist ernannt nach Flandern.
KÖNIGIN. Ernannt – so hör ich.
MARQUIS. Widerrufen kann
Der König nie. Wir kennen ja den König.
Doch wahr ist's auch: Hier darf der Prinz nicht bleiben –
Hier nicht, jetzt vollends nicht – und Flandern darf
Nicht aufgeopfert werden.
KÖNIGIN Wissen Sie
Es zu verhindern?

MARQUIS. Ja – vielleicht. Das Mittel
Ist fast so schlimm als die Gefahr. Es ist
Verwegen wie Verzweiflung. – Doch ich weiß
Von keinem andern.
KÖNIGIN. Nennen Sie mir's.
MARQUIS. Ihnen,
Nur Ihnen, meine Königin, wag ich
Es zu entdecken. Nur von Ihnen kann
Es Carlos hören, ohne Abscheu hören.
Der Name freilich, den es führen wird,
Klingt etwas rau –
KÖNIGIN. Rebellion –
MARQUIS. Er soll
Dem König ungehorsam werden, soll
Nach Brüssel heimlich sich begeben, wo
Mit offnen Armen die Flamänder ihn
Erwarten. Alle Niederlande stehen
Auf seine Losung auf. Die gute Sache
Wird stark durch einen Königssohn. Er mache
Den span'schen Thron durch seine Waffen zittern.
Was in Madrid der Vater ihm verweigert,
Wird er in Brüssel ihm bewilligen.
KÖNIGIN. Sie sprachen
Ihn heute und behaupten das?
MARQUIS. Weil ich
Ihn heute sprach.
KÖNIGIN *(nach einer Pause).* Der Plan, den Sie mir zeigen,
Erschreckt und – reizt mich auch zugleich. Ich glaube,
Dass Sie nicht Unrecht haben. – Die Idee
Ist kühn, und eben darum, glaub ich,
Gefällt sie mir. Ich will sie reifen lassen.
Weiß sie der Prinz?
MARQUIS. Er sollte, war mein Plan,
Aus Ihrem Mund zum ersten Mal sie hören.
KÖNIGIN. Unstreitig! Die Idee ist groß. – Wenn anders
Des Prinzen Jugend –
MARQUIS. Schadet nichts. Er findet
Dort einen Egmont und Oranien,
Die braven Krieger Kaiser Karls, so klug
Im Kabinett als fürchterlich im Felde.
KÖNIGIN *(mit Lebhaftigkeit).*
Nein! die Idee ist groß und schön. – Der Prinz
Muss handeln. Lebhaft fühl ich das. Die Rolle,

Die man hier in Madrid ihn spielen sieht,
Drückt mich an seiner statt zu Boden. – Frankreich
Versprech ich ihm; Savoyen auch. Ich bin
Ganz Ihrer Meinung, Marquis, er muss handeln. –
Doch dieser Anschlag fordert Geld.
MARQUIS. Auch das liegt schon
Bereit –
KÖNIGIN. Und dazu weiß ich Rat.
MARQUIS. So darf ich
Zu der Zusammenkunft ihm Hoffnung geben?
KÖNIGIN. Ich will mir's überlegen.
MARQUIS. Carlos dringt
Auf Antwort, Ihre Majestät. – Ich hab
Ihm zugesagt, nicht leer zurückzukehren.
(Seine Schreibtafel der Königin reichend.)
Zwo Zeilen sind für jetzt genug –
KÖNIGIN *(nachdem sie geschrieben).* Werd ich
Sie wieder sehn?
MARQUIS. So oft Sie es befehlen.
KÖNIGIN. So oft – so oft ich es befehle? – Marquis!
Wie muss ich diese Freiheit mir erklären?
MARQUIS. So arglos, als S i e immer können. Wir
Genießen sie, das ist genug – das ist
Für meine Königin genug.
KÖNIGIN *(abbrechend).* Wie sollt' es
Mich freuen, Marquis, wenn der Freiheit endlich
Noch diese Zuflucht in Europa bliebe!
Wenn sie durch i h n es bliebe! – Rechnen Sie
Auf meinen stillen Anteil –
MARQUIS *(mit Feuer).* O ich wusst' es,
Ich musste hier verstanden werden –
HERZOGIN OLIVAREZ *(erscheint an der Türe).*
KÖNIGIN *(fremd zum Marquis).* Was
Von meinem Herrn, dem König, kommt, werd ich
Als ein Gesetz verehren. Gehen Sie,
Ihm meine Unterwerfung zu versichern!
(Sie gibt ihm einen Wink. Der Marquis geht ab.)

VIERTER AUFTRITT

Galerie

Don Carlos und Graf Lerma.

CARLOS. Hier sind wir ungestört. Was haben Sie
Mir zu entdecken?
LERMA. Eure Hoheit hatten
An diesem Hofe einen Freund.
CARLOS *(stutzt).* Den ich
Nicht wüsste! – Wie? Was wollen Sie damit?
LERMA. So muss ich um Vergebung bitten, dass
Ich mehr erfuhr, als ich erfahren durfte.
Doch, Eurer Hoheit zur Beruhigung,
Ich hab es wenigstens von treuer Hand,
Denn kurz, ich hab es von mir selbst.
CARLOS. Von wem
Ist denn die Rede?
LERMA. Marquis Posa –
CARLOS. Nun?
LERMA. Wenn etwa mehr, als jemand wissen darf,
Von Eurer Hoheit ihm bewusst sein sollte,
Wie ich beinahe fürchte –
CARLOS. Wie Sie fürchten?
LERMA. – Er war beim König.
CARLOS. So?
LERMA. Zwo volle Stunden
Und in sehr heimlichem Gespräch.
CARLOS. Wahrhaftig?
LERMA. Es war von keiner Kleinigkeit die Rede.
CARLOS. Das will ich glauben.
LERMA. Ihren Namen, Prinz,
Hört' ich zu öftern Malen.
CARLOS. Hoffentlich
Kein schlimmes Zeichen.
LERMA. Auch ward heute Morgen
Im Schlafgemache Seiner Majestät
Der Königin sehr rätselhaft erwähnt.
CARLOS *(tritt bestürzt zurück).* Graf Lerma?
LERMA. Als der Marquis weggegangen,
Empfing ich den Befehl, ihn künftighin
Unangemeldet vorzulassen.

CARLOS. Das
Ist wirklich viel.
LERMA. Ganz ohne Beispiel, Prinz,
So lang mir denkt, dass ich dem König diene.
CARLOS. Viel! Wahrlich viel! – Und wie? wie, sagten Sie,
Wie ward der Königin erwähnt?
LERMA *(tritt zurück)*. Nein, Prinz,
Nein! Das ist wider meine Pflicht.
CARLOS Wie seltsam!
Sie sagen mir das eine und verhehlen
Das andre mir.
LERMA. Das Erste war ich Ihnen,
Das Zweite bin ich dem Monarchen schuldig.
CARLOS. – Sie haben Recht.
LERMA. Den Marquis hab ich zwar
Als Mann von Ehre stets gekannt.
CARLOS. Dann haben
Sie ihn sehr gut gekannt.
LERMA. Jedwede Tugend
Ist fleckenfrei – bis auf den Augenblick
Der Probe.
CARLOS. Auch wohl hier und da noch drüber.
LERMA. Und eines großen Königs Gunst dünkt mir
Der Frage wert. An diesem goldnen Angel
Hat manche starke Tugend sich verblutet.
CARLOS. O ja.
LERMA. Oft sogar ist es weise, zu entdecken,
Was nicht verschwiegen bleiben kann.
CARLOS. Ja! weise!
Doch, wie Sie sagen, haben Sie den Marquis
Als Mann von Ehre nur gekannt?
LERMA. Ist er
Es n o c h, so macht mein Zweifel ihn nicht schlechter,
Und Sie, mein Prinz, gewinnen doppelt. *(Er will gehen.)*
CARLOS *(folgt ihm gerührt und drückt ihm die Hand)*.
Dreifach
Gewinn ich, edler, würd'ger Mann – ich sehe
Um einen Freund mich reicher, und es kostet
Mir den nicht, den ich schon besaß. *(Lerma geht ab.)*

FÜNFTER AUFTRITT

Marquis von Posa kommt durch die Galerie. Carlos.

MARQUIS. Karl! Karl!
CARLOS. Wer ruft? Ah! Du bist's! Eben recht. Ich eile
Voraus ins Kloster. Komm bald nach. *(Er will fort.)*
MARQUIS. Nur zwo
Minuten – bleib.
CARLOS. Wenn man uns überfiele –
MARQUIS. Man wird doch nicht. Es ist sogleich geschehen.
Die Königin –
CARLOS. Du warst bei meinem Vater?
MARQUIS. Er ließ mich rufen; ja.
CARLOS *(voll Erwartung).* Nun?
MARQUIS. Es ist richtig.
Du wirst sie sprechen.
CARLOS. Und der König? Was
Will denn der König?
MARQUIS. Der? Nicht viel. – Neugierde,
Zu wissen, wer ich bin. – Dienstfertigkeit
Von unbestellten guten Freunden. Was
Weiß ich? Er bot mir Dienste an.
CARLOS. Die du
Doch abgelehnt?
MARQUIS. Versteht sich.
CARLOS. Und wie kamt
Ihr auseinander?
MARQUIS. Ziemlich gut.
CARLOS. Von mir
War also wohl die Rede nicht?
MARQUIS. Von dir?
Doch. Ja. Im Allgemeinen.
(Er zieht sein Souvenir heraus und gibt es dem Prinzen.)
Hier vorläufig
Zwei Worte von der Königin, und morgen
Werd ich erfahren, wo und wie –
CARLOS *(liest sehr zerstreut, steckt die Schreibtafel ein und will gehen).* Beim Prior
Triffst du mich also.
MARQUIS. Warte doch. Was eilst du?
Es kommt ja niemand.
CARLOS *(mit erkünsteltem Lächeln).* Haben wir denn wirklich

Die Rollen umgetauscht? Du bist ja heute
Erstaunlich sicher.
MARQUIS. Heute? Warum heute?
CARLOS. Und was schreibt mir die Königin?
MARQUIS. Hast du
Denn nicht im Augenblick gelesen?
CARLOS. Ich?
Ja so.
MARQUIS. Was hast du denn? Was ist dir?
CARLOS *(liest das Geschriebene noch einmal. Entzückt und feurig).* Engel
Des Himmels! Ja! Ich will es sein – ich will –
Will deiner wert sein – Große Seelen macht
Die Liebe größer. Sei's auch, was es sei.
Wenn du es mir gebietest, ich gehorche. –
Sie schreibt, dass ich auf eine wichtige
Entschließung mich bereiten soll. Was kann
Sie damit meinen? Weißt du nicht?
MARQUIS. Wenn ich's
Auch wüsste, Karl – bist du auch jetzt gestimmt,
Es anzuhören?
CARLOS. Hab ich dich beleidigt?
Ich war zerstreut. Vergib mir, Roderich.
MARQUIS. Zerstreut? Wodurch?
CARLOS. Durch – ich weiß selber nicht,
Dies Souvenir ist also mein?
MARQUIS. Nicht ganz!
Vielmehr bin ich gekommen, mir sogar
Deins auszubitten.
CARLOS. Meins! Wozu?
MARQUIS. Und was
Du etwa sonst an Kleinigkeiten, die
In keines Dritten Hände fallen dürfen,
An Briefen oder abgerissenen
Konzepten bei dir führst – kurz, deine ganze
Brieftasche –
CARLOS. Wozu aber?
MARQUIS. Nur auf alle Fälle.
Wer kann für Überraschung stehn? Bei mir
Sucht sie doch niemand. Gib.
CARLOS *(sehr unruhig).* Das ist doch seltsam!
Woher auf einmal diese –
MARQUIS. Sei ganz ruhig.

Ich will nichts damit angedeutet haben.
Gewiss nicht! Es ist Behutsamkeit
Vor der Gefahr. So hab ich's nicht gemeint,
So wahrlich nicht, dass du erschrecken solltest.

CARLOS *(gibt ihm die Brieftasche).*
Verwahr sie gut.

MARQUIS. Das werd ich.

CARLOS *(sieht ihn bedeutend an).* Roderich!
Ich gab dir viel.

MARQUIS. Noch immer nicht so viel,
Als ich von dir schon habe – Dort also
Das Übrige, und jetzt leb wohl – leb wohl. *(Er will gehen.)*

CARLOS *(kämpft zweifelhaft mit sich selbst – endlich ruft er ihn zurück).*
Gib mir die Briefe doch noch einmal. Einer
Von ihr ist auch darunter, den sie damals,
Als ich so tödlich krank gelegen, nach
Alkala mir geschrieben. Stets hab ich
Auf meinem Herzen ihn getragen. Mich
Von diesem Brief zu trennen, fällt mir schwer.
Lass mir den Brief – nur den – das Übrige
Nimm alles.

(Er nimmt ihn heraus und gibt die Brieftasche zurück.)

MARQUIS. Karl, ich tu es ungern. Just
Um diesen Brief war mir's zu tun.

CARLOS. Leb wohl!

(Er geht langsam und still weg, an der Türe bleibt er einen Augenblick stehen, kehrt wieder um und bringt ihm den Brief.)

Da hast du ihn.

(Seine Hand zittert. Tränen stürzen aus seinen Augen, er fällt dem Marquis um den Hals und drückt sein Gesicht wider dessen Brust.)

Das kann mein Vater nicht?
Nicht wahr, mein Roderich? Das kann er doch nicht?

(Er geht schnell fort.)

SECHSTER AUFTRITT

MARQUIS *(sieht ihm erstaunt nach).*
Wär's möglich? Wär es? Also hätt ich ihn
Doch nicht gekannt? Nicht ganz? In seinem Herzen
Wär diese Falte wirklich mir entgangen?
Misstrauen gegen seinen Freund!

Nein, es ist Lästerung! – Was tat er mir,
Dass ich der Schwächen schwächster ihn verklage?
Was ich ihn zeihe, werd ich selbst. – Befremden –
Das mag es ihn, das glaub ich gern. Wann hätte
Er dieser seltsamen Verschlossenheit
Zu seinem Freunde sich versehn? – Auch schmerzen!
Ich kann dir's nicht ersparen, Karl, und länger
Muss ich noch deine gute Seele quälen.
Der König glaubte dem Gefäß, dem er
Sein heiliges Geheimnis übergeben,
Und Glauben fordert Dankbarkeit. Was wäre
Geschwätzigkeit, wenn mein Verstummen dir
Nicht Leiden bringt? Vielleicht erspart? Warum
Dem Schlafenden die Wetterwolke zeigen,
Die über seinem Scheitel hängt? – Genug,
Dass ich sie still an dir vorüberführe
Und, wenn du aufwachst, heller Himmel ist.
(Er geht ab.)

SIEBENTER AUFTRITT

Kabinett des Königs

Der König in einem Sessel – neben ihm die Infantin Klara Eugenia.

KÖNIG *(nach einem tiefen Stillschweigen).*
Nein! Es ist dennoch meine Tochter – Wie
Kann die Natur mit solcher Wahrheit lügen?
Dies blaue Auge ist ja mein! Find ich
In jedem dieser Züge mich nicht wieder?
Kind meiner Liebe, ja, du bist's. Ich drücke
Dich an mein Herz – du bist mein Blut!
(Er stutzt und hält inne.)
Mein Blut!
Was kann ich Schlimmres fürchten? Meine Züge,
Sind sie die seinigen nicht auch?
(Er hat das Medaillon in die Hand genommen und sieht wechselsweise auf das Bild und in einen gegenüberstehenden Spiegel – endlich wirft er es zur Erde, steht schnell auf und drückt die Infantin von sich.)
Weg! Weg!
In diesem Abgrund geh ich unter.

ACHTER AUFTRITT

Graf Lerma. Der König.

LERMA. Eben
Sind Ihre Majestät, die Königin,
Im Vorgemach erschienen.
KÖNIG. Jetzt?
LERMA. Und bitten
Um gnädigstes Gehör –
KÖNIG. Jetzt aber? Jetzt?
In dieser ungewohnten Stunde? – Nein!
Jetzt kann ich sie nicht sprechen – jetzt nicht –
LERMA. Hier
Sind Ihre Majestät schon selbst. – *(Er geht ab.)*

NEUNTER AUFTRITT

Der König. Die Königin tritt herein. Die Infantin.

(Die Letztere fliegt ihr entgegen und schmiegt sich an sie an. Die Königin fällt vor dem König nieder, welcher stumm und verwirrt steht.)

KÖNIGIN. Mein Herr
Und mein Gemahl – ich muss – ich bin gezwungen,
Vor Ihrem Thron Gerechtigkeit zu suchen.
KÖNIG. Gerechtigkeit? –
KÖNIGIN. Unwürdig seh ich mir
An diesem Hof begegnet. Meine
Schatulle ist erbrochen –
KÖNIG. Was?
KÖNIGIN. Und Sachen
Von großem Wert für mich daraus verschwunden –
KÖNIG. Von großem Wert für Sie –
KÖNIGIN. Durch die Bedeutung,
Die eines Unbelehrten Dreistigkeit
Vermögend wäre –
KÖNIG. Dreistigkeit – Bedeutung –
Doch – stehn Sie auf.
KÖNIGIN. Nicht eher, mein Gemahl,
Bis Sie durch ein Versprechen sich gebunden,

Kraft Ihres königlichen Arms zu meiner
Genugtuung den Täter mir zu stellen,
Wo nicht, von einem Hofstaat mich zu trennen,
Der meinen Dieb verbirgt –
KÖNIG. Stehn Sie doch auf –
In dieser Stellung – Stehn Sie auf –
KÖNIGIN *(steht auf).* Dass er
Von Range sein muss, weiß ich – denn in der
Schatulle lag an Perlen und Demanten
Weit über eine Million, und er
Begnügte sich mit Briefen –
KÖNIG. Die ich doch –
KÖNIGIN. Recht gerne, mein Gemahl. Es waren Briefe
Und ein Medaillon von dem Infanten.
KÖNIG. Von –
KÖNIGIN. Dem Infanten, Ihrem Sohn.
KÖNIG. An Sie?
KÖNIGIN. An mich.
KÖNIG. Von dem Infanten! Und das sagen
Sie mir?
KÖNIGIN. Warum nicht Ihnen, mein Gemahl?
KÖNIG. Mit dieser Stirne!
KÖNIGIN. Was fällt Ihnen auf?
Ich denke, Sie erinnern sich der Briefe,
Die mit Bewilligung von beiden Kronen
Don Carlos mir nach Saint Germain geschrieben.
Ob auch das Bild, womit er sie begleitet,
In diese Freiheit einbedungen worden,
Ob seine rasche Hoffnung eigenmächtig
Sich diesen kühnen Schritt erlaubt – das will
Ich zu entscheiden mich nicht unterfangen.
Wenn's Übereilung war, so war es die
Verzeihlichste – da bin ich für ihn Bürge.
Denn damals fiel ihm wohl nicht bei, dass es
Für seine Mutter wäre – *(Sieht die Bewegung des Königs.)*
Was ist das?
Was haben Sie?
INFANTIN *(welche unterdessen das Medaillon auf dem Boden gefunden und damit gespielt hat, bringt es der Königin).*
Ah! Sieh da, meine Mutter!
Das schöne Bild –
KÖNIGIN. Was denn, mein –

(Sie erkennt das Medaillon und bleibt in sprachloser Erstarrung stehen. Beide sehen einander mit unverwandten Augen an. Nach einem langen Stillschweigen.)

Wahrlich, Sire!
Dies Mittel, seiner Gattin Herz zu prüfen,
Dünkt mir sehr königlich und edel – Doch
Noch eine Frage möcht ich mir erlauben.

KÖNIG. Das Fragen ist an mir.

KÖNIGIN. Durch meinen Argwohn
Soll doch die Unschuld wenigstens nicht leiden. –
Wenn also dieser Diebstahl Ihr Befehl
Gewesen –

KÖNIG. Ja.

KÖNIGIN. Dann hab ich niemand anzuklagen
Und niemand weiter zu bedauern – niemand
Als Sie, dem die Gemahlin nicht geworden,
Bei welcher solche Mittel sich verlohnen.

KÖNIG. Die Sprache kenn ich. – Doch, Madam,
Zum zweiten Male soll sie mich nicht täuschen,
Wie in Aranjuez sie mich getäuscht.
Die engelreine Königin, die damals
Mit so viel Würde sich verteidigt – jetzt
Kenn ich sie besser.

KÖNIGIN. Was ist das?

KÖNIG. Kurz also
Und ohne Hinterhalt, Madam! – Ist's wahr,
Noch wahr, dass Sie mit niemand dort gesprochen?
Mit niemand? Ist das wirklich wahr?

KÖNIGIN. Mit dem Infanten
Hab ich gesprochen. Ja.

KÖNIG. Ja? – Nun, so ist's
Am Tage. Es ist offenbar. So frech!
So wenig Schonung meiner Ehre!

KÖNIGIN. Ehre, Sire?
Wenn Ehre zu verletzen war, so, fürcht ich,
Stand eine größre auf dem Spiel, als mir
Kastilien zur Morgengabe brachte.

KÖNIG. Warum verleugneten Sie mir?

KÖNIGIN. Weil ich
Es nicht gewohnt bin, Sire, in Gegenwart
Der Höflinge, auf Delinquenten-Weise
Verhören mich zu lassen. Wahrheit werde
Ich nie verleugnen, wenn mit Ehrerbietung

Und Güte sie gefordert wird. – Und war
Das wohl der Ton, den Eure Majestät
Mir in Aranjuez zu hören gaben?
Ist etwa die versammelte Grandezza
Der Richterstuhl, vor welchen Königinnen
Zu ihrer stillen Taten Rechenschaft
Gezogen werden? Ich gestattete
Dem Prinzen die Zusammenkunft, um die
Er dringend bat. Ich tat es, mein Gemahl,
Weil ich es wollte – weil ich den Gebrauch
Nicht über Dinge will zum Richter setzen,
Die ich für tadellos erkannt – und Ihnen
Verbarg ich es, weil ich nicht lüstern war,
Mit Eurer Majestät um diese Freiheit
Vor meinem Hofgesinde mich zu streiten.
KÖNIG. Sie sprechen kühn, Madam, sehr –
KÖNIGIN. Und auch darum,
Setz ich hinzu, weil der Infant doch schwerlich
Der Billigkeit, die er verdient, sich zu
Erfreuen hat in seines Vaters Herzen –
KÖNIG. Die er verdient?
KÖNIGIN. Denn warum soll ich es
Verbergen, Sire? – ich schätz ihn sehr und lieb ihn
Als meinen teuersten Verwandten, der
Einst wert befunden worden, einen Namen
Zu führen, der mich mehr anging – Ich habe
Noch nicht recht einsehn lernen, dass er mir
Gerade darum fremder sollte sein
Als jeder andre, weil er ehedem
Vor jedem andern teuer mir gewesen.
Wenn Ihre Staatsmaxime Bande knüpft,
Wie sie für gut es findet, soll es ihr
Doch etwas schwerer werden, sie zu lösen.
Ich will nicht hassen, wen ich soll – und weil
Man endlich doch zu reden mich gezwungen –
Ich will es nicht – ich will meine Wahl nicht länger
Gebunden sehn –
KÖNIG. Elisabeth! Sie haben
In schwachen Stunden mich gesehen. Diese
Erinnerung macht Sie so kühn. Sie trauen
Auf eine Allmacht, die Sie oft genug
An meiner Festigkeit geprüft. – Doch fürchten
Sie desto mehr. Was bis zu Schwächen mich

Gebracht, kann auch zu Raserei mich führen.
KÖNIGIN. Was hab ich denn begangen?
KÖNIG *(nimmt ihre Hand).* Wenn es ist,
Doch ist – und ist es denn nicht schon? – wenn Ihrer
Verschuldung volles, aufgehäuftes Maß
Auch nur um eines Atems Schwere steigt –
Wenn ich der Hintergangne bin – *(Er lässt ihre Hand los.)*
Ich kann
Auch über diese letzte Schwäche siegen.
Ich kann's und will's – Dann wehe mir und Ihnen,
Elisabeth!
KÖNIGIN. Was hab ich denn begangen?
KÖNIG. Dann meinetwegen fließe Blut –
KÖNIGIN. So weit
Ist es gekommen – Gott!
KÖNIG. Ich kenne
Mich selbst nicht mehr – ich ehre keine Sitte
Und keine Stimme der Natur und keinen
Vertrag der Nationen mehr –
KÖNIGIN. Wie sehr
Beklag ich Eure Majestät –
KÖNIG *(außer Fassung).* Beklagen!
Das Mitleid einer Buhlerin –
INFANTIN *(hängt sich erschrocken an ihre Mutter).*
Der König zürnt,
Und meine schöne Mutter weint.
KÖNIG *(stößt das Kind unsanft von der Königin).*
KÖNIGIN *(mit Sanftmut und Würde, aber mit zitternder Stimme).* Dies Kind
Muss ich doch sicherstellen vor Misshandlung.
Komm mit mir, meine Tochter. *(Sie nimmt sie auf den Arm.)*
Wenn der König
Dich nicht mehr kennen will, so muss ich jenseits
Der Pyrenäen Bürgen kommen lassen,
Die unsre Sache führen. *(Sie will gehen.)*
KÖNIG *(betreten).* Königin?
KÖNIGIN. Ich kann nicht mehr – das ist zu viel –
(Sie will die Türe erreichen und fällt mit dem Kinde an der Schwelle zu Boden.)
KÖNIG *(hinzueilend, voll Bestürzung).*
Gott! Was ist das?
INFANTIN *(ruft voll Bestürzung).* Ach! Meine Mutter blutet!
(Sie eilt hinaus.)

KÖNIG *(ängstlich um sie beschäftigt).*
Welch fürchterlicher Zufall! Blut! Verdien ich,
Dass Sie so hart mich strafen? Stehn Sie auf!
Erholen Sie sich! Stehn Sie auf! Man kommt!
Man überrascht uns – Stehn Sie auf – Soll sich
Mein ganzer Hof an diesem Schauspiel weiden?
Muss ich Sie bitten, aufzustehn?
(Sie richtet sich auf, von dem König unterstützt.)

ZEHNTER AUFTRITT

Die Vorigen. Alba, Domingo treten erschrocken herein. Damen folgen.

KÖNIG. Man bringe
Die Königin zu Hause. Ihr ist übel.
(Die Königin geht ab, begleitet von den Damen. Alba und Domingo treten näher.)
ALBA. Die Königin in Tränen, und auf ihrem
Gesichte Blut –
KÖNIG. Das nimmt die Teufel wunder,
Die mich verleitet haben?
ALBA. DOMINGO. Wir?
KÖNIG. Die mir
Genug gesagt, zum Rasen mich zu bringen;
Zu meiner Überzeugung nichts.
ALBA. Wir gaben,
Was wir gehabt –
KÖNIG. Die Hölle dank es euch.
Ich habe, was mich reut, getan. War das
Die Sprache eines schuldigen Gewissens?
MARQUIS VON POSA *(noch außerhalb der Szene).*
Ist der Monarch zu sprechen?

ELFTER AUFTRITT

Marquis von Posa. Die Vorigen.

KÖNIG *(bei dieser Stimme lebhaft auffahrend und dem Marquis einige Schritte entgegengehend).* Ach! Das ist er!
Seid mir willkommen, Marquis – Eurer, Herzog,

Bedarf ich jetzt nicht mehr. Verlasst uns.
(Alba und Domingo sehen einander mit stummer Verwunderung an und gehen.)

ZWÖLFTER AUFTRITT

Der König und Marquis von Posa.

MARQUIS. Sire!
Dem alten Manne, der in zwanzig Schlachten
Dem Tod für Sie entgegenging, fällt es
Doch hart, sich so entfernt zu sehn!
KÖNIG. Euch ziemt
Es, so zu denken, so zu handeln mir.
Was Ihr in wenig Stunden mir gewesen,
War er in einem Menschenalter nicht.
Ich will nicht heimlich tun mit meinem Wohlgefallen;
Das Siegel meiner königlichen Gunst
Soll hell und weit auf Eurer Stirne leuchten.
Ich will den Mann, den ich zum Freund gewählt,
Beneidet sehn.
MARQUIS. Und dann auch, wenn die Hülle
Der Dunkelheit allein ihn fähig machte,
Des Namens wert zu sein?
KÖNIG. Was bringt
Ihr mir?
MARQUIS. Als ich das Vorgemach durchgehe,
Hör ich von einem schrecklichen Gerüchte,
Das mir unglaublich deucht. – Ein heftiger
Wortwechsel – Blut – die Königin –
KÖNIG. Ihr kommt von dort?
MARQUIS. Entsetzen sollt es mich,
Wenn das Gerücht nicht Unrecht hätte, wenn
Von Eurer Majestät indes vielleicht
Etwas geschehen wäre – Wichtige
Entdeckungen, die ich gemacht, verändern
Der Sache ganze Lage.
KÖNIG. Nun?
MARQUIS. Ich fand
Gelegenheit, des Prinzen Portefeuille
Mit einigen Papieren wegzunehmen,
Die, wie ich hoffe, ein'ges Licht –

(Er gibt Carlos' Brieftasche dem König.)
KÖNIG *(durchsucht sie begierig).* Ein Schreiben
Vom Kaiser, meinem Vater – – Wie? Von dem
Ich nie gehört zu haben mich entsinne?
(Er liest es durch, legt es beiseite und eilt zu den andern Papieren.)
Der Plan zu einer Festung – Abgerissne
Gedanken aus dem Tacitus – Und was
Denn hier? – Die Hand sollt ich doch kennen!
Es ist von einer Dame.
(Er liest aufmerksam, bald laut, bald leise.)
„Dieser Schlüssel – –
Die hintern Zimmer im Pavillon
Der Königin" – - Ha! Was wird das! – „Hier darf
Die Liebe frei – Erhörung – schöner Lohn" –
Satanische Verräterei! Jetzt kenn ich's,
Sie ist es. Es ist ihre Hand!
MARQUIS. Die Hand
Der Königin? Unmöglich –
KÖNIG. Der Prinzessin
Von Eboli –
MARQUIS. So wär es wahr, was mir
Unlängst der Page Henarez gestanden,
Der Brief und Schlüssel überbrachte.
KÖNIG *(des Marquis Hand fassend, in heftiger Bewegung).*
Marquis,
Ich sehe mich in fürchterlichen Händen!
Dies Weib – Ich will es nur gestehen – Marquis,
Dies Weib erbrach der Königin Schatulle,
Die erste Warnung kam von ihr – Wer weiß,
Wie viel der Mönch drum wissen mag – Ich bin
Durch ein verruchtes Bubenstück betrogen.
MARQUIS. Dann wär es ja noch glücklich –
KÖNIG. Marquis! Marquis!
Ich fange an zu fürchten, dass ich meiner
Gemahlin doch zu viel getan –
MARQUIS. Wenn zwischen
Dem Prinzen und der Königin geheime
Verständnisse gewesen sind, so waren
Sie sicherlich von weit – weit anderm Inhalt,
Als dessen man sie angeklagt. Ich habe
Gewisse Nachricht, dass des Prinzen Wunsch,
Nach Flandern abzureisen, in dem Kopfe
Der Königin entsprang.

KÖNIG. Ich glaubt' es immer.
MARQUIS. Die Königin hat Ehrgeiz – Darf ich mehr
Noch sagen? – Mit Empfindlichkeit sieht sie
In ihrer stolzen Hoffnung sich getäuscht
Und von des Thrones Anteil ausgeschlossen.
Des Prinzen rasche Jugend bot sich ihren
Weit blickenden Entwürfen dar – ihr Herz –
Ich zweifle, ob sie lieben kann.
KÖNIG. Vor ihren
Staatsklugen Planen zittr' ich nicht.
MARQUIS. Ob sie geliebt wird? – Ob von dem Infanten
Nichts Schlimmeres zu fürchten? Diese Frage
Scheint mir der Untersuchung wert. Hier, glaub ich,
Ist eine strengre Wachsamkeit vonnöten –
KÖNIG. Ihr haftet mir für ihn. –
MARQUIS *(nach einigem Bedenken).* Wenn Eure Majestät
Mich fähig halten, dieses Amt zu führen,
So muss ich bitten, es uneingeschränkt
Und ganz in meine Hand zu übergeben.
KÖNIG. Das soll geschehen.
MARQUIS Wenigstens durch keinen
Gehilfen, welchen Namen er auch habe,
In Unternehmungen, die ich etwa
Für nötig finden könnte, mich zu stören –
KÖNIG. Durch keinen. Ich versprech es Euch. Ihr wart
Mein guter Engel. Wie viel Dank bin ich
Für diesen Wink Euch schuldig!
(Zu Lerma, der bei den letzten Worten hereintritt.)
Wie verließt Ihr
Die Königin?
LERMA. Noch sehr erschöpft von ihrer Ohnmacht.
(Er sieht den Marquis mit zweideutigen Blicken an und geht.)
MARQUIS *(nach einer Pause zum König).*
Noch eine Vorsicht scheint mir nötig.
Der Prinz, fürcht ich, kann Warnungen erhalten.
Er hat der guten Freunde viel – vielleicht
Verbindungen in Gent mit den Rebellen.
Die Furcht kann zu verzweifelten Entschlüssen
Ihn führen – Darum riet ich an, gleich jetzt
Vorkehrungen zu treffen, diesem Fall
Durch ein geschwindes Mittel zu begegnen.
KÖNIG. Ihr habt ganz Recht. Wie aber –
MARQUIS. Ein geheimer

Verhaftsbefehl, den Eure Majestät
In meine Hände niederlegen, mich
Im Augenblicke der Gefahr sogleich
Desselben zu bedienen – und –
(Wie sich der König zu bedenken scheint.)
Es bliebe
Fürs Erste Staatsgeheimnis, bis –

KÖNIG *(zum Schreibepult gehend und den Verhaftsbefehl niederschreibend).* Das Reich
Ist auf dem Spiele – Außerordentliche Mittel
Erlaubt die dringende Gefahr – Hier, Marquis –
Euch brauch ich keine Schonung zu empfehlen –

MARQUIS *(empfängt den Verhaftsbefehl).*
Es ist aufs äußerste, mein König.

KÖNIG *(legt die Hand auf seine Schulter).* Geht!
Geht, lieber Marquis – Ruhe meinem Herzen
Und meinen Nächten Schlaf zurückzubringen.
(Beide gehen ab zu verschiedenen Seiten.)

DREIZEHNTER AUFTRITT

Galerie

Carlos kommt in der größten Beängstigung. Graf Lerma ihm entgegen.

CARLOS. Sie such ich eben.

LERMA. Und ich Sie.

CARLOS. Ist's wahr?
Um Gottes willen, ist es wahr?

LERMA. Was denn?

CARLOS. Dass er den Dolch nach ihr gezückt? dass man
Aus seinem Zimmer blutig sie getragen?
Bei allen Heiligen! Antworten Sie.
Was muss ich glauben? Was ist wahr?

LERMA. Sie fiel
Ohnmächtig hin und ritzte sich im Fallen.
Sonst war es nichts.

CARLOS. Sonst hat es nicht Gefahr?
Sonst nicht? Bei Ihrer Ehre, Graf?

LERMA. Nicht für
Die Königin – doch desto mehr für Sie.

CARLOS. Für meine Mutter nicht! Nun Gott sei Dank!
Mir kam ein schreckliches Gerücht zu Ohren,
Der König rase gegen Kind und Mutter,
Und ein Geheimnis sei entdeckt.
LERMA. Das Letzte
Kann auch wohl wahr sein –
CARLOS. Wahr sein! Wie?
LERMA. Prinz, *eine* Warnung gab ich Ihnen heute,
Die Sie verachtet haben. Nützen Sie
Die zwote besser.
CARLOS. Wie?
LERMA. Wenn ich mich anders
Nicht irre, Prinz, sah ich vor wen'gen Tagen
Ein Portefeuille von himmelblauem Samt,
Mit Gold durchwirkt, in Ihrer Hand –
CARLOS *(etwas bestürzt)*. So eins
Besitz ich. Ja – Nun? –
LERMA Auf der Decke, glaub ich,
Ein Schattenriss, mit Perlen eingefasst –
CARLOS. Ganz recht.
LERMA. Als ich vorhin ganz unvermutet
Ins Kabinett des Königs trat, glaubt' ich
Das Nämliche in seiner Hand zu sehen,
Und Marquis Posa stand bei ihm –
CARLOS *(nach einem kurzen erstarrenden Stillschweigen, heftig)*. Das ist
Nicht wahr.
LERMA *(empfindlich)*. Dann freilich bin ich ein Betrüger.
CARLOS *(sieht ihn lange an)*. Der sind Sie. Ja.
LERMA. Ach! ich verzeih es Ihnen.
CARLOS *(geht in schrecklicher Bewegung auf und nieder und bleibt endlich vor ihm stehen)*.
Was hat er dir zu Leid getan? Was haben
Die unschuldsvollen Bande dir getan,
Die du mit höllischer Geschäftigkeit
Zu reißen dich beeiferst?
LERMA. Prinz, ich ehre
Den Schmerz, der Sie unbillig macht.
CARLOS. O Gott!
Gott! – Gott! Bewahre mich vor Argwohn!
LERMA. Auch
Erinnr' ich mich des Königs eigner Worte:
Wie vielen Dank, sagt' er, als ich hereintrat,

Bin ich für diese Neuigkeit Euch schuldig!
CARLOS. O stille! stille!
LERMA. Herzog Alba soll
Gefallen sein – dem Prinzen Ruy Gomez
Das große Siegel abgenommen und
Dem Marquis übergeben sein –
CARLOS *(in tiefes Grübeln verloren).* Und mir verschwieg er!
Warum verschwieg er mir?
LERMA. Der ganze Hof
Staunt ihn schon als allmächtigen Minister,
Als unumschränkten Günstling an –
CARLOS. Er hat
Mich lieb gehabt, sehr lieb. Ich war ihm teuer
Wie seine eigne Seele. O das weiß ich –
Das haben tausend Proben mir erwiesen.
Doch sollen Millionen ihm, soll ihm
Das Vaterland nicht teurer sein als einer?
Sein Busen war für einen Freund zu groß,
Und Carlos' Glück zu klein für seine Liebe.
Er opferte mich seiner Tugend. Kann
Ich ihn drum schelten? – Ja! Es ist gewiss!
Jetzt ist's gewiss. Jetzt hab ich ihn verloren.
(Er geht seitwärts und verhüllt das Gesicht.)
LERMA *(nach einigem Stillschweigen).*
Mein bester Prinz, was kann ich für Sie tun?
CARLOS *(ohne ihn anzusehen).*
Zum König gehen und mich auch verraten.
Ich habe nichts zu schenken.
LERMA. Wollen Sie
Erwarten, was erfolgen mag?
CARLOS *(stützt sich auf das Geländer und sieht starr vor sich hinaus).* Ich hab ihn
Verloren! Oh! Jetzt bin ich ganz verlassen!
LERMA *(nähert sich ihm mit teilnehmender Rührung).*
Sie wollen nicht auf Ihre Rettung denken?
CARLOS. Auf meine Rettung? – Guter Mensch!
LERMA. Und sonst,
Sonst haben Sie für niemand mehr zu zittern?
CARLOS *(fährt auf).*
Gott! Woran mahnen Sie mich! – Meine Mutter!
Der Brief, den ich ihm wiedergab! ihm erst
Nicht lassen wollte und doch ließ!
(Er geht, heftig die Hände ringend, auf und nieder.)

Womit
Hat s i e es denn verdient um ihn? S i e hätt er
Doch schonen sollen. Lerma, hätt er nicht?
(Rasch entschlossen.)
Ich muss zu ihr – ich muss sie warnen, muss
Sie vorbereiten – Lerma, lieber Lerma –
Wen schick ich denn? Hab ich denn niemand mehr?
Gott sei gelobt! Noch e i n e n Freund – und hier –
Ist nichts mehr zu verschlimmern. *(Schnell ab.)*
LERMA *(folgt ihm und ruft ihm nach).* Prinz! wohin?
(Geht ab.)

VIERZEHNTER AUFTRITT

Ein Zimmer der Königin

Die K ö n i g i n. A l b a. D o m i n g o.

ALBA. Wenn es uns vergönnt ist, große Königin –
KÖNIGIN. Was steht zu Ihren Diensten?
DOMINGO. Redliche Besorgnis
Für Ihrer königlichen Majestät
Erhabene Person erlaubt uns nicht,
Bei einem Vorfall müßig stillzuschweigen,
Der Ihre Sicherheit bedroht.
ALBA. Wir eilen,
Durch unsre zeit'ge Warnung ein Komplott,
Das wider Sie gespielt wird, zu entkräften –
DOMINGO. Und unsern Eifer – unsre Dienste zu
Den Füßen Ihrer Majestät zu legen.
KÖNIGIN *(sieht sie verwundert an).*
Hochwürd'ger Herr, und Sie, mein edler Herzog,
Sie überraschen mich wahrhaftig. Solcher
Ergebenheit war ich mir von Domingo
Und Herzog Alba wirklich nicht vermutend.
Ich weiß, wie ich sie schätzen muss – Sie nennen
Mir ein Komplott, das mich bedrohen soll.
Darf ich erfahren, wer – –
ALBA. Wir bitten Sie,
Vor einem Marquis Posa sich zu hüten,
Der für des Königs Majestät geheime
Geschäfte führt.

KÖNIGIN. Ich höre mit Vergnügen,
Dass der Monarch so gut gewählt. Den Marquis
Hat man mir längst als einen guten Menschen,
Als einen großen Mann gerühmt. Nie ward
Die höchste Gunst gerechter ausgeteilt –
DOMINGO. Gerechter ausgeteilt? Wir wissen's besser.
ALBA. Es ist längst kein Geheimnis mehr, wozu
Sich dieser Mensch gebrauchen lassen.
KÖNIGIN. Wie?
Was wär denn das? Sie spannen meine ganze
Erwartung.
DOMINGO. – Ist es schon von lange,
Dass Ihre Majestät zum letzten Mal in Ihrer
Schatulle nachgesehen?
KÖNIGIN. Wie?
DOMINGO. Und haben
Sie nichts darin vermisst von Kostbarkeiten?
KÖNIGIN. Wieso? Warum? Was ich vermisse, weiß
Mein ganzer Hof – Doch Marquis Posa? Wie
Kommt Marquis Posa damit in Verbindung?
ALBA. Sehr nahe, Ihre Majestät – denn auch
Dem Prinzen fehlen wichtige Papiere,
Die in des Königs Händen diesen Morgen
Gesehen worden – als der Chevalier
Geheime Audienz gehabt.
KÖNIGIN *(nach einigem Nachdenken).* Seltsam,
Bei Gott! und äußerst sonderbar! – Ich finde
Hier einen Feind, von dem mir nie geträumt,
Und wiederum zwei Freunde, die ich nie besessen
Zu haben mich entsinnen kann – Denn wirklich
(Indem sie einen durchdringenden Blick auf beide heftet.)
Muss ich gestehn, ich war schon in Gefahr,
Den schlimmen Dienst, der mir bei meinem Herrn
Geleistet worden – Ihnen zu vergeben.
ALBA. Uns?
KÖNIGIN. Ihnen.
DOMINGO. Herzog Alba! Uns!
KÖNIGIN *(noch immer die Augen fest auf sie gerichtet).*
Wie lieb
Ist es mir also, meiner Übereilung
So bald gewahr zu werden – Ohnehin
Hatt' ich beschlossen, Seine Majestät
Noch heut zu bitten, meinen Kläger mir

Zu stellen. Umso besser nun! So kann ich
Auf Herzog Albas Zeugnis mich berufen.
ALBA. Auf mich? Das wollten Sie im Ernst?
KÖNIGIN. Warum nicht?
DOMINGO. Um alle Dienste zu entkräften, die
Wir Ihnen im Verborgnen –
KÖNIGIN. Im Verborgnen?
(Mit Stolz und Ernst.)
Ich wünschte doch zu wissen, Herzog Alba,
Was Ihres Königs Frau mit Ihnen, oder
Mit Ihnen, Priester, abzureden hätte,
Das ihr Gemahl nicht wissen darf – – Bin ich
Unschuldig oder schuldig?
DOMINGO. Welche Frage!
ALBA. Doch, wenn der König so gerecht nicht wäre?
Es jetzt zum mindesten nicht wäre?
KÖNIGIN. Dann
Muss ich erwarten, bis er's wird – Wohl dem,
Der zu gewinnen hat, wenn er's geworden!
(Sie macht ihnen eine Verbeugung und geht ab; jene entfernen sich nach einer andern Seite.)

FÜNFZEHNTER AUFTRITT

Zimmer der Prinzessin von Eboli

Prinzessin von Eboli. Gleich darauf Carlos.

EBOLI. So ist sie wahr, die außerordentliche Zeitung,
Die schon den ganzen Hof erfüllt?
CARLOS *(tritt herein).* Erschrecken Sie
Nicht, Fürstin! Ich will sanft sein wie ein Kind.
EBOLI. Prinz – diese Überraschung.
CARLOS. Sind Sie noch
Beleidigt? Noch?
EBOLI. Prinz!
CARLOS *(dringender).* Sind Sie noch beleidigt?
Ich bitte, sagen Sie es mir.
EBOLI. Was soll das?
Sie scheinen zu vergessen, Prinz – Was suchen
Sie bei mir?
CARLOS *(ihre Hand mit Heftigkeit fassend).*

Mädchen, kannst du ewig hassen?
Verzeiht gekränkte Liebe nie?
EBOLI *(will sich losmachen).* Woran
Erinnern Sie mich, Prinz?
CARLOS. An deine Güte
Und meinen Undank! – Ach! ich weiß es wohl!
Schwer hab ich dich beleidigt, Mädchen, habe
Dein sanftes Herz zerrissen, habe Tränen
Gepresst aus diesen Engelblicken – ach!
Und bin auch jetzt nicht hier, es zu bereuen.
EBOLI. Prinz, lassen Sie mich – ich –
CARLOS. Ich bin gekommen,
Weil du ein sanftes Mädchen bist, weil ich
Auf deine gute, schöne Seele baue.
Sieh, Mädchen, sieh, ich habe keinen Freund mehr
Auf dieser Welt als dich allein. Einst warst
Du mir so gut – du wirst nicht ewig hassen
Und wirst nicht unversöhnlich sein.
EBOLI *(wendet das Gesicht ab).* O stille!
Nichts mehr, um Gottes willen, Prinz –
CARLOS. Lass mich
An jene goldne Zeiten dich erinnern –
An deine Liebe lass mich dich erinnern,
An deine Liebe, Mädchen, gegen die
Ich so unwürdig mich verging. Lass mich
Jetzt gelten machen, was ich dir gewesen,
Was deines Herzens Träume mir gegeben,
Noch einmal – nur noch einmal stelle mich
So, wie ich damals war, vor deine Seele,
Und diesem Schatten opfre, was du mir,
Mir ewig nie mehr opfern kannst.
EBOLI. O Karl!
Wie grausam spielen Sie mit mir!
CARLOS. Sei größer
Als dein Geschlecht. Vergiss Beleidigungen!
Tu, was vor dir kein Weib getan – nach dir
Kein Weib mehr tun wird. Etwas Unerhörtes
Fordr' ich von dir – Lass mich – auf meinen Knien
Beschwör ich dich – lass mich, zwei Worte lass mich
Mit meiner Mutter sprechen.
(Er wirft sich vor ihr nieder.)

SECHZEHNTER AUFTRITT

Die Vorigen. Marquis von Posa stürzt herein; hinter ihm zwei Offiziere der königlichen Leibwache.

MARQUIS *(atemlos, außer sich dazwischentretend).* Was hat er
Gestanden? Glauben Sie ihm nicht.
CARLOS *(noch auf den Knien, mit erhobener Stimme).*
Bei allem,
Was heilig –
MARQUIS *(unterbricht ihn mit Heftigkeit).*
Er ist rasend. Hören Sie
Den Rasenden nicht an.
CARLOS *(lauter, dringender).* Es gilt um Tod
Und Leben. Führen Sie mich zu ihr.
MARQUIS *(zieht die Prinzessin mit Gewalt von ihm).* Ich
Ermorde Sie, wenn Sie ihn hören.
(Zu einem von den Offizieren.) Graf
Von Kordua. Im Namen des Monarchen.
(Er zeigt den Verhaftsbefehl.)
Der Prinz ist Ihr Gefangener.

(Carlos steht erstarrt, wie vom Donner gerührt. Die Prinzessin stößt einen Laut des Schreckens aus und will fliehen, die Offiziere erstaunen. Eine lange und tiefe Pause. Man sieht den Marquis sehr heftig zittern und mit Mühe seine Fassung behalten.)

(Zum Prinzen.) Ich bitte
Um Ihren Degen – Fürstin Eboli,
Sie bleiben; und
(Zu dem Offizier.) Sie haften mir dafür,
Dass Seine Hoheit niemand spreche – niemand –
Sie selbst nicht, bei Gefahr des Kopfs!

(Er spricht noch einiges leise mit dem Offizier, darauf wendet er sich zum andern.)

Ich werfe
Sogleich mich selbst zu des Monarchen Füßen,
Ihm Rechenschaft zu geben –
(Zu Carlos.) Und auch Ihnen –
Erwarten Sie mich, Prinz – in einer Stunde.

(Carlos lässt sich ohne Zeichen des Bewusstseins hinwegführen. – Nur im Vorübergehen lässt er einen matten, sterbenden Blick auf den Marquis fallen, der sein Gesicht verhüllt. Die Prinzessin versucht es noch einmal zu entfliehen; der Marquis führt sie beim Arme zurück.)

SIEBZEHNTER AUFTRITT

Prinzessin von Eboli. Marquis von Posa.

EBOLI. Um aller Himmel willen, lassen Sie
Mich diesen Ort –
MARQUIS *(führt sie ganz vor, mit fürchterlichem Ernst).*
Was hat er dir gesagt,
Unglückliche?
EBOLI. Nichts – Lassen Sie mich – Nichts –
MARQUIS *(hält sie mit Gewalt zurück. Ernster).*
Wie viel hast du erfahren? Hier ist kein
Entrinnen mehr. Du wirst auf dieser Welt
Es niemand mehr erzählen
EBOLI *(sieht ihm erschrocken ins Gesicht).* Großer Gott!
Was meinen Sie damit? Sie wollen mich
Doch nicht ermorden?
MARQUIS *(zieht einen Dolch).* In der Tat, das bin
Ich sehr gesonnen. Mach es kurz.
EBOLI. Mich? mich?
O ewige Barmherzigkeit! Was hab
Ich denn begangen?
MARQUIS *(zum Himmel sehend, den Dolch auf ihre Brust gesetzt).* Noch ist's Zeit. Noch trat
Das Gift nicht über diese Lippen. Ich
Zerschmettre das Gefäß, und alles bleibt,
Wie es gewesen – Spaniens Verhängnis
Und eines Weibes Leben! *(Er bleibt in dieser Stellung zweifelhaft ruhen.)*
EBOLI *(ist an ihm niedergesunken und sieht ihm fest ins Gesicht).*
Nun? Was zaudern Sie?
Ich bitte nicht um Schonung – Nein! Ich habe
Verdient zu sterben, und ich will's.
MARQUIS *(lässt die Hand langsam sinken. Nach einem kurzen Besinnen).* Das wäre
So feig, als es barbarisch ist – Nein! nein!
Gott sei gelobt! – Noch gibt's ein andres Mittel!
(Er lässt den Dolch fallen und eilt hinaus. Die Prinzessin stürzt fort durch eine andre Türe.)

ACHTZEHNTER AUFTRITT

Ein Zimmer der Königin

Die Königin zur Gräfin Fuentes.

Was für ein Auflauf im Palaste? Jedes
Getöse, Gräfin, macht mir heute Schrecken.
O sehen Sie doch nach und sagen mir,
Was es bedeutet.
(Die Gräfin Fuentes geht ab, und herein stürzt die Prinzessin von Eboli.)

NEUNZEHNTER AUFTRITT

Königin. Prinzessin von Eboli.

EBOLI *(atemlos, bleich und entstellt vor der Königin niedergesunken).* Königin! Zu Hilfe!
Er ist gefangen.
KÖNIGIN. Wer?
EBOLI. Der Marquis Posa
Nahm auf Befehl des Königs ihn gefangen.
KÖNIGIN. Wen aber? Wen?
EBOLI. Den Prinzen.
KÖNIGIN. Rasest du?
EBOLI. Soeben führen sie ihn fort.
KÖNIGIN. Und wer
Nahm ihn gefangen?
EBOLI. Marquis Posa.
KÖNIGIN. Nun!
Gott sei gelobt, dass es der Marquis war,
Der ihn gefangen nahm!
EBOLI. Das sagen Sie
So ruhig, Königin? so kalt? – O Gott!
Sie ahnden nicht – Sie wissen nicht –
KÖNIGIN. Warum er
Gefangen worden? – Eines Fehltritts wegen,
Vermut ich, der dem heftigen Charakter
Des Jünglings sehr natürlich war.
EBOLI. Nein! Nein!
Ich weiß es besser – Nein – O Königin!

Verruchte, teufelische Tat! – Für ihn
Ist keine Rettung mehr! Er stirbt!
KÖNIGIN. Er stirbt?
EBOLI. Und seine Mörderin bin ich!
KÖNIGIN. Er stirbt?
Wahnsinnige, bedenkst du?
EBOLI. Und warum –
Warum er stirbt! – O hätt ich wissen können,
Dass es bis dahin kommen würde!
KÖNIGIN *(nimmt sie gütig bei der Hand).* Fürstin!
Noch sind Sie außer Fassung. Sammeln Sie
Erst Ihre Geister, dass sie ruhiger,
Nicht in so grauenvollen Bildern, die
Mein Innerstes durchschauern, mir erzählen.
Was wissen Sie? Was ist geschehen?
EBOLI. Oh!
Nicht diese himmlische Herablassung,
Nicht diese Güte, Königin! Wie Flammen
Der Hölle schlägt sie brennend mein Gewissen.
Ich bin nicht würdig, den entweihten Blick
Zu Ihrer Glorie emporzurichten.
Zertreten Sie die Elende, die sich,
Zerknirscht von Reue, Scham und Selbstverachtung,
Zu Ihren Füßen krümmt.
KÖNIGIN. Unglückliche!
Was haben Sie mir zu gestehen?
EBOLI. Engel
Des Lichtes! Große Heilige! Noch kennen,
Noch ahnen Sie den Teufel nicht, dem Sie
So liebevoll gelächelt – Lernen Sie
Ihn heute kennen. Ich – ich war der Dieb,
Der Sie bestohlen.
KÖNIGIN. Sie?
EBOLI. Und jene Briefe
Dem König ausgeliefert –
KÖNIGIN. Sie?
EBOLI. Der sich
Erdreistet hat, Sie anzuklagen –
KÖNIGIN. Sie –
Sie konnten –
EBOLI. Rache – Liebe – Raserei –
Ich hasste Sie und liebte den Infanten –
KÖNIGIN. Weil Sie ihn liebten –?

EBOLI. Weil ich's ihm gestanden
Und keine Gegenliebe fand.
KÖNIGIN *(nach einem Stillschweigen).* O jetzt
Enträtselt sich mir alles! – Stehn Sie auf.
Sie liebten ihn – ich habe schon vergeben.
Es ist nun schon vergessen – Stehn Sie auf.
(Sie reicht ihr den Arm.)
EBOLI. Nein! nein!
Ein schreckliches Geständnis ist noch übrig.
Nicht eher, große Königin –
KÖNIGIN *(aufmerksam).* Was werd ich
Noch hören müssen? Reden Sie –
EBOLI. Der König –
Verführung – O Sie blicken weg – Ich lese
In Ihrem Angesicht Verwerfung – Das
Verbrechen, dessen ich Sie zeihte – ich
Beging es selbst.

(Sie drückt ihr glühendes Gesicht auf den Boden. Die Königin geht ab. Große Pause. Die Herzogin von Olivarez kommt nach einigen Minuten aus dem Kabinett, in welches die Königin gegangen war, und findet die Fürstin noch in der vorigen Stellung liegen. Sie nähert sich ihr stillschweigend; auf das Geräusch richtet sich die Letztere auf und fährt wie eine Rasende in die Höhe, da sie die Königin nicht mehr gewahr wird.)

ZWANZIGSTER AUFTRITT

Prinzessin von Eboli. Herzogin von Olivarez.

EBOLI. Gott! Sie hat mich verlassen!
Jetzt ist es aus.
OLIVAREZ *(tritt ihr näher).* Prinzessin Eboli –
EBOLI. Ich weiß, warum Sie kommen, Herzogin.
Die Königin schickt Sie heraus, mein Urteil
Mir anzukündigen – Geschwind!
OLIVAREZ. Ich habe
Befehl von Ihrer Majestät, Ihr Kreuz
Und Ihre Schlüssel in Empfang zu nehmen –
EBOLI *(nimmt ein goldnes Ordenskreuz vom Busen und gibt es in die Hände der Herzogin).*
Doch einmal noch ist mir vergönnt, die Hand
Der besten Königin zu küssen?

OLIVAREZ. Im
Marienkloster wird man Ihnen sagen,
Was über Sie beschlossen ist.
EBOLI *(unter herabstürzenden Tränen).* Ich sehe
Die Königin nicht wieder?
OLIVAREZ *(umarmt sie mit abgewandtem Gesicht).*
Leben Sie glücklich!
(Sie geht schnell fort. Die Prinzessin folgt ihr bis an die Türe des Kabinetts, welche sogleich hinter der Herzogin verschlossen wird. Einige Minuten bleibt sie stumm und unbeweglich auf den Knien davor liegen, dann rafft sie sich auf und eilt hinweg mit verhülltem Gesicht.)

EINUNDZWANZIGSTER AUFTRITT

Königin. Marquis von Posa.

KÖNIGIN. Ach endlich, Marquis! Glücklich, dass Sie kommen!
MARQUIS *(bleich, mit zerstörtem Gesicht, bebender Stimme und durch diesen ganzen Auftritt in feierlicher, tiefer Bewegung).* Sind Ihre Majestät allein? Kann niemand
In diesen nächsten Zimmern uns behorchen?
KÖNIGIN. Kein Mensch – Warum? Was bringen Sie?
(Indem sie ihn genauer ansieht und erschrocken zurücktritt.)
Und wie
So ganz verändert! Was ist das? Sie machen
Mich zittern, Marquis – alle Ihre Züge
Wie eines Sterbenden entstellt –
MARQUIS. Sie wissen
Vermutlich schon –
KÖNIGIN. Dass Karl gefangen worden,
Und zwar durch Sie, setzt man hinzu – So ist
Es dennoch wahr? Ich wollt' es keinem Menschen
Als Ihnen glauben.
MARQUIS. Es ist wahr.
KÖNIGIN. Durch Sie?
MARQUIS. Durch mich.
KÖNIGIN *(sieht ihn einige Augenblicke zweifelnd an).*
Ich ehre Ihre Handlungen,
Auch wenn ich sie nicht fasse – Diesmal aber
Verzeihen Sie dem bangen Weib. Ich fürchte,
Sie spielen ein gewagtes Spiel.

MARQUIS. Ich hab es
Verloren.
KÖNIGIN. Gott im Himmel!
MARQUIS. Seien Sie
Ganz ruhig, meine Königin. Für ihn
Ist schon gesorgt. Ich hab es mir verloren.
KÖNIGIN. Was werd ich hören! Gott!
MARQUIS. Denn wer,
Wer hieß auf einen zweifelhaften Wurf
Mich alles setzen? Alles? So verwegen,
So zuversichtlich mit dem Himmel spielen?
Wer ist der Mensch, der sich vermessen will,
Des Zufalls schweres Steuer zu regieren
Und doch nicht der Allwissende zu sein?
O es ist billig! – Doch warum denn jetzt
Von mir? Der Augenblick ist kostbar wie
Das Leben eines Menschen! Und wer weiß,
Ob aus des Richters karger Hand nicht schon
Die letzten Tropfen für mich fallen?
KÖNIGIN. Aus
Des Richters Hand? – Welch feierlicher Ton!
Ich fasse nicht, was diese Reden meinen,
Doch sie entsetzen mich –
MARQUIS. Er ist gerettet!
Um welchen Preis er's ist, gleichviel! Doch nur
Für heute. Wenig Augenblicke sind
Noch sein. Er spare sie. Noch diese Nacht
Muss er Madrid verlassen.
KÖNIGIN. Diese Nacht noch?
MARQUIS. Anstalten sind getroffen. In demselben
Kartäuserkloster, das schon lange Zeit
Die Zuflucht unsrer Freundschaft war gewesen,
Erwartet ihn die Post. Hier ist in Wechseln,
Was mir das Glück auf dieser Welt gegeben.
Was mangelt, legen Sie noch bei. Zwar hätt ich
An meinen Karl noch manches auf dem Herzen,
Noch manches, das er wissen muss; doch leicht
Könnt es an Muße mir gebrechen, alles
Persönlich mit ihm abzutun – Sie sprechen
Ihn diesen Abend, darum wend ich mich
An Sie –
KÖNIGIN. Um meiner Ruhe willen, Marquis,
Erklären Sie sich deutlicher – nicht in

So fürchterlichen Rätseln reden Sie
Mit mir – Was ist geschehn?

MARQUIS. Ich habe noch
Ein wichtiges Bekenntnis abzulegen;
In Ihre Hände leg ich's ab. Mir ward
Ein Glück, wie es nur wenigen geworden:
Ich liebte einen Fürstensohn – Mein Herz,
Nur einem Einzigen geweiht, umschloss
Die ganze Welt! – In meines Carlos' Seele
Schuf ich ein Paradies für Millionen.
O meine Träume waren schön – Doch es
Gefiel der Vorsehung, mich vor der Zeit
Von meiner schönen Pflanzung abzurufen.
Bald hat er seinen Roderich nicht mehr,
Der Freund hört auf in der Geliebten. Hier,
Hier – hier – auf diesem heiligen Altare,
Im Herzen seiner Königin leg ich
Mein letztes kostbares Vermächtnis nieder,
Hier find er's, wenn ich nicht mehr bin –
(Er wendet sich ab, Tränen ersticken seine Stimme.)

KÖNIGIN. Das ist
Die Sprache eines Sterbenden. Noch hoff ich,
Es ist nur Wirkung Ihres Blutes – oder
Liegt Sinn in diesen Reden?

MARQUIS *(hat sich zu sammeln gesucht und fährt mit festerem Tone fort).* Sagen Sie
Dem Prinzen, dass er denken soll des Eides,
Den wir in jenen schwärmerischen Tagen
Auf die geteilte Hostie geschworen.
Den meinigen hab ich gehalten, bin
Ihm treu geblieben bis zum Tod – jetzt ist's
An ihm, den seinigen –

KÖNIGIN. Zum Tod?

MARQUIS. Er mache –
O sagen Sie es ihm! – das Traumbild wahr,
Das kühne Traumbild eines neuen Staates,
Der Freundschaft göttliche Geburt. Er lege
Die erste Hand an diesen rohen Stein.
Ob er vollende oder unterliege –
Ihm einerlei! Er lege Hand an. Wenn
Jahrhunderte dahingeflohen, wird
Die Vorsicht einen Fürstensohn, wie er,
Auf einem Thron, wie seiner, wiederholen

Und ihren neuen Liebling mit derselben
Begeisterung entzünden. Sagen Sie
Ihm, dass er für die Träume seiner Jugend
Soll Achtung tragen, wenn er Mann sein wird,
Nicht öffnen soll dem tötenden Insekte
Gerühmter besserer Vernunft das Herz
Der zarten Götterblume – dass er nicht
Soll irrewerden, wenn des Staubes Weisheit
Begeisterung, die Himmelstochter, lästert.
Ich hab es ihm zuvor gesagt –

KÖNIGIN. Wie, Marquis?
Und wozu führt –

MARQUIS. Und sagen Sie ihm, dass
Ich Menschenglück auf seine Seele lege,
Dass ich es sterbend von ihm fordre – fordre!
Und sehr dazu berechtigt war. Es hätte
Bei mir gestanden, einen neuen Morgen
Heraufzuführen über diese Reiche.
Der König schenkte mir sein Herz. Er nannte
Mich seinen Sohn – Ich führe seine Siegel,
Und seine Alba sind nicht mehr.

(Er hält inne und sieht einige Augenblicke stillschweigend auf die Königin.)

Sie weinen –
O diese Tränen kenn ich, schöne Seele!
Die Freude macht sie fließen. Doch vorbei,
Es ist vorbei. Karl oder ich. Die Wahl
War schnell und schrecklich. Einer war verloren,
Und ich will dieser eine sein – ich lieber –
Verlangen Sie nicht mehr zu wissen.

KÖNIGIN. Jetzt,
Jetzt fang ich endlich an, Sie zu begreifen –
Unglücklicher, was haben Sie getan?

MARQUIS. Zwo kurze Abendstunden hingegeben,
Um einen hellen Sommertag zu retten.
Den König geb ich auf. Was kann ich auch
Dem König sein? – In diesem starren Boden
Blüht keine meiner Rosen mehr – Europas
Verhängnis reift in meinem großen Freunde!
Auf ihn verweis ich Spanien – Es blute
Bis dahin unter Philipps Hand! – Doch weh!
Weh mir und ihm, wenn ich bereuen sollte,
Vielleicht das Schlimmere gewählt! – Nein! nein!

Ich kenne meinen Carlos – das wird nie
Geschehn – und meine Bürgin, Königin,
Sind Sie!
(Nach einigem Stillschweigen.)
Ich sah sie keimen, diese Liebe, sah
Der Leidenschaften unglückseligste
In seinem Herzen Wurzel fassen – Damals
Stand es in meiner Macht, sie zu bekämpfen
Ich tat es nicht. Ich nährte diese Liebe,
Die mir nicht unglückselig war. Die Welt
Kann anders richten. Ich bereue nicht.
Mein Herz klagt mich nicht an. Ich sahe Leben,
Wo sie nur Tod – in dieser hoffnungslosen Flamme
Erkannt' ich früh der Hoffnung goldnen Strahl.
Ich wollt' ihn führen zum Vortrefflichen,
Zur höchsten Schönheit wollt' ich ihn erheben:
Die Sterblichkeit versagte mir ein Bild,
Die Sprache Worte – da verwies ich ihn
Auf dieses – meine ganze Leitung war,
Ihm seine Liebe zu erklären.
KÖNIGIN. Marquis,
Ihr Freund erfüllte Sie so ganz, dass Sie
Mich über ihm vergaßen. Glaubten Sie
Im Ernst mich aller Weiblichkeit entbunden,
Da Sie zu seinem Engel mich gemacht,
Zu seinen Waffen Tugend ihm gegeben?
Das überlegten Sie wohl nicht, wie viel
Für unser Herz zu wagen ist, wenn wir
Mit solchen Namen Leidenschaft veredeln.
MARQUIS. Für alle Weiber, nur für eines nicht.
Auf eines schwör ich – Oder sollten Sie,
Sie der Begierden edelster sich schämen,
Der Heldentugend Schöpferin zu sein?
Was geht es König Philipp an, wenn seine
Verklärung in Eskurial den Maler,
Der vor ihr steht, mit Ewigkeit entzündet?
Gehört die süße Harmonie, die in
Dem Saitenspiele schlummert, seinem Käufer,
Der es mit taubem Ohr bewacht? Er hat
Das Recht erkauft, in Trümmern es zu schlagen,
Doch nicht die Kunst, dem Silberton zu rufen
Und in des Liedes Wonne zu zerschmelzen.
Die Wahrheit ist vorhanden für den Weisen,

Die Schönheit für ein fühlend Herz. Sie beide
Gehören füreinander. Diesen Glauben
Soll mir kein feiges Vorurteil zerstören.
Versprechen Sie mir, ewig ihn zu lieben,
Von Menschenfurcht, von falschem Heldenmut
Zu nichtiger Verleugnung nie versucht,
Unwandelbar und ewig ihn zu lieben;
Versprechen Sie mir dieses? – Königin –
Versprechen Sie's in meine Hand?

KÖNIGIN. Mein Herz,
Versprech ich Ihnen, soll allein und ewig
Der Richter meiner Liebe sein.

MARQUIS *(zieht seine Hand zurück)*. Jetzt sterb ich
Beruhigt – Meine Arbeit ist getan.
(Er neigt sich gegen die Königin und will gehen.)

KÖNIGIN *(begleitet ihn schweigend mit den Augen)*.
Sie gehen, Marquis – ohne mir zu sagen,
Wenn wir – wie bald – uns wieder sehn?

MARQUIS *(kommt noch einmal zurück, das Gesicht abgewendet)*. Gewiss!
Wir sehn uns wieder.

KÖNIGIN. Ich verstand Sie, Posa –
Verstand Sie recht gut – Warum haben Sie
Mir das getan?

MARQUIS. Er oder ich.

KÖNIGIN. Nein! nein!
Sie stürzten sich in diese Tat, die Sie
Erhaben nennen. Leugnen Sie nur nicht.
Ich kenne Sie, Sie haben längst darnach
Gedürstet – Mögen tausend Herzen brechen,
Was kümmert Sie's, wenn sich Ihr Stolz nur weidet.
O jetzt – jetzt lern ich Sie verstehn! Sie haben
Nur um Bewunderung gebuhlt.

MARQUIS *(betroffen, vor sich)*. Nein! Darauf
War ich nicht vorbereitet –

KÖNIGIN *(nach einem Stillschweigen)*. Marquis!
Ist keine Rettung möglich?

MARQUIS. Keine.

KÖNIGIN. Keine?
Besinnen Sie sich wohl. Ist keine möglich?
Auch nicht durch mich?

MARQUIS. Auch nicht durch Sie.

KÖNIGIN. Sie kennen mich

Zur Hälfte nur – ich habe Mut.
MARQUIS. Ich weiß es.
KÖNIGIN. Und keine Rettung?
MARQUIS. Keine.
KÖNIGIN *(verlässt ihn und verhüllt das Gesicht).* Gehen Sie!
Ich schätze keinen Mann mehr.
MARQUIS *(in der heftigsten Bewegung vor ihr niedergeworfen).*
Königin!
O Gott! das Leben ist doch schön.
(Er springt auf und geht schnell fort.
Die Königin in ihr Kabinett.)

ZWEIUNDZWANZIGSTER AUFTRITT

Vorzimmer des Königs

Herzog von Alba und Domingo gehen stillschweigend und abgesondert auf und nieder. Graf Lerma kommt aus dem Kabinett des Königs. Alsdann Don Raimond von Taxis, der Oberpostmeister.

LERMA. Ob sich der Marquis noch nicht blicken lassen?
ALBA. Noch nicht.
(Lerma will wieder hineingehen.)
TAXIS *(tritt auf).* Graf Lerma, melden Sie mich an.
LERMA. Der König ist für niemand –
TAXIS. Sagen Sie,
Ich muss ihn sprechen – Seiner Majestät
Ist äußerst dran gelegen. Eilen Sie.
Es leidet keinen Aufschub.
(Lerma geht ins Kabinett.)
ALBA *(tritt zum Oberpostmeister).* Lieber Taxis,
Gewöhnen Sie sich zur Geduld. Sie sprechen
Den König nicht –
TAXIS. Nicht? Und warum?
ALBA. Sie hätten
Die Vorsicht denn gebraucht, sich die Erlaubnis
Beim Chevalier von Posa auszuwirken,
Der Sohn und Vater zu Gefangnen macht.
TAXIS. Von Posa? Wie? Ganz recht! Das ist derselbe,
Aus dessen Hand ich diesen Brief empfangen –
ALBA. Brief? Welchen Brief?

TAXIS. Den ich nach Brüssel habe
Befördern sollen –
ALBA *(aufmerksam).* Brüssel?
TAXIS. Den ich eben
Dem König bringe –
ALBA. Brüssel! Haben Sie
Gehört, Kaplan? Nach Brüssel!
DOMINGO *(tritt dazu).* Das ist sehr
Verdächtig.
TAXIS. Und wie ängstlich, wie verlegen
Er mir empfohlen worden!
DOMINGO. Ängstlich? So!
ALBA. An wen ist denn die Aufschrift?
TAXIS. An den Prinzen
Von Nassau und Oranien.
ALBA. An Wilhelm? –
Kaplan! Das ist Verräterei.
DOMINGO. Was könnt
Es anders sein? – Ja freilich, diesen Brief
Muss man sogleich dem König überliefern.
Welch ein Verdienst von Ihnen, würd'ger Mann,
So streng zu sein in Ihres Königs Dienst!
TAXIS. Hochwürd'ger Herr, ich tat nur meine Pflicht.
ALBA. Sie taten wohl.
LERMA *(kommt aus dem Kabinett. Zum Oberpostmeister).*
Der König will Sie sprechen.
(Taxis geht hinein.)
Der Marquis immer noch nicht da?
DOMINGO. Man sucht
Ihn allerorten.
ALBA. Sonderbar und seltsam.
Der Prinz ein Staatsgefangner, und der König
Noch selber ungewiss, warum?
DOMINGO. Er war
Nicht einmal hier, ihm Rechenschaft zu geben?
ALBA. Wie nahm es denn der König auf?
LERMA. Der König
Sprach noch kein Wort.
(Geräusch im Kabinett.)
ALBA. Was war das? Still!
TAXIS *(aus dem Kabinett).* Graf Lerma!
(Beide hinein.)
ALBA *(zu Domingo).* Was geht hier vor?

DOMINGO. Mit diesem Ton des Schreckens!
Wenn dieser aufgefangne Brief? – Mir ahndet
Nichts Gutes, Herzog.
ALBA. Lerma lässt er rufen!
Und wissen muss er doch, dass Sie und ich
Im Vorsaal –
DOMINGO. Unsre Zeiten sind vorbei.
ALBA. Bin ich derselbe denn nicht mehr, dem hier
Sonst alle Türen sprangen? Wie ist alles
Verwandelt um mich her – wie fremd –
DOMINGO *(hat sich leise der Kabinettstüre genähert und bleibt lauschend davor stehen).* Horch!
ALBA *(nach einer Pause).* Alles
Ist totenstill. Man hört sie Atem holen.
DOMINGO. Die doppelte Tapete dämpft den Schall.
ALBA. Hinweg! Man kommt.
DOMINGO *(verlässt die Türe).* Mir ist so feierlich,
So bang, als sollte dieser Augenblick
Ein großes Los entscheiden.

DREIUNDZWANZIGSTER AUFTRITT

Der Prinz von Parma, die Herzoge von Feria und Medina Sidonia mit noch einigen andern Granden treten auf. Die Vorigen.

PARMA. Ist der König
Zu sprechen?
ALBA. Nein.
PARMA. Nein? Wer ist bei ihm?
FERIA. Marquis
Von Posa ohne Zweifel?
ALBA. Den erwartet man
Soeben.
PARMA. Diesen Augenblick
Sind wir von Saragossa eingetroffen.
Der Schrecken geht durch ganz Madrid – Ist es
Denn wahr?
DOMINGO. Ja leider!
FERIA. Es ist wahr? Er ist
Durch den Malteser in Verhaft genommen?
ALBA. So ist's.

PARMA. Warum? Was ist geschehn?
ALBA. Warum?
Das weiß kein Mensch als Seine Majestät
Und Marquis Posa.
PARMA. Ohne Zuziehung
Der Cortes seines Königreichs?
FERIA. Weh dem,
Der Teil gehabt an dieser Staatsverletzung.
ALBA. Weh ihm! So ruf ich auch.
MEDINA SIDONIA. Ich auch.
DIE ÜBRIGEN GRANDEN. Wir alle.
ALBA. Wer folgt mir in das Kabinett? – Ich werfe
Mich zu des Königs Füßen.
LERMA *(stürzt aus dem Kabinett).* Herzog Alba!
DOMINGO. Endlich!
Gelobt sei Gott!
(Alba eilt hinein.)
LERMA *(atemlos, in großer Bewegung).*
Wenn der Malteser kommt,
Der Herr ist jetzo nicht allein, er wird
Ihn rufen lassen –
DOMINGO *(zu Lerma, indem sich alle Übrigen voll neugieriger Erwartung um ihn versammeln).*
Graf, was ist geschehen?
Sie sind ja blass wie eine Leiche.
LERMA *(will forteilen).* Das
Ist teufelisch!
PARMA und FERIA. Was denn? Was denn?
MEDINA SIDONIA. Was macht
Der König?
DOMINGO *(zugleich).* Teufelisch? Was denn?
LERMA. Der König hat
Geweint.
DOMINGO. Geweint?
ALLE *(zugleich, mit betretnem Erstaunen).*
Der König hat geweint!
(Man hört eine Glocke im Kabinett. Graf Lerma eilt hinein.)
DOMINGO *(ihm nach, will ihn zurückhalten).*
Graf, noch ein Wort – Verziehen Sie – Weg ist er!
Da stehn wir angefesselt von Entsetzen.

VIERUNDZWANZIGSTER AUFTRITT

Prinzessin von Eboli. Feria. Medina Sidonia Parma. Domingo und übrige Granden.

EBOLI *(eilig, außer sich).*
Wo ist der König? Wo? Ich muss ihn sprechen.
(Zu Feria.)
Sie, Herzog, führen mich zu ihm.
FERIA. Der König
Hat wichtige Verhinderung. Kein Mensch
Wird vorgelassen.
EBOLI. Unterzeichnet er
Das fürchterliche Urteil schon? Er ist
Belogen. Ich beweis es ihm, dass er
Belogen ist.
DOMINGO *(gibt ihr von ferne einen bedeutenden Wink).*
Prinzessin Eboli!
EBOLI *(geht auf ihn zu).*
Sie auch da, Priester? Recht! Sie brauch ich eben.
Sie sollen mir's bekräftigen.
(Sie ergreift seine Hand und will ihn ins Kabinett mit fortreißen.)
DOMINGO. Ich? – Sind
Sie bei sich, Fürstin?
FERIA. Bleiben Sie zurück.
Der König hört Sie jetzt nicht an.
EBOLI. Er muss
Mich hören. Wahrheit muss er hören – Wahrheit!
Und wär er zehen Mal ein Gott!
DOMINGO. Weg! weg!
Sie wagen alles. Bleiben Sie zurück.
EBOLI. Mensch, zittre du vor deines Götzen Zorn.
Ich habe nichts zu wagen.
(Wie sie ins Kabinett will, stürzt heraus)
HERZOG ALBA *(Seine Augen funkeln, Triumph ist in seinem Gang. Er eilt auf Domingo zu und umarmt ihn).*
Lassen Sie
In allen Kirchen ein Te Deum tönen.
Der Sieg ist unser.
DOMINGO. Unser?
ALBA *(zu Domingo und den übrigen Granden).* Jetzt hinein
Zum Herrn. Sie sollen weiter von mir hören.

FÜNFTER AKT

Ein Zimmer im königlichen Palast, durch eine eiserne Gittertüre von einem großen Vorhofe abgesondert, in welchem Wachen auf und nieder gehen.

ERSTER AUFTRITT

Carlos, an einem Tische sitzend, den Kopf vorwärts auf die Arme gelegt, als wenn er schlummerte. Im Hintergrunde des Zimmers einige Offiziere, die mit ihm eingeschlossen sind. Marquis von Posa tritt herein, ohne von ihm bemerkt zu werden, und spricht leise mit den Offizieren, welche sich sogleich entfernen. Er selbst tritt ganz nahe vor Carlos und betrachtet ihn einige Augenblicke schweigend und traurig. Endlich macht er eine Bewegung, welche diesen aus seiner Betäubung erweckt.

CARLOS *(steht auf, wird den Marquis gewahr und fährt erschrocken zusammen. Dann sieht er ihn eine Weile mit großen, starren Augen an und streicht mit der Hand über die Stirne, als ob er sich auf etwas besinnen wollte).*
MARQUIS. Ich bin es, Karl.
CARLOS *(gibt ihm die Hand).* Du kommst sogar noch zu mir!
Das ist doch schön von dir.
MARQUIS. Ich bildete
Mir ein, du könntest deinen Freund hier brauchen.
CARLOS. Wahrhaftig? Meintest du das wirklich? Sieh!
Das freut mich – freut mich unbeschreiblich. Ach!
Ich wusst' es wohl, dass du mir gut geblieben.
MARQUIS. Ich hab es auch um dich verdient.
CARLOS. Nicht wahr?
O wir verstehen uns noch ganz. So hab
Ich's gerne. Diese Schonung, diese Milde
Steht großen Seelen an, wie du und ich.
Lass sein, dass meiner Forderungen eine
Unbillig und vermessen war, musst du
Mir darum auch die billigen versagen?
Hart kann die Tugend sein, doch grausam nie,
Unmenschlich nie – Es hat dir viel gekostet!
O ja, mir deucht, ich weiß recht gut, wie sehr
Geblutet hat dein sanftes Herz, als du
Dein Opfer schmücktest zum Altare.
MARQUIS. Carlos!

Wie meinst du das?
CARLOS. Du selbst wirst jetzt vollenden,
Was ich gesollt und nicht gekonnt – du wirst
Den Spaniern die goldnen Tage schenken,
Die sie von mir umsonst gehofft. Mit mir
Ist es ja aus – auf immer aus. Das hast
Du eingesehn – O diese fürchterliche Liebe
Hat alle frühe Blüten meines Geistes
Unwiderbringlich hingerafft. Ich bin
Für deine großen Hoffnungen gestorben.
Vorsehung oder Zufall führen dir
Den König zu – Es kostet mein Geheimnis,
Und er ist dein – du kannst sein Engel werden.
Für mich ist keine Rettung mehr – vielleicht
Für Spanien – Ach hier ist nichts verdammlich,
Nichts, nichts als meine rasende Verblendung,
Bis diesen Tag nicht eingesehn zu haben,
Dass du – so groß als zärtlich bist.
MARQUIS. Nein! Das,
Das hab ich nicht vorhergesehen – nicht
Vorhergesehn, dass eines Freundes Großmut
Erfinderischer könnte sein als meine
Weltkluge Sorgfalt. Mein Gebäude stürzt
Zusammen – ich vergaß dein Herz.
CARLOS. Zwar, wenn dir's möglich wär gewesen, ihr
Dies Schicksal zu ersparen – sieh, das hätte
Ich unaussprechlich dir gedankt. Konnt' ich
Denn nicht allein es tragen? Musste sie
Das zweite Opfer sein? – Doch still davon!
Ich will mit keinem Vorwurf dich beladen.
Was geht die Königin dich an? Liebst du
Die Königin? Soll deine strenge Tugend
Die kleinen Sorgen meiner Liebe fragen?
Verzeih mir – ich war ungerecht.
MARQUIS. Du bist's.
Doch – dieses Vorwurfs wegen nicht. Verdient'
Ich einen, dann verdient' ich alle – und
Dann würd ich so nicht vor dir stehen.
(Er nimmt seine Portefeuille heraus.)
Hier
Sind von den Briefen ein'ge wieder, die
Du in Verwahrung mir gegeben. Nimm
Sie zu dir.

CARLOS *(sieht mit Verwunderung bald die Briefe, bald den Marquis an).* Wie?
MARQUIS. Ich gebe sie dir wieder,
Weil sie in deinen Händen sichrer jetzt
Sein dürften als in meinen.
CARLOS. Was ist das?
Der König las sie also nicht? bekam
Sie also gar nicht zu Gesichte?
MARQUIS. Diese Briefe?
CARLOS. Du zeigtest ihm nicht alle?
MARQUIS. Wer sagt dir,
Dass ich ihm einen zeigte?
CARLOS *(äußerst erstaunt).* Ist es möglich?
Graf Lerma.
MARQUIS. Der hat dir gesagt? – Ja! Nun
Wird alles, alles offenbar! Wer konnte
Das auch voraussehn? – Lerma also? – Nein,
Der Mann hat lügen nie gelernt. Ganz recht,
Die andern Briefe liegen bei dem König.
CARLOS *(sieht ihn lange mit sprachlosem Erstaunen an).*
Weswegen bin ich aber hier?
MARQUIS. Zur Vorsicht,
Wenn du vielleicht zum zweiten Mal versucht
Sein möchtest, eine Eboli zu deiner
Vertrauten zu erwählen –
CARLOS *(wie aus einem Traume erwacht).* Ha! Nun endlich!
Jetzt seh ich – jetzt wird alles Licht –
MARQUIS *(geht nach der Türe).* Wer kommt?

ZWEITER AUFTRITT

Herzog Alba. Die Vorigen.

ALBA *(nähert sich ehrerbietig dem Prinzen, dem Marquis durch diesen ganzen Auftritt den Rücken zuwendend).*
Prinz, Sie sind frei. Der König schickt mich ab,
Es Ihnen anzukündigen.
(Carlos sieht den Marquis verwundert an. Alle schweigen still.)
Zugleich
Schätz ich mich glücklich, Prinz, der Erste sein
Zu dürfen, der die Gnade hat –
CARLOS *(bemerkt beide mit äußerster Verwunderung. Nach ei-*

ner Pause zum Herzog). Ich werde
Gefangen eingesetzt und frei erklärt,
Und ohne mir bewusst zu sein, warum
Ich beides werde?
ALBA. Aus Versehen, Prinz,
Soviel ich weiß, zu welchem irgendein
– Betrüger den Monarchen hingerissen.
CARLOS. Doch aber ist es auf Befehl des Königs,
Dass ich mich hier befinde?
ALBA. Ja, durch ein
Versehen Seiner Majestät.
CARLOS. Das tut
Mir wirklich Leid – Doch wenn der König sich
Versieht, kommt es dem König zu, in eigener
Person den Fehler wieder zu verbessern.
(Er sucht die Augen des Marquis und beobachtet eine stolze Herabsetzung gegen den Herzog.)
Man nennt mich hier Don Philipps Sohn. Die Augen
Der Lästerung und Neugier ruhn auf mir.
Was Seine Majestät aus Pflicht getan,
Will ich nicht scheinen ihrer Huld zu danken.
Sonst bin ich auch bereit, vor dem Gerichte
Der Cortes mich zu stellen – Meinen Degen
Nehm ich aus solcher Hand nicht an.
ALBA. Der König
Wird keinen Anstand nehmen, Eurer Hoheit
Dies billige Verlangen zu gewähren,
Wenn Sie vergönnen wollen, dass ich Sie
Zu ihm begleiten darf –
CARLOS. Ich bleibe hier,
Bis mich der König oder sein Madrid
Aus diesem Kerker führen. Bringen Sie
Ihm diese Antwort.
(Alba entfernt sich. Man sieht ihn noch eine Zeit lang im Vorhofe verweilen und Befehle austeilen.)

DRITTER AUFTRITT

Carlos und Marquis von Posa.

CARLOS *(nachdem der Herzog hinaus ist, voll Erwartung und Erstaunen zum Marquis).* Was ist aber das?

Erkläre mir's. Bist du denn nicht Minister?
MARQUIS. Ich bin's gewesen, wie du siehst.
(Auf ihn zugehend, mit großer Bewegung.)
O Karl,
Es hat gewirkt. Es hat. Es ist gelungen.
Jetzt ist's getan. Gepriesen sei die Allmacht,
Die es gelingen ließ.
CARLOS. Gelingen! Was?
Ich fasse deine Worte nicht.
MARQUIS *(ergreift seine Hand).* Du bist
Gerettet, Karl – bist frei – und ich – *(Er hält inne.)*
CARLOS. Und du?
MARQUIS. Und ich – ich drücke dich an meine Brust
Zum ersten Mal mit vollem, ganzem Rechte;
Ich hab es ja mit allem, allem, was
Mir teuer ist, erkauft – O Karl, wie süß,
Wie groß ist dieser Augenblick! Ich bin
Mit mir zufrieden.
CARLOS. Welche plötzliche
Veränderung in deinen Zügen? So
Hab ich dich nie gesehen. Stolzer hebt
Sich deine Brust, und deine Blicke leuchten.
MARQUIS.
Wir müssen Abschied nehmen, Karl. Erschrick nicht.
O sei ein Mann. Was du auch hören wirst,
Versprich mir, Karl, nicht durch unbänd'gen Schmerz,
Unwürdig großer Seelen, diese Trennung
Mir zu erschweren – du verlierst mich, Karl –
Auf viele Jahre – Toren nennen es
Auf ewig.
(Carlos zieht seine Hand zurück, sieht ihn starr an und antwortet nichts.)
Sei ein Mann. Ich habe sehr
Auf dich gerechnet, hab es nicht vermieden,
Die bange Stunde mit dir auszuhalten,
Die man die letzte schrecklich nennt – Ja, soll
Ich dir's gestehen, Karl? – ich habe mich
Darauf gefreut – Komm, lass uns niedersitzen –
Ich fühle mich erschöpft und matt.
(Er rückt nahe an Carlos, der noch immer in einer toten Erstarrung ist und sich unwillkürlich von ihm niederziehen lässt.)
Wo bist du?
Du gibst mir keine Antwort? – Ich will kurz sein.

Den Tag nachher, als wir zum letzten Mal
Bei den Kartäusern uns gesehn, ließ mich
Der König zu sich fordern. Den Erfolg
Weißt du, weiß ganz Madrid. Das weißt du nicht,
Dass dein Geheimnis ihm verraten worden,
Dass Briefe, in der Königin Schatulle
Gefunden, wider dich gezeugt, dass ich
Aus seinem eignen Munde dies erfahren,
Und dass – ich sein Vertrauter war.

(Er hält inne, Carlos' Antwort zu erfahren; dieser verharrt in seinem Stillschweigen.)

Ja, Karl!
Mit meinen Lippen brach ich meine Treue.
Ich selbst regierte das Komplott, das dir
Den Untergang bereitete. Zu laut
Sprach schon die Tat. Dich freizusprechen, war
Zu spät. Mich seiner Rache zu versichern,
War alles, was mir übrig blieb – und so
Ward ich dein Feind, dir kräftiger zu dienen.
– Du hörst mich nicht?

CARLOS. Ich höre. Weiter. Weiter.

MARQUIS. Bis hierher bin ich ohne Schuld. Doch bald
Verraten mich die ungewohnten Strahlen
Der neuen königlichen Gunst. Der Ruf
Dringt bis zu dir, wie ich vorhergesehn.
Doch ich, von falscher Zärtlichkeit bestochen,
Von stolzem Wahn geblendet, ohne dich
Das Wagestück zu enden, unterschlage
Der Freundschaft mein gefährliches Geheimnis.
Das war die große Übereilung! Schwer
Hab ich gefehlt. Ich weiß es. Raserei
War meine Zuversicht. Verzeih – sie war
Auf deiner Freundschaft Ewigkeit gegründet.

(Hier schweigt er. Carlos geht aus seiner Versteinerung in lebhafte Bewegung über.)

Was ich befürchtete, geschieht. Man lässt
Dich zittern vor erdichteten Gefahren.
Die Königin in ihrem Blut – das Schrecken
Des widerhallenden Palastes – Lermas
Unglückliche Dienstfertigkeit – zuletzt
Mein unbegreifliches Verstummen, alles
Bestürmt dein überraschtes Herz – du wankst –
Gibst mich verloren – Doch, zu edel selbst,

An deines Freundes Redlichkeit zu zweifeln,
Schmückst du mit Größe seinen Abfall aus;
Nun erst wagst du, ihn treulos zu behaupten,
Weil du noch treulos ihn verehren darfst.
Verlassen von dem Einzigen, wirfst du
Der Fürstin Eboli dich in die Arme –
Unglücklicher! in eines Teufels Arme;
Denn diese war's, die dich verriet.
(Carlos steht auf.)
Ich sehe
Dich dahin eilen. Eine schlimme Ahndung
Fliegt durch mein Herz. Ich folge dir. Zu spät.
Du liegst zu ihren Füßen. Das Geständnis
Floh über deine Lippen schon. Für dich
Ist keine Rettung mehr –
CARLOS. Nein! nein! Sie war
Gerührt. Du irrest dich. Gewiss war sie
Gerührt.
MARQUIS. Da wird es Nacht vor meinen Sinnen.
Nichts – Nichts – Kein Ausweg – Keine Hülfe – keine
Im ganzen Umkreis der Natur! Verzweiflung
Macht mich zur Furie, zum Tier – ich setze
Den Dolch auf eines Weibes Brust – Doch jetzt –
Jetzt fällt ein Sonnenstrahl in meine Seele.
„Wenn ich den König irrte? Wenn es mir
Gelänge, selbst der Schuldige zu scheinen?
Wahrscheinlich oder nicht! – für ihn genug,
Scheinbar genug für König Philipp, weil
Es übel ist! Es sei! ich will es wagen.
Vielleicht ein Donner, der so unverhofft
Ihn trifft, macht den Tyrannen stutzen – und
Was will ich mehr? Er überlegt, und Karl
Hat Zeit gewonnen, nach Brabant zu flüchten."
CARLOS. Und das – das hättest du getan?
MARQUIS. Ich schreibe
An Wilhelm von Oranien, dass ich
Die Königin geliebt, dass mir's gelungen,
In dem Verdacht, der fälschlich dich gedrückt,
Des Königs Argwohn zu entgehn – dass ich
Durch den Monarchen selbst den Weg gefunden,
Der Königin mich frei zu nahn. Ich setze
Hinzu, dass ich entdeckt zu sein besorge,
Dass du, von meiner Leidenschaft belehrt,

Zur Fürstin Eboli geeilt, vielleicht
Durch ihre Hand die Königin zu warnen –
Dass ich dich hier gefangen nahm und nun,
Weil alles doch verloren, willens sei,
Nach Brüssel mich zu werfen – Diesen Brief –

CARLOS *(fällt ihm erschrocken ins Wort).*
Hast du der Post doch nicht vertraut? Du weißt,
Dass alle Briefe nach Brabant und Flandern –

MARQUIS. Dem König ausgeliefert werden – Wie
Die Sachen stehn, hat Taxis seine Pflicht
Bereits getan.

CARLOS. Gott! So bin ich verloren!

MARQUIS. Du? Warum du?

CARLOS. Unglücklicher, und du
Bist mit verloren. Diesen ungeheuern
Betrug kann dir mein Vater nicht vergeben.
Nein! Den vergibt er nimmermehr.

MARQUIS. Betrug?
Du bist zerstreut. Besinne dich. Wer sagt ihm,
Dass es Betrug gewesen?

CARLOS *(sieht ihm starr ins Gesicht).* W e r, fragst du?
Ich selbst. *(Er will fort.)*

MARQUIS. Du rasest. Bleib zurück.

CARLOS. Weg! Weg!
Um Gottes willen. Halte mich nicht auf.
Indem ich hier verweile, dingt er schon
Die Mörder.

MARQUIS. Desto edler ist die Zeit.
Wir haben uns noch viel zu sagen.

CARLOS. Was?
Eh er noch alles –

(Er will wieder fort. Der Marquis nimmt ihn beim Arme und sieht ihn bedeutend an.)

MARQUIS. Höre, Carlos – War
Ich auch so eilig, so gewissenhaft,
Da du für mich geblutet hast – ein Knabe?

CARLOS *(bleibt gerührt und voll Bewunderung vor ihm stehen).*
O gute Vorsicht!

MARQUIS. Rette dich für Flandern!
Das Königreich ist dein Beruf. Für dich
Zu sterben, war der meinige.

CARLOS *(geht auf ihn zu und nimmt ihn bei der Hand, voll der innigsten Empfindung).* Nein! nein!

Er wird – er kann nicht widerstehn! So vieler
Erhabenheit nicht widerstehn! – Ich will
Dich zu ihm führen. Arm in Arme wollen
Wir zu ihm gehen. Vater, will ich sagen,
Das hat ein Freund für seinen Freund getan.
Es wird ihn rühren. Glaube mir! er ist
Nicht ohne Menschlichkeit, mein Vater. Ja!
Gewiss, es wird ihn rühren. Seine Augen werden
Von warmen Tränen übergehn, und dir
Und mir wird er verzeihn –

(Es geschieht ein Schuss durch die Gittertüre. Carlos springt auf.)

Ha! Wem galt das?

MARQUIS. Ich glaube – mir. *(Er sinkt nieder.)*

CARLOS *(fällt mit einem Schrei des Schmerzes neben ihm zu Boden).* O himmlische
Barmherzigkeit!

MARQUIS *(mit brechender Stimme).*
Er ist geschwind – der König –
Ich hoffte – länger – Denk auf deine Rettung –
Hörst du? – auf deine Rettung – deine Mutter
Weiß alles – ich kann nicht mehr –

(Carlos bleibt wie tot bei dem Leichnam liegen. Nach einiger Zeit tritt der König herein, von vielen Granden begleitet, und fährt bei diesem Anblick betreten zurück. Eine allgemeine und tiefe Pause. Die Granden stellen sich in einen halben Kreis um diese beiden und sehen wechselsweise auf den König und seinen Sohn. Dieser liegt noch ohne alle Zeichen des Lebens; der König betrachtet ihn mit nachdenkender Stille.)

VIERTER AUFTRITT

Der König. Carlos. Die Herzoge von Alba, Feria und Medina Sidonia. Der Prinz von Parma. Graf Lerma. Domingo und viele Granden.

KÖNIG *(mit gütigem Ton).* Deine Bitte
Hat stattgefunden, mein Infant. Hier bin ich,
Ich selbst, mit allen Großen meines Reichs,
Dir Freiheit anzukündigen.

(Carlos blickt auf und sieht um sich her, wie einer, der aus dem Traume erwacht. Seine Augen heften sich bald auf den König, bald auf den Toten. Er anwortet nicht.)

Empfange
Dein Schwert zurück. Man hat zu rasch verfahren.
(Er nähert sich ihm, reicht ihm die Hand und hilft ihm sich aufrichten.)
Mein Sohn ist nicht an seinem Platz. Steh auf.
Komm in die Arme deines Vaters.

CARLOS *(empfängt ohne Bewusstsein die Arme des Königs, besinnt sich aber plötzlich, hält inne und sieht ihn genauer an).*
Dein
Geruch ist Mord. Ich kann dich nicht umarmen.
(Er stößt ihn zurück. Alle Granden kommen in Bewegung.)
Nein! Steht nicht so betroffen da! Was hab
Ich Ungeheures denn getan? Des Himmels
Gesalbten angetastet? Fürchtet nichts!
Ich lege keine Hand an ihn. Seht ihr
Das Brandmal nicht an seiner Stirne? Gott
Hat ihn gezeichnet.

KÖNIG *(bricht schnell auf).* Folgt mir, meine Granden.

CARLOS. Wohin? Nicht von der Stelle, Sire –
(Er hält ihn gewaltsam mit beiden Händen und bekommt mit der einen das Schwert zu fassen, das der König mitgebracht hat. Es fährt aus der Scheide.)

KÖNIG.
Das Schwert
Gezückt auf deinen Vater?

ALLE ANWESENDEN GRANDEN *(ziehen die ihrigen).*
Königsmord!

CARLOS *(den König fest an der einen Hand, das bloße Schwert in der andern).*
Steckt eure Schwerter ein. Was wollt ihr? Glaubt
Ihr, ich sei rasend? Nein, ich bin nicht rasend.
Wär ich's, so tatet ihr nicht gut, mich zu
Erinnern, dass auf meines Schwertes Spitze
Sein Leben schwebt. Ich bitte, haltet euch
Entfernt. Verfassungen, wie meine, wollen
Geschmeichelt sein – drum bleibt zurück. Was ich
Mit diesem König abzumachen habe,
Geht euern Leheneid nichts an. Seht nur,
Wie seine Finger bluten! Seht ihn recht an!
Seht ihr? O seht auch hieher – Das hat er
Getan, der große Künstler!

KÖNIG *(zu den Granden, welche sich besorgt um ihn herumdrängen wollen).*
Tretet alle
Zurück. Wovor erzittert ihr? Sind wir

Nicht Sohn und Vater? Ich will doch erwarten,
Zu welcher Schandtat die Natur –
CARLOS. Natur?
Ich weiß von keiner. Mord ist jetzt die Losung.
Der Menschheit Bande sind entzwei. Du selbst
Hast sie zerrissen, Sire, in deinen Reichen.
Soll ich verehren, was du höhnst? – O seht!
Seht hieher! Es ist noch kein Mord geschehen
Als heute. – Gibt es keinen Gott? Was? Dürfen
In seiner Schöpfung Könige so hausen?
Ich frage, gibt es keinen Gott? Solange Mütter
Geboren haben, ist nur einer – einer
So unverdient gestorben. – Weißt du auch,
Was du getan hast? Nein, er weiß es nicht,
Weiß nicht, dass er ein Leben hat gestohlen
Aus dieser Welt, das wichtiger und edler
Und teurer war als er mit seinem ganzen
Jahrhundert.
KÖNIG *(mit gelindem Ton).* Wenn ich allzu rasch gewesen,
Geziemt es dir, für den ich es gewesen,
Mich zur Verantwortung zu ziehen?
CARLOS. Wie?
Ist's möglich? Sie erraten nicht, wer mir
Der Tote war – O sagt es ihm – helft seiner
Allwissenheit das schwere Rätsel lösen.
Der Tote war mein Freund – Und wollt ihr wissen,
Warum er starb? Für mich ist er gestorben.
KÖNIG. Ha, meine Ahndung!
CARLOS. Blutender, vergib.
Dass ich vor solchen Ohren es entweihe!
Doch dieser große Menschenkenner sinke
Vor Scham dahin, dass seine graue Weisheit
Der Scharfsinn eines Jünglings überlistet.
Ja, Sire! Wir waren Brüder! Brüder durch
Ein edler Band, als die Natur es schmiedet.
Sein schöner Lebenslauf war Liebe. Liebe
Für mich sein großer, schöner Tod. Mein war er,
Als Sie mit seiner Achtung großgetan,
Als seine scherzende Beredsamkeit
Mit Ihrem stolzen Riesengeiste spielte.
Ihn zu beherrschen wähnten Sie – und waren
Ein folgsam Werkzeug seiner höhern Plane.
Dass ich gefangen bin, war seiner Freundschaft

Durchdachtes Werk. Mich zu erretten, schrieb
Er an Oranien den Brief – O Gott!
Es war die erste Lüge seines Lebens!
Mich zu erretten, warf er sich dem Tod,
Den er erlitt, entgegen. Sie beschenkten ihn
Mit Ihrer Gunst – er starb für mich. Ihr Herz
Und Ihre Freundschaft drangen Sie ihm auf,
Ihr Zepter war das Spielwerk seiner Hände;
Er warf es hin und starb für mich!

(Der König steht ohne Bewegung, den Blick starr auf den Boden geheftet. Alle Granden sehen betreten und furchtsam auf ihn.)

Und war
Es möglich? Dieser groben Lüge konnten
Sie Glauben schenken? Wie gering musst' er
Sie schätzen, da er's unternahm, bei Ihnen
Mit diesem plumpen Gaukelspiel zu reichen!
Um seine Freundschaft wagten Sie zu buhlen
Und unterlagen dieser leichten Probe!
O nein – nein, das war nichts für Sie. Das war
Kein Mensch für Sie! Das wusst' er selbst recht gut,
Als er mit allen Kronen Sie verstoßen.
Dies feine Saitenspiel zerbrach in Ihrer
Metallnen Hand. Sie konnten nichts, als ihn
Ermorden.

ALBA *(hat den König bis jetzt nicht aus den Augen gelassen und mit sichtbarer Unruhe die Bewegungen beobachtet, welche in seinem Gesichte arbeiten. Jetzt nähert er sich ihm furchtsam).*
Sire – nicht diese Totenstille. Sehen
Sie um sich! Reden Sie mit uns!

CARLOS. Sie waren
Ihm nicht gleichgültig. Seinen Anteil hatten
Sie längst. Vielleicht! Er hätte Sie noch glücklich
Gemacht. Sein Herz war reich genug, Sie selbst
Von seinem Überflusse zu vergnügen.
Die Splitter seines Geistes hätten Sie
Zum Gott gemacht. Sich selber haben Sie
Bestohlen – Was werden
Sie bieten, eine Seele zu erstatten,
Wie diese war?

(Ein tiefes Schweigen. Viele von den Granden sehen weg oder verhüllen das Gesicht in ihren Mänteln.)

O die ihr hier versammelt steht und vor Entsetzen
Und vor Bewunderung verstummt – verdammet

Den Jüngling nicht, der diese Sprache gegen
Den Vater und den König führt – Seht hieher!
Für mich ist er gestorben! Habt ihr Tränen?
Fließt Blut, nicht glühend Erz, in euren Adern?
Seht hieher und verdammt mich nicht!

(Er wendet sich zum König mit mehr Fassung und Gelassenheit.)

Vielleicht
Erwarten Sie, wie diese unnatürliche Geschichte
Sich enden wird? – Hier ist mein Schwert. Sie sind
Mein König wieder. Denken Sie, dass ich
Vor Ihrer Rache zittre? Morden Sie
Mich auch, wie Sie den Edelsten gemordet.
Mein Leben ist verwirkt. Ich weiß. Was ist
Mir jetzt das Leben? Hier entsag ich allem,
Was mich auf dieser Welt erwartet. Suchen
Sie unter Fremdlingen sich einen Sohn –
Da liegen meine Reiche –

(Er sinkt an dem Leichnam nieder und nimmt an dem Folgenden keinen Anteil mehr. Man hört unterdessen von ferne ein verworrenes Getöse von Stimmen und ein Gedränge vieler Menschen. Um den König herum ist eine tiefe Stille. Seine Augen durchlaufen den ganzen Kreis, aber niemand begegnet seinen Blicken.)

KÖNIG. Nun? Will niemand
Antworten? – Jeder Blick am Boden – jedes
Gesicht verhüllt! – Mein Urteil ist gesprochen.
In diesen stummen Mienen les ich es
Verkündigt. Meine Untertanen haben mich
Gerichtet.

(Das vorige Stillschweigen. – Der Tumult kommt näher und wird lauter. Durch die umstehenden Granden läuft ein Gemurmel, sie geben sich untereinander verlegene Winke; Graf Lerma stößt endlich leise den Herzog von Alba an.)

LERMA. Wahrlich! Das ist Sturm!
ALBA *(leise).* So fürcht ich.
LERMA. Man dringt herauf. Man kommt.

FÜNFTER AUFTRITT

Ein Offizier von der Leibwache. Die Vorigen.

OFFIZIER *(dringend).* Rebellion!
Wo ist der König?
(Er arbeitet sich durch die Menge und dringt bis zum König.)
Ganz Madrid in Waffen!
Zu Tausenden umringt der wütende
Soldat, der Pöbel den Palast. Prinz Carlos,
Verbreitet man, sei in Verhaft genommen,
Sein Leben in Gefahr Das Volk will ihn
Lebendig sehen oder ganz Madrid
In Flammen aufgehn lassen.

ALLE GRANDEN *(in Bewegung).* Rettet! Rettet
Den König!

ALBA *(zum König, der ruhig und unbeweglich steht).*
Flüchten Sie sich, Sire – Es hat
Gefahr – Noch wissen wir nicht, wer
Den Pöbel bewaffnet –

KÖNIG *(erwacht aus seiner Betäubung, richtet sich auf und tritt mit Majestät unter sie).* Steht mein Thron noch?
Bin ich noch König dieses Landes? – Nein.
Ich bin es nicht mehr. Diese Memmen weinen,
Von einem Knaben weich gemacht. Man wartet
Nur auf die Losung, von mir abzufallen.
Ich bin verraten von Rebellen.

ALBA. Sire,
Welch fürchterliche Phantasie!

KÖNIG. Dorthin!
Dort werft euch nieder! Vor dem blühenden,
Dem jungen König werft euch nieder – Ich
Bin nichts mehr – ein ohnmächt'ger Greis!

ALBA. Dahin
Ist es gekommen! – Spanier!

(Alle drängen sich um den König herum und knien mit gezogenen Schwertern vor ihm nieder. Carlos bleibt allein und von allen verlassen bei dem Leichnam.)

KÖNIG *(reißt seinen Mantel ab und wirft ihn von sich).*
Bekleidet
Ihn mit dem königlichen Schmuck – Auf meiner
Zertretnen Leiche tragt ihn –
(Er bleibt ohnmächtig in Albas und Lermas Armen.)

LERMA. Hülfe! Gott!
FERIA. Gott! welcher Zufall!
LERMA. Er ist von sich –
ALBA *(lässt den König in Lermas und Ferias Händen).* Bringen
Sie ihn zu Bette. Unterdessen geb ich
Madrid den Frieden.
(Er geht ab. Der König wird weggetragen, und alle Granden begleiten ihn.)

SECHSTER AUFTRITT

Carlos bleibt allein bei dem Leichnam zurück. Nach einigen Augenblicken erscheint Ludwig Merkado, sieht sich schüchtern um und steht eine Zeit lang stillschweigend hinter dem Prinzen, der ihn nicht bemerkt.

MERKADO. Ich komme
Von Ihrer Majestät der Königin.
(Carlos sieht wieder weg und gibt ihm keine Antwort.)
Mein Name ist Merkado – Ich bin Leibarzt
Bei Ihrer Majestät – und hier ist meine
Beglaubigung.
(Er zeigt dem Prinzen einen Siegelring. – Dieser verharrt in seinem Stillschweigen.)
Die Königin wünscht sehr,
Sie heute noch zu sprechen – wichtige
Geschäfte –
CARLOS. Wichtig ist mir nichts mehr
Auf dieser Welt.
MERKADO. Ein Auftrag, sagte sie,
Den Marquis Posa hinterlassen –
CARLOS *(steht schnell auf).* Was?
Sogleich. *(Er will mit ihm gehen.)*
MERKADO. Nein! Jetzt nicht, gnäd'ger Prinz. Sie müssen
Die Nacht erwarten. Jeder Zugang ist
Besetzt und alle Wachen dort verdoppelt.
Unmöglich ist es, diesen Flügel
Des Palastes ungesehen zu betreten.
Sie würden alles wagen –
CARLOS. Aber –
MERKADO. Nur
Ein Mittel, Prinz, ist höchstens noch vorhanden –

Die Königin hat es erdacht. Sie legt
Es Ihnen vor – Doch es ist kühn und seltsam
Und abenteuerlich.
CARLOS. Das ist?
MERKADO. Schon längst
Geht eine Sage, wie Sie wissen, dass
Um Mitternacht in den gewölbten Gängen
Der königlichen Burg, in Mönchsgestalt,
Der abgeschiedne Geist des Kaisers wandle.
Der Pöbel glaubt an dies Gerücht, die Wachen
Beziehen nur mit Schauer diesen Posten.
Wenn Sie entschlossen sind, sich dieser
Verkleidung zu bedienen, können Sie
Durch alle Wachen frei und unversehrt
Bis zum Gemach der Königin gelangen,
Das dieser Schlüssel öffnen wird. Vor jedem Angriff
Schützt Sie die heilige Gestalt. Doch auf
Der Stelle, Prinz, muss Ihr Entschluss gefasst sein.
Das nöt'ge Kleid, die Maske finden Sie
In Ihrem Zimmer. Ich muss eilen, Ihrer Majestät
Antwort zu bringen.
CARLOS. Und die Zeit?
MERKADO. Die Zeit
Ist zwölf Uhr.
CARLOS. Sagen Sie ihr, dass sie mich
Erwarten könne.

(Merkado geht ab.)

SIEBENTER AUFTRITT

Carlos. Graf Lerma.

LERMA. Retten Sie sich, Prinz.
Der König wütet gegen Sie. Ein Anschlag
Auf Ihre Freiheit – wo nicht auf Ihr Leben.
Befragen Sie mich weiter nicht. Ich habe
Mich weggestohlen, Sie zu warnen. Fliehen
Sie ohne Aufschub.
CARLOS. Ich bin in den Händen
Der Allmacht.
LERMA. Wie die Königin mich eben
Hat merken lassen, sollen Sie noch heute

Madrid verlassen und nach Brüssel flüchten.
Verschieben Sie es nicht, ja nicht! Der Aufruhr
Begünstigt Ihre Flucht. In dieser Absicht
Hat ihn die Königin veranlasst. Jetzt
Wird man sich nicht erkühnen, gegen Sie
Gewalt zu brauchen. Im Kartäuserkloster
Erwartet Sie die Post, und hier sind Waffen,
Wenn Sie gezwungen sollten sein –
(Er gibt ihm einen Dolch und Terzerolen.)

CARLOS. Dank, Dank,
Graf Lerma!

LERMA. Ihre heutige Geschichte
Hat mich im Innersten gerührt. So liebt
Kein Freund mehr! Alle Patrioten weinen
Um Sie. Mehr darf ich jetzt nicht sagen.

CARLOS. Graf Lerma! Dieser Abgeschiedne nannte
Sie einen edlen Mann.

LERMA. Noch einmal, Prinz!
Reisen Sie glücklich. Schönre Zeiten werden kommen;
Dann aber werd ich nicht mehr sein. Empfangen
Sie meine Huldigung schon hier.
(Er lässt sich auf ein Knie vor ihm nieder.)

CARLOS *(will ihn zurückhalten. Sehr bewegt).* Nicht also –
Nicht also, Graf – Sie rühren mich – Ich möchte
Nicht gerne weich sein –

LERMA *(küsst seine Hand mit Empfindung).*
König meiner Kinder!
O meine Kinder werden sterben dürfen
Für Sie. Ich darf es nicht. Erinnern Sie sich meiner
In meinen Kindern – Kehren Sie in Frieden
Nach Spanien zurücke. Seien Sie
Ein Mensch auf König Philipps Thron. Sie haben
Auch Leiden kennen lernen. Unternehmen Sie
Nichts Blut'ges gegen Ihren Vater! Ja
Nichts Blutiges, mein Prinz! Philipp der Zweite
Zwang Ihren Ältervater, von dem Thron
Zu steigen – Dieser Philipp zittert heute
Vor seinem eignen Sohn! Daran gedenken
Sie, Prinz – und so geleite Sie der Himmel!

(Er geht schnell weg. Carlos ist im Begriff, auf einem andern Wege fortzueilen, kehrt aber plötzlich um und wirft sich vor dem Leichnam des Marquis nieder, den er noch einmal in seine Arme schließt. Dann verlässt er schnell das Zimmer.)

ACHTER AUFTRITT

Vorzimmer des Königs

Herzog von Alba und Herzog von Feria kommen im Gespräch.

ALBA. Die Stadt ist ruhig. Wie verließen Sie
Den König?
FERIA. In der fürchterlichsten Laune.
Er hat sich eingeschlossen. Was sich auch
Ereignen würde, keinen Menschen will
Er vor sich lassen. Die Verräterei
Des Marquis hat auf einmal seine ganze
Natur verändert. Wir erkennen ihn
Nicht mehr.
ALBA. Ich muss zu ihm. Ich kann ihn diesmal
Nicht schonen. Eine wichtige Entdeckung,
Die eben jetzt gemacht wird –
FERIA. Eine neue
Entdeckung?
ALBA. Ein Kartäusermönch, der in
Des Prinzen Zimmer heimlich sich gestohlen
Und mit verdächt'ger Wissbegier den Tod
Des Marquis Posa sich erzählen lassen,
Fällt meinen Wachen auf. Man hält ihn an.
Man untersucht. Die Angst des Todes presst
Ihm ein Geständnis aus, dass er Papiere
Von großem Werte bei sich trage, die
Ihm der Verstorbne anbefohlen, in
Des Prinzen Hand zu übergeben – wenn
Er sich vor Sonnenuntergang nicht mehr
Ihm zeigen würde.
FERIA. Nun?
ALBA. Die Briefe lauten,
Dass Carlos binnen Mitternacht und Morgen
Madrid verlassen soll.
FERIA. Was?
ALBA. Dass ein Schiff
In Cadix segelfertig liege, ihn
Nach Vlissingen zu bringen – dass die Staaten
Der Niederlande seiner nur erwarten,
Die span'sche Ketten abzuwerfen.

FERIA. Ha!
Was ist das?
ALBA. Andre Briefe melden,
Dass eine Flotte Solimans bereits
Von Rhodus ausgelaufen – den Monarchen
Von Spanien, laut des geschlossnen Bundes,
Im Mittelländ'schen Meere anzugreifen.
FERIA. Ist's möglich?
ALBA. Eben diese Briefe lehren
Die Reisen mich verstehn, die der Malteser
Durch ganz Europa jüngst getan. Es galt
Nichts Kleineres, als alle nord'schen Mächte
Für der Flamänder Freiheit zu bewaffnen.
FERIA. Das war er!
ALBA. Diesen Briefen endlich folgt
Ein ausgeführter Plan des ganzen Krieges,
Der von der span'schen Monarchie auf immer
Die Niederlande trennen soll. Nichts, nichts
Ist übersehen, Kraft und Widerstand
Berechnet, alle Quellen, alle Kräfte
Des Landes pünktlich angegeben, alle
Maximen, welche zu befolgen, alle
Bündnisse, die zu schließen. Der Entwurf
Ist teuflisch, aber wahrlich – göttlich.
FERIA. Welch undurchdringlicher Verräter!
ALBA. Noch
Beruft man sich in diesem Brief auf eine
Geheime Unterredung, die der Prinz
Am Abend seiner Flucht mit seiner Mutter
Zustande bringen sollte.
FERIA. Wie? Das wäre
Ja heute.
ALBA. Diese Mitternacht. Auch hab ich
Für diesen Fall Befehle schon gegeben.
Sie sehen, dass es dringt. Kein Augenblick
Ist zu verlieren – Öffnen Sie das Zimmer
Des Königs.
FERIA. Nein! Der Eintritt ist verboten.
ALBA. So öffn' ich selbst – Die wachsende Gefahr
Rechtfertigt diese Kühnheit –
(Wie er gegen die Türe geht, wird sie geöffnet und der König tritt heraus.)
FERIA. Ha! Er selbst!

NEUNTER AUFTRITT

König zu den Vorigen.

(Alle erschrecken über seinen Anblick, weichen zurück und lassen ihn ehrerbietig mitten durch. Er kommt in einem wachen Traume, wie eines Nachtwandlers. – Sein Anzug und seine Gestalt zeigen noch die Unordnung, worein ihn die gehabte Ohnmacht versetzt hat. Mit langsamen Schritten geht er an den anwesenden Granden vorbei, sieht jeden starr an, ohne einen einzigen wahrzunehmen. Endlich bleibt er gedankenvoll stehen, die Augen zur Erde gesenkt, bis seine Gemütsbewegung nach und nach laut wird.)

KÖNIG. Gib diesen Toten mir heraus. Ich muss
Ihn wiederhaben.
DOMINGO *(leise zum Herzog von Alba).* Reden Sie ihn an.
KÖNIG *(wie oben).* Er dachte klein von mir und starb. Ich muss
Ihn wiederhaben. Er muss anders von
Mir denken.
ALBA *(nähert sich mit Furcht).* Sire –
KÖNIG. Wer redet hier?
(Er sieht lange im ganzen Kreise herum.) Hat man
Vergessen, wer ich bin? Warum nicht auf
Den Knien vor mir, Kreatur? Noch bin
Ich König. Unterwerfung will ich sehen.
Setzt alles mich hintan, weil einer mich
Verachtet hat?
ALBA. Nichts mehr von ihm, mein König!
Ein neuer Feind, bedeutender als dieser,
Steht auf im Herzen Ihres Reichs. –
FERIA. Prinz Carlos –
KÖNIG. Er hatte einen Freund, der in den Tod
Gegangen ist für ihn – für ihn! Mit mir
Hätt er ein Königreich geteilt! Wie er
Auf mich heruntersah! So stolz sieht man
Von Thronen nicht herunter! War's nicht sichtbar,
Wie viel er sich mit der Erobrung wusste?
Was er verlor, gestand sein Schmerz. So wird
Um nichts Vergängliches geweint – Dass er noch lebte!
Ich gäb ein Indien dafür. Trostlose Allmacht,
Die nicht einmal in Gräber ihren Arm
Verlängern, eine kleine Übereilung
Mit Menschenleben nicht verbessern kann!

Die Toten stehen nicht mehr auf. Wer darf
Mir sagen, dass ich glücklich bin? Im Grabe
Wohnt einer, der mir Achtung vorenthalten.
Was gehn die Lebenden mich an? Ein Geist,
Ein freier Mann stand auf in diesem ganzen
Jahrhundert – Einer – Er verachtet mich
Und stirbt.

ALBA. So lebten wir umsonst! – Lasst uns
Zu Grabe gehen, Spanier. Auch noch
Im Tode raubt uns dieser Mensch das Herz
Des Königs!

KÖNIG. *(Er setzt sich nieder, den Kopf auf dem Arm gestützt).*
Wär er mir also gestorben!
Ich hab ihn lieb gehabt, sehr lieb. Er war
Mir teuer wie ein Sohn. In diesem Jüngling
Ging mir ein neuer, schönrer Morgen auf.
Wer weiß, was ich ihm aufbehalten! Er
War meine erste Liebe. Ganz Europa
Verfluche mich! Europa mag mir fluchen.
Von diesem hab ich Dank verdient.

DOMINGO. Durch welche
Bezauberung –

KÖNIG. Und wem bracht' er dies Opfer?
Dem Knaben, meinem Sohne? Nimmermehr.
Ich glaub es nicht. Für einen Knaben stirbt
Ein Posa nicht. Der Freundschaft arme Flamme
Füllt eines Posa Herz nicht aus. Das schlug
Der ganzen Menschheit. Seine Neigung war
Die Welt mit allen kommenden Geschlechtern.
Sie zu vergnügen, fand er einen Thron –
Und geht vorüber? Diesen Hochverrat
An seiner Menschheit sollte Posa sich
Vergeben? Nein. Ich kenn ihn besser. Nicht
Den Philipp opfert er dem Carlos, nur
Den alten Mann dem Jüngling, seinem Schüler.
Des Vaters untergehnde Sonne lohnt
Das neue Tagwerk nicht mehr. Das verspart man
Dem nahen Aufgang seines Sohns – O es ist klar!
Auf meinen Hintritt wird gewartet.

ALBA. Lesen Sie
In diesen Briefen die Bekräftigung.

KÖNIG *(steht auf)*. Er könnte sich verrechnet haben. Noch,
Noch bin ich. Habe Dank, Natur. Ich fühle

In meinen Sehnen Jünglingskraft. Ich will
Ihn zum Gelächter machen. Seine Tugend
Sei eines Träumers Hirngespinst gewesen.
Er sei gestorben als ein Tor. Sein Sturz
Erdrücke seinen Freund und sein Jahrhundert!
Lass sehen, wie man mich entbehrt. Die Welt
Ist noch auf einen Abend mein. Ich will
Ihn nützen, diesen Abend, dass nach mir
Kein Pflanzer mehr in zehen Menschenaltern
Auf dieser Brandstatt ernten soll. Er brachte
Der Menschheit, seinem Götzen, mich zum Opfer;
Die Menschheit büße mir für ihn! – Und jetzt –
Mit seiner Puppe fang ich an.
(Zum Herzog von Alba.) Was war's
Mit dem Infanten? Wiederholt es mir. Was lehren
Mich diese Briefe?

ALBA. Diese Briefe, Sire,
Enthalten die Verlassenschaft des Marquis
Von Posa an Prinz Karl.

KÖNIG *(durchläuft die Papiere, wobei er von allen Umstehenden scharf beobachtet wird. Nachdem er eine Zeit lang gelesen, legt er sie weg und geht stillschweigend durch das Zimmer).*
Man rufe mir
Den Inquisitor Kardinal. Ich lass
Ihn bitten, eine Stunde mir zu schenken.
(Einer von den Granden geht hinaus. Der König nimmt die Papiere wieder, liest fort und legt sie abermals weg.)
In dieser Nacht also?

TAXIS. Schlag zwei Uhr soll
Die Post vor dem Kartäuserkloster halten.

ALBA. Und Leute, die ich ausgesendet, sahen
Verschiednes Reis'geräte, an dem Wappen
Der Krone kenntlich, nach dem Kloster tragen.

FERIA. Auch sollen große Summen auf den Namen
Der Königin bei maurischen Agenten
Betrieben worden sein, in Brüssel zu
Erheben.

KÖNIG. Wo verließ man den Infanten?

ALBA. Beim Leichnam des Maltesers.

KÖNIG. Ist noch Licht im Zimmer
Der Königin?

ALBA. Dort ist alles still. Auch hat
Sie ihre Kammerfrauen zeitiger,

Als sonsten zu geschehen pflegt, entlassen.
Die Herzogin von Arkos, die zuletzt
Aus ihrem Zimmer ging, verließ sie schon
In tiefem Schlafe.

(Ein Offizier von der Leibwache tritt herein, zieht den Herzog von Feria auf die Seite und spricht mit ihm. Dieser wendet sich betreten zum Herzog von Alba, andere drängen sich hinzu, und es entsteht ein Gemurmel.)

FERIA, TAXIS, DOMINGO *(zugleich).* Sonderbar!
KÖNIG. Was gibt es?
FERIA. Eine Nachricht, Sire, die kaum
Zu glauben ist –
DOMINGO. Zween Schweizer, die soeben
Von ihrem Posten kommen, melden – Es
Ist lächerlich, es nachzusagen.
KÖNIG. Nun?
ALBA. Dass in dem linken Flügel des Palasts
Der Geist des Kaisers sich erblicken lassen
Und mit beherztem, feierlichem Schritt an ihnen
Vorbeigegangen. Eben diese Nachricht
Bekräft'gen alle Wachen, die durch diesen
Pavillon verbreitet stehn, und setzen
Hinzu, dass die Erscheinung in den Zimmern
Der Königin verschwunden.
KÖNIG. Und in welcher
Gestalt erschien er?
OFFIZIER. In dem nämlichen
Gewand, das er zum letzten Mal in Justi
Als Hieronymitermönch getragen.
KÖNIG. Als Mönch? Und also haben ihn die Wachen
Im Leben noch gekannt? Denn woher wussten
Sie sonst, dass es der Kaiser war?
OFFIZIER. Dass es
Der Kaiser müsse sein, bewies das Zepter,
Das er in Händen trug.
DOMINGO. Auch will man ihn
Schon öfters, wie die Sage geht, in dieser
Gestalt gesehen haben.
KÖNIG. Angeredet hat
Ihn niemand?
OFFIZIER. Niemand unterstand sich.
Die Wachen sprachen ihr Gebet und ließen
Ihn ehrerbietig mitten durch.

KÖNIG. Und in den Zimmern
Der Königin verlor sich die Erscheinung?
OFFIZIER. Im Vorgemach der Königin.
(Allgemeines Stillschweigen.)
KÖNIG *(wendet sich schnell um).* Wie sagt ihr?
ALBA. Sire, wir sind stumm.
KÖNIG *(nach einigem Besinnen zu dem Offizier).*
Lasst meine Garden unter
Die Waffen treten und jedweden Zugang
Zu diesem Flügel sperren. Ich bin lüstern,
Ein Wort mit diesem Geist zu reden.
(Der Offizier geht ab. Gleich darauf ein Page.)
PAGE. Sire!
Der Inquisitor Kardinal.
KÖNIG *(zu den Anwesenden).* Verlasst uns.
(Der Kardinal Großinquisitor, ein Greis von neunzig Jahren und blind, auf einen Stab gestützt und von zwei Dominikanern geführt. Wie er durch ihre Reihen geht, werfen sich alle Granden vor ihm nieder und berühren den Saum seines Kleides. Er erteilt ihnen den Segen. Alle entfernen sich.)

ZEHNTER AUFTRITT

Der König und der Großinquisitor.

(Ein langes Stillschweigen.)

GROSSINQUISITOR. Steh
Ich vor dem König?
KÖNIG. Ja.
GROSSINQUISITOR. Ich war mir's nicht mehr
Vermutend.
KÖNIG. Ich erneure einen Auftritt
Vergangner Jahre. Philipp der Infant
Holt Rat bei seinem Lehrer.
GROSSINQUISITOR. Rat bedurfte
Mein Zögling Karl, Ihr großer Vater, niemals.
KÖNIG. Umso viel glücklicher war er. Ich habe
Gemordet, Kardinal, und keine Ruhe –
GROSSINQUISITOR. Weswegen haben Sie gemordet?
KÖNIG. Ein
Betrug, der ohne Beispiel ist –

GROSSINQUISITOR. Ich weiß ihn.
KÖNIG. Was wisset ihr? Durch wen? Seit wann?
GROSSINQUISITOR. Seit Jahren,
Was Sie seit Sonnenuntergang.
KÖNIG *(mit Befremdung).* Ihr habt
Von diesem Menschen schon gewusst?
GROSSINQUISITOR. Sein Leben
Liegt angefangen und beschlossen in
Der Santa Casa heiligen Registern.
KÖNIG. Und er ging frei herum?
GROSSINQUISITOR. Das Seil, an dem
Er flatterte, war lang, doch unzerreißbar.
KÖNIG. Er war schon außer meines Reiches Grenzen.
GROSSINQUISITOR. Wo er sein mochte, war ich auch.
KÖNIG *(geht unwillig auf und nieder).* Man wusste,
In wessen Hand ich war – Warum versäumte man,
Mich zu erinnern?
GROSSINQUISITOR. Diese Frage geb ich
Zurücke – Warum fragten Sie nicht an,
Da Sie in dieses Menschen Arm sich warfen?
Sie kannten ihn! Ein Blick entlarvte Ihnen
Den Ketzer. – Was vermochte Sie, dies Opfer
Dem heil'gen Amt zu unterschlagen? Spielt
Man so mit uns? Wenn sich die Majestät
Zur Hehlerin erniedrigt – hinter unserm Rücken
Mit unsern schlimmsten Feinden sich versteht,
Was wird mit uns? Darf einer Gnade finden,
Mit welchem Rechte wurden hunderttausend
Geopfert?
KÖNIG. Er ist auch geopfert.
GROSSINQUISITOR. Nein!
Er ist ermordet – ruhmlos! freventlich! – Das Blut,
Das unsrer Ehre glorreich fließen sollte,
Hat eines Meuchelmörders Hand verspritzt.
Der Mensch war unser – Was befugte Sie,
Des Ordens heil'ge Güter anzutasten?
Durch uns zu sterben, war er da. Ihn schenkte
Der Notdurft dieses Zeitenlaufes Gott,
In seines Geistes feierlicher Schändung
Die prahlende Vernunft zur Schau zu führen.
Das war mein überlegter Plan. Nun liegt
Sie hingestreckt, die Arbeit vieler Jahre!
Wir sind bestohlen, und Sie haben nichts

Als blut'ge Hände.
KÖNIG. Leidenschaft riss mich
Dahin. Vergib mir.
GROSSINQUISITOR. Leidenschaft! – Antwortet
Mir Philipp der Infant? Bin ich allein
Zum alten Mann geworden? – Leidenschaft!
(Mit unwilligem Kopfschütteln.)
Gib die Gewissen frei in deinen Reichen,
Wenn du in deinen Ketten gehst.
KÖNIG. Ich bin
In diesen Dingen noch ein Neuling. Habe
Geduld mit mir.
GROSSINQUISITOR. Nein! Ich bin nicht mit Ihnen
Zufrieden. – Ihren ganzen vorigen
Regentenlauf zu lästern! Wo war damals
Der Philipp, dessen feste Seele wie
Der Angelstern am Himmel unverändert
Und ewig um sich selber treibt? War eine ganze
Vergangenheit versunken hinter Ihnen?
War in dem Augenblick die Welt nicht mehr
Die nämliche, da Sie die Hand ihm boten?
Gift nicht mehr Gift? War zwischen Gut und Übel
Und Wahr und Falsch die Scheidewand gefallen?
Was ist ein Vorsatz? Was Beständigkeit,
Was Männertreue, wenn in einer lauen
Minute eine sechzigjähr'ge Regel
Wie eines Weibes Laune schmilzt?
KÖNIG. Ich sah in seine Augen – Halte mir
Den Rückfall in die Sterblichkeit zugut.
Die Welt hat einen Zugang weniger
Zu deinem Herzen. Deine Augen sind erloschen.
GROSSINQUISITOR.
Was sollte Ihnen dieser Mensch? Was konnte
Er Neues Ihnen vorzuzeigen haben,
Worauf Sie nicht bereitet waren? Kennen
Sie Schwärmersinn und Neuerung so wenig?
Der Weltverbessrer prahlerische Sprache
Klang Ihrem Ohr so ungewohnt? Wenn das
Gebäude Ihrer Überzeugung schon
Von Worten fällt – mit welcher Stirne, muss
Ich fragen, schrieben Sie das Bluturteil
Der hunderttausend schwachen Seelen, die
Den Holzstoß für nichts Schlimmeres bestiegen?

KÖNIG. Mich lüstete nach einem Menschen. Diese
Domingo –
GROSSINQUISITOR. Wozu Menschen? Menschen sind
Für Sie nur Zahlen, weiter nichts. Muss ich
Die Elemente der Monarchenkunst
Mit meinem grauen Schüler überhören?
Der Erde Gott verlerne zu bedürfen,
Was ihm verweigert werden kann. – Wenn Sie
Um Mitgefühle wimmern, haben Sie
Der Welt nicht Ihresgleichen zugestanden?
Und welche Rechte, möcht ich wissen, haben
Sie aufzuweisen über Ihresgleichen?
KÖNIG *(wirft sich in den Sessel).*
Ich bin ein kleiner Mensch, ich fühl's – du forderst
Von dem Geschöpf, was nur der Schöpfer leistet.
GROSSINQUISITOR.
Nein, Sire. Mich hintergeht man nicht. Sie sind
Durchschaut – Uns wollten Sie entfliehen.
Des Ordens schwere Ketten drückten Sie;
Sie wollten frei und einzig sein.
(Er hält inne. Der König schweigt.)
Wir sind gerochen – Danken Sie der Kirche,
Die sich begnügt, als Mutter Sie zu strafen.
Die Wahl, die man Sie blindlings treffen lassen,
War Ihre Züchtigung. Sie sind belehrt.
Jetzt kehren Sie zu uns zurück – Stünd ich
Nicht jetzt vor Ihnen – beim lebend'gen Gott
Sie wären morgen so vor mir gestanden.
KÖNIG. Nicht diese Sprache! Mäßige dich, Priester!
Ich duld es nicht. Ich kann in diesem Ton
Nicht mit mir sprechen hören.
GROSSINQUISITOR. Warum rufen Sie
Den Schatten Samuels herauf? – Ich gab
Zwei Könige dem span'schen Thron und hoffte,
Ein fest gegründet Werk zu hinterlassen.
Verloren seh ich meines Lebens Frucht,
Don Philipp selbst erschüttert mein Gebäude.
Und jetzo, Sire – Wozu bin ich gerufen?
Was soll ich hier? – Ich bin nicht willens, diesen
Besuch zu wiederholen.
KÖNIG. Eine Arbeit noch,
Die letzte – dann magst du in Frieden scheiden.
Vorbei sei das Vergangne, Friede sei

Geschlossen zwischen uns – Wir sind versöhnt?
GROSSINQUISITOR. Wenn Philipp sich in Demut beugt.
KÖNIG *(nach einer Pause).* Mein Sohn
Sinnt auf Empörung.
GROSSINQUISITOR. Was beschließen Sie?
KÖNIG. Nichts – oder alles.
GROSSINQUISITOR. Und was heißt hier alles?
KÖNIG. Ich lass ihn fliehen, wenn ich ihn
Nicht sterben lassen kann.
GROSSINQUISITOR. Nun, Sire?
KÖNIG. Kannst du mir einen neuen Glauben gründen,
Der eines Kindes blut'gen Mord verteidigt?
GROSSINQUISITOR. Die ewige Gerechtigkeit zu sühnen,
Starb an dem Holze Gottes Sohn.
KÖNIG. Du willst
Durch ganz Europa diese Meinung pflanzen?
GROSSINQUISITOR.
So weit, als man das Kreuz verehrt.
KÖNIG. Ich frevle
An der Natur – auch diese mächt'ge Stimme
Willst du zum Schweigen bringen?
GROSSINQUISITOR. Vor dem Glauben
Gilt keine Stimme der Natur.
KÖNIG. Ich lege
Mein Richteramt in deine Hände – Kann
Ich ganz zurücketreten?
GROSSINQUISITOR. Geben Sie
Ihn mir.
KÖNIG. Es ist mein einz'ger Sohn – Wem hab ich
Gesammelt?
GROSSINQUISITOR. Der Verwesung lieber als
Der Freiheit.
KÖNIG *(steht auf).* Wir sind einig. Kommt.
GROSSINQUISITOR. Wohin?
KÖNIG. Aus meiner Hand das Opfer zu empfangen.
(Er führt ihn hinweg.)

LETZTER AUFTRITT

Zimmer der Königin

Carlos. Die Königin. Zuletzt der König mit Gefolge.

CARLOS *(in einem Mönchsgewand, eine Maske vor dem Gesichte, die er eben jetzt abnimmt, unter dem Arme ein bloßes Schwert. Es ist ganz finster. Er nähert sich einer Türe, welche geöffnet wird. Die Königin tritt heraus, im Nachtkleide, mit einem brennenden Licht. Carlos lässt sich vor ihr auf ein Knie nieder).*
Elisabeth!
KÖNIGIN *(mit stiller Wehmut auf seinem Anblick verweilend).*
So sehen wir uns wieder?
CARLOS. So sehen wir uns wieder! *(Stillschweigen.)*
KÖNIGIN *(sucht sich zu fassen).* Stehn Sie auf. Wir wollen
Einander nicht erweichen, Karl. Nicht durch
Ohnmächt'ge Tränen will der große Tote
Gefeiert werden. Tränen mögen fließen
Für kleinre Leiden! – Er hat sich geopfert
Für Sie! Mit seinem teuern Leben
Hat er das Ihrige erkauft – Und dieses Blut
Wär einem Hirngespinst geflossen? – Carlos!
Ich habe gut gesagt für Sie.
Auf meine Bürgschaft schied er freudiger
Von hinnen. Werden Sie zur Lügnerin
Mich machen?
CARLOS *(mit Begeisterung).* Einen Leichenstein will ich
Ihm setzen, wie noch keinem Könige
Geworden – über seiner Asche blühe
Ein Paradies!
KÖNIGIN. So hab ich Sie gewollt!
Das war die große Meinung seines Todes!
Mich wählte er zu seines letzten Willens
Vollstreckerin. Ich mahne Sie. Ich werde
Auf die Erfüllung dieses Eides halten.
– Und noch ein anderes Vermächtnis legte
Der Sterbende in meine Hand – Ich gab ihm
Mein Wort – und – warum soll ich es verschweigen?
Er übergab mir seinen Karl – Ich trotze
Dem Schein – Ich will vor Menschen nicht mehr zittern,
Will einmal kühn sein, wie ein Freund. Mein Herz

Soll reden. Tugend nannt' er unsre Liebe?
Ich glaub es ihm und will mein Herz nicht mehr –
CARLOS. Vollenden Sie nicht, Königin – Ich habe
In einem langen schweren Traum gelegen.
Ich liebte – jetzt bin ich erwacht. Vergessen
Sei das Vergangne! Hier sind Ihre Briefe
Zurück. Vernichten Sie die meinen. Fürchten
Sie keine Wallung mehr von mir. Es ist
Vorbei. Ein reines Feuer hat mein Wesen
Geläutert. Meine Leidenschaft wohnt in den Gräbern
Der Toten. Keine sterbliche Begierde
Teilt diesen Busen mehr.

(Nach einem Stillschweigen ihre Hand fassend.)

Ich kam, um Abschied
Zu nehmen – Mutter, endlich seh ich ein,
Es gibt ein höher, wünschenswerter Gut,
Als dich besitzen – Eine kurze Nacht
Hat meiner Jahre trägen Lauf beflügelt,
Frühzeitig mich zum Mann gereift. Ich habe
Für dieses Leben keine Arbeit mehr
Als die Erinnerung an ihn! Vorbei
Sind alle meine Ernten –

(Er nähert sich der Königin, welche das Gesicht verhüllt.)

Sagen Sie
Mir gar nichts, Mutter?
KÖNIGIN. Kehren Sie sich nicht
An meine Tränen, Karl – Ich kann nicht anders –
Doch glauben Sie mir, ich bewundre Sie.
CARLOS. Sie waren unsers Bundes einzige
Vertraute – Unter diesem Namen werden
Sie auf der ganzen Welt das Teuerste
Mir bleiben. Meine Freundschaft kann ich Ihnen
So wenig, als noch gestern meine Liebe,
Verschenken an ein andres Weib – Doch heilig
Sei mir die königliche Witwe, führt
Die Vorsicht mich auf diesen Thron.

(Der König, begleitet vom Großinquisitor und seinen Granden, erscheint im Hintergrunde, ohne bemerkt zu werden.)

Jetzt geh ich
Aus Spanien und sehe meinen Vater
Nicht wieder – Nie in diesem Leben wieder.
Ich schätz ihn nicht mehr. Ausgestorben ist
In meinem Busen die Natur – Sei'n Sie

Ihm wieder Gattin. Er hat einen Sohn
Verloren. Treten Sie in Ihre Pflichten
Zurück – Ich eile, mein bedrängtes Volk
Zu retten von Tyrannenhand. Madrid
Sieht nur als König oder nie mich wieder.
Und jetzt zum letzten Lebewohl! *(Er küsst sie.)*

KÖNIGIN. O Karl!
Was machen Sie aus mir? – Ich darf mich nicht
Empor zu dieser Männergröße wagen;
Doch fassen und bewundern kann ich Sie.

CARLOS. Bin ich nicht stark, Elisabeth? Ich halte
In meinen Armen Sie und wanke nicht.
Von dieser Stelle hätten mich noch gestern
Des nahen Todes Schrecken nicht gerissen. *(Er verlässt sie.)*
Das ist vorbei. Jetzt trotz ich jedem Schicksal
Der Sterblichkeit. Ich hielt Sie in den Armen
Und wankte nicht. – Still! Hörten Sie nicht etwas?

(Eine Uhr schlägt.)

KÖNIGIN. Nichts hör ich als die fürchterliche Glocke,
Die uns zur Trennung lautet.

CARLOS. Gute Nacht denn, Mutter.
Aus Gent empfangen Sie den ersten Brief
Von mir, der das Geheimnis unsers Umgangs
Laut machen soll. Ich gehe, mit Don Philipp
Jetzt einen öffentlichen Gang zu tun.
Von nun an, will ich, sei nichts Heimliches
Mehr unter uns. Sie brauchen nicht das Auge
Der Welt zu scheuen – Dies hier sei mein letzter
Betrug.

*(Er will nach der Maske greifen.
Der König steht zwischen ihnen.)*

KÖNIG. Es ist dein letzter!

(Die Königin fällt ohnmächtig nieder.)

CARLOS *(eilt auf sie zu und empfängt sie mit den Armen).*
Ist sie tot?
O Himmel und Erde!

KÖNIG *(kalt und still zum Großinquisitor).*
Kardinal! Ich habe
Das Meinige getan. Tun Sie das Ihre.

(Er geht ab.)

NACHWORT

Im Juli 1787 erschien bei Göschen in Leipzig der Erstdruck des „Don Carlos", und am 29. August desselben Jahres erfolgte die Uraufführung des Dramas in der „republikanischen Stadt Hamburg", wo der Schauspieler Friedrich Ludwig Schröder damals Theaterdirektor war, der selber mit großem Erfolg die Rolle des Königs Philipp spielte. Längere briefliche Verhandlungen mit Schröder waren vorangegangen, und Schiller, der damals bei seinen Freunden in Dresden lebte, hatte für den Spätsommer 1787 seine schon früher erwogene Reise nach Hamburg angekündigt. Aber diese Reise, die über Weimar und Hamburg nach Dresden zurückführen sollte, fand schon in Weimar ihr Ende: Schiller verzichtet auf das in Aussicht genommene Engagement als Theaterdichter in Hamburg und fasst den Entschluss, sich in der herzoglichen Residenz mit historischen Darstellungen aus der spanisch-niederländischen Geschichte Ansehen und Einkommen zu verschaffen. Im Herbst 1788 erscheint die „Geschichte des Abfalls der vereinigten Niederlande von der Spanischen Regierung", die ihm eine Berufung als a. o. Professor für Geschichte nach Jena einträgt. Und erst nach einer großen Pause kommt es 1796 auf einer neuen Stufe mit dem „Wallenstein" zur Wiederaufnahme der dramatischen Produktion.

Der „Don Carlos", der in einer langen Schaffenszeit als letztes der Jugenddramen entstanden war, ist ein Werk des Ausklangs und des Übergangs, in dem neben dem revolutionären Schwung und Pathos des jugendlichen Dichters ein neuer Begriff der historischen Tragödie sich ankündigt. Aber dieses Drama markiert nicht nur das Ende einer Epoche im Leben und Schaffen seines Dichters: An seiner äußeren und inneren Geschichte lässt sich auch Schillers Entwicklung von seinen Anfängen als Dramendichter bis zum Beginn der Weimarer Zeit aufzeigen.

Den ersten Hinweis auf die Geschichte des Don Carlos erhält der Dichter der „Räuber" schon im Mai 1782 in Mannheim bei einer Besprechung mit dem Intendanten Dalberg. Seither hat der Stoff Schiller nicht mehr losgelassen. Nach seiner Flucht aus Stuttgart besorgt er sich schon 1783 in Bauerbach Literatur zur spanischen Geschichte aus den Beständen der Meininger Bibliothek, und noch in demselben Jahr entsteht eine Planskizze zum „Don Carlos". 1785 erscheint in der „Rheinischen Thalia" der erste Aufzug und 1786 in derselben Zeitschrift der zweite Aufzug des „Don Carlos" und ein Teil des dritten. Im Dezember 1784 hatte Schiller am Darmstädter Hof Gelegenheit gefunden, den ersten Akt seines Dramas in Gegenwart des Herzogs Karl August von Weimar vorzulesen, der ihn dafür zum Rat ernannte. Nach seiner Entlassung als Dichter des Mannheimer Nationaltheaters im September 1784 und nach der „Flucht" aus Mannheim vollendet Schiller den „Don Carlos" in den Jahren 1785 bis 1787 als Gast von Christian Gottfried Körner in Leipzig und Dresden. Dort lernt er auch den Buchhändler Göschen kennen, der den Erstdruck des Dramas verlegt. Von der Uraufführung in Hamburg durch Schröder, von den Reiseplänen nach Hamburg und von der Niederlassung in Weimar war schon eingangs die Rede. In Weimar bekundet Wieland sein Interesse für das Werk durch eine Anzeige in seinem

„Merkur", und in derselben Zeitschrift erscheint 1788 Schillers Schrift „Briefe über Don Carlos".

Über diese Daten sind wir gut unterrichtet durch Schillers Briefe an den Mannheimer Intendanten Dalberg, den Meininger Bibliothekar Wilhelm Friedrich Reinwald, den Schauspieler Schröder in Hamburg und an die Dresdener Freunde Huber und Körner. Aus diesen Briefen und aus den Teilpublikationen des Dramas in der „Thalia" lässt sich auch ablesen, wie im Laufe der Arbeit der Schwerpunkt sich verlagert, wie aus der „Familientragödie aus einem fürstlichen Hause" ein großes geschichtliches Drama entsteht. „Schiller schrieb den ‚Don Carlos', bevor er Geschichte und Philosophie studiert hatte, aber mit dem Griff des Genies erfasste er die dramatisch mächtigsten Gegensätze der modernen Welt: das Papsttum und die mit ihm verbündeten katholischen Monarchien in ihrem Kampf gegen die Reformation und das mit ihr verbündete Aufkommen von Freiheit ..." (Dilthey).

Es konnte nicht ausbleiben, dass durch Änderungen der ursprünglichen Anlage im Aufbau des Dramas und in den Charakteren Unstimmigkeiten auftreten. In seinen „Briefen über Don Carlos" versucht Schiller sich zu rechtfertigen. Dabei gibt er eine ebenso geistvolle wie problematische Interpretation des Begriffs der Freundschaft. Über den Marquis Posa findet sich hier der bedeutsame Satz: „... ich glaubte mich auf keinem Widerspruch mit der allgemeinen Erfahrung zu befinden, wenn ich ihn (auf seinem Wege) in Despotismus verirren ließ. Es lag in meinem Plan, dass er sich in dieser Schlinge verstricken sollte, die allen gelegt ist, die sich auf einerlei Wege mit ihm befinden."

Die wichtigste Quelle für Schillers Drama war die geschichtliche Erzählung eines Abbé Saint Réal aus dem Jahre 1672. 1784 erschien in Eisenach eine deutsche Übersetzung, auf die Schiller seine Leser in der Vorrede zum ersten Thalia-Fragment hinweist. Er selber hatte vorher das Meininger Exemplar einer 1691 in Amsterdam erschienenen französischen Ausgabe benutzt.

Von der übrigen von Schiller benutzten Literatur, auf die wir gelegentlich in unseren Anmerkungen verweisen, nennen wir hier:

die Memoiren von Brantôme, posthum gedruckt 1665
Watsons „History of Philipp II."
Ferraras „Spanische Geschichte" und
Gregorio Letis Biographie Philipps II.

Schiller hat außerdem gekannt und gelegentlich benutzt drei Darstellungen der Geschichte des Don Carlos, die auf dieselbe Quelle (Saint-Réal) zurückgehen:

einen „Don Carlos" in Reimversen von dem Engländer
Thomas Otway aus dem Jahre 1676 und
die „Dramatischen Gemälde" des Franzosen Mercier aus dem Jahre 1785 („Portrait Philipps II." und „Abriss der spanischen Geschichte").

Über die Geschichte des historischen Don Carlos gibt es eine grundlegende Untersuchung von Ranke, die 1829 in den „Wiener Jahrbüchern der Literatur" zuerst erschienen ist und später in den Historisch-biographischen Studien (Werke Band 40/41, Leipzig 1877).

ANHANG

Briefstellen zur Entstehungsgeschichte des Dramas

Aus Briefen an Dalberg und Reinwald 1783/84

... ich arbeite nunmehr entschlossen und fest auf einen „Dom Carlos“ zu. Ich finde, dass diese Geschichte mehr Einheit und Interesse zum Grunde hat, als ich bisher geglaubt, und mir Gelegenheit zu starken Zeichnungen und erschütternden oder rührenden Situationen gibt. Der Charakter eines feurigen, großen und empfindenden Jünglings, der zugleich der Erbe einiger Kronen ist, – einer Königin, die durch den Zwang ihrer Empfindung bei allen Vorteilen ihres Schicksals verunglückt, eines eifersüchtigen Vaters und Gemahls, eines grausamen, heuchlerischen Inquisitors und barbarischen Herzogs von Alba usf. sollten mir, dächte ich, nicht wohl misslingen. Dazu kommt, dass man einen Mangel in solchen deutschen Stücken hat, die große Staatspersonen behandeln, und das mannheimische Theater dieses Sujet von mir bearbeitet wünscht.

(An Reinwald, Bauerbach, 27. März 1783).

In diesem herrlichen Hauche des Morgens denk ich Sie, Freund – und meinen Carlos. Meine Seele fängt die Natur in einem entwolkten, blankeren Spiegel auf, und ich glaube, meine Gedanken sind wahr ...

Carlos hat, wenn ich mich des Maßes bedienen darf, von Shakespeares Hamlet die Seele, Blut und Nerven von Leisewitz' Julius, und den Puls von mir. – Außerdem will ich es mir mit diesem Schauspiel zur Pflicht machen, in Darstellung der Inquisition die prostituierte Menschheit zu rächen und ihre Schandflecken fürchterlich an den Pranger zu stellen. Ich will – und sollte mein Carlos auch dadurch für das Theater verloren gehen – einer Menschenart, welche der Dolch der Tragödie bis jetzt nur gestreift hat, auf die Seele stoßen ...

(An Reinwald, Bauerbach, 14. April 1783, früh in der Gartenhütte)

... Ich bin jetzt mehr als jemals über mein neues Schauspiel verlegen. Woher ich nur Briefe bekomme, dringt man darauf, ich möchte ein großes historisches Stück, vorzüglich meinen „Carlos“, zur Hand nehmen, davon Gotter den Plan zu Gesicht bekommen und groß befunden hat. Freilich ist ein gewöhnliches bürgerliches Sujet, wenns auch noch so herrlich aufgeführt wird, in den Augen der großen, nach außerordentlichen Gemälden verlangenden Welt niemalen von der Bedeutung wie ein kühneres Tableau und ein Stück wie dieses erwirbt dem Dichter und auch dem Theater, dem er angehört, schnellern und größern Ruhm als drei Stücke wie jenes. Von Euer Exellenz erwarte ich einen ernsthaften Rat zu meiner letzten Entschließung, welches Sujet ich wählen soll. Carlos würde nichts weniger sein als ein politisches Stück, – sondern eigentlich ein Familiengemälde in einem fürstlichen Hause, und die schreckliche Situation eines Vaters, der mit seinem eigenen Sohn so unglücklich eifert, die schrecklichere Situation eines Sohns, der bei allen Ansprüchen auf das größte Königreich der Welt ohne Hoffnung liebt und endlich aufgeopfert wird, müssten, denke ich, höchst interessant ausfallen. Alles, was die Empfindung empört, würde ich ohnehin mit größter Sorgfalt vermeiden ... (An Dalberg, Mannheim, 7. Juni 1784)

... Ich habe gegenwärtig meine Zeit zwischen eigenen Arbeiten und französischer Lektüre geteilt. Warum ich das Letztere tue, werden Euer Exellenz gewiss billigen. Fürs Erste erweitert es überhaupt meine dramatische Kenntnis und bereichert meine Phantasie, fürs andere hoffe ich dadurch zwischen zwei Extremen, englischem und französischem Geschmack, in ein heilsames Gleichgewicht zu kommen. Auch nähre ich insgeheim eine kleine Hoffnung, der deutschen Bühne mit der Zeit durch Versetzung der klassischen Stücke Corneilles, Racines, Crébillons und Voltaires auf unsern Boden eine wichtige Eroberung zu verschaffen. Carlos ist ein herrliches Sujet, vorzüglich für mich. Vier große Charaktere, beinahe von gleichem Umfang, Carlos, Philipp, die Königin und Alba, öffnen mir ein unendliches Feld. Ich kann mir es jetzt nicht vergeben, dass ich so eigensinnig, vielleicht auch so eitel war, um in einer entgegengesetzten Sphäre zu glänzen, meine Phantasie in die Schranken des bürgerlichen Kothurns einzäunen zu wollen, da die hohe Tragödie ein so fruchtbares Feld und für mich, möchte ich sagen, da ist; da ich in diesem Fache größer und glänzender erscheinen und mehr Dank und Erstaunen wirken kann als in keinem andern, da ich hier vielleicht nicht erreicht, im andern übertroffen werden könnte; froh bin ich, dass ich nunmehr so ziemlich Meister über die Jamben bin. Es kann nicht fehlen, dass der Vers meinem Carlos sehr viel Würde und Glanz geben wird.
(An Dalberg, Mannheim, 24. August 1784)

Aus Briefen an Schröder 1786

In Mannheim habe ich vollends aus Ursachen, die hier zu weitläufig wären, beinahe allen Enthusiasmus für das Drama verloren. Jetzt fängt er wieder an, in mir aufzuleben, aber mir graut vor der schrecklichen Misshandlung auf unsern Bühnen. Mit ungeduldiger Sehnsucht habe ich bisher nach derjenigen Bühne geschmachtet, wo ich meiner Phantasie einige Kühnheiten erlauben darf und den freien Flug meiner Empfindung nicht so erstaunlich gehemmt sehen muss. Ich kenne nunmehr die Grenzen recht gut, welche bretterne Wände und alle notwendigen Umstände des Theatergesetzes dem Dichter vorschreiben. Aber es gibt engere Grenzen, die sich der kleine Geist und der dürftige Künstler setzt, das Genie des großen Schauspielers und Denkers aber überspringt. Von diesen Grenzen wünschte ich freigesprochen zu werden, und darum ist der Gedanke mir so willkommen, durch eine genauere Verbindung mit Ihnen ein Ideal zu realisieren, das ich ohne Sie ganz verloren geben muss. Wenn ich mir schmeicheln kann, dass Sie mir hiezu die Hände bieten wollen, so sollen alle meine Stücke für Ihre Bühne bestimmt sein, und ich werde sie unter dieser Aufsicht mit umso größerer Begeisterung schreiben. Mein „Dom Carlos“, der zu Ende dieses Jahres fertig wird, ist einer theatralischen Ausführung fähig, und ich bin gegenwärtig schon beschäftigt, ihm diese Gestalt zu geben...

Wenn Sie glauben, dass der „Carlos" Ihrer Bühne anstehen wird, so bitte ich mir einige Nachricht deswegen aus. Unendlich erwünscht würde es mir sein, wenn ich auf diese Art meinen kühnen Entwurf damit ausführen könnte.

(An Schröder, Dresden, 12. Oktober 1786)

Nun muss ich mir vor allen Dingen Nachricht von Ihnen ausbitten: Erstens ob ich den „Carlos" in Prosa für Ihre Bühne verwandeln muss, weil doch immer zu besorgen ist, dass die untergeordneten Schauspieler Jamben schief deklamieren und unter zwölf bis fünfzehn Personen können nicht alle Meister sein. Mir macht es eine Mühe mehr, aber eine angenehme Mühe, weil sie mir den Erfolg versichert. Zweitens wünschte ich zu wissen, welche Größe ich dem Stück geben, ob es drei gute Stunden spielen darf? Drittens ob ich mir im Punkte des Katholizismus, der Geistlichkeit und der Inquisition einige Freiheiten erlauben darf oder ob es notwendig ist, dass ich den Dominikaner weltlich mache und die verfänglichen Stellen streiche? Viertens ob die Schauspielerin, der Sie die Prinzessin Eboli zuteilen, eine leidliche Arie singen kann? Es ist im Stück darauf gerechnet, und wenn es also nicht wäre, so müsste ich damit eine Änderung treffen. Fünftens ob es bei Ihnen widrig auffallen möchte, wenn das Stück mehr als fünf Akte hätte...

(An Schröder, Dresden, 18. Dezember 1786)

ZUR TEXTGESCHICHTE UND ZUR TEXTGESTALTUNG

Unter dem Titel „Dom Carlos Infant von Spanien" erschien im Jahre 1787 bei Göschen in Leipzig die erste Buchausgabe des Dramas, die bereits in den nächsten Ausgaben von 1801 und 1802 erheblich gekürzt wurde. Die endgültige Fassung ist 1805 im ersten Band des „Theaters von Schiller" bei Cotta in Tübingen herausgekommen, mit dem schon 1801 im Wortlaut geänderten Titel „Don Carlos" und dem Zusatz: ein dramatisches Gedicht. Diese noch einmal energisch reduzierte Fassung des immer noch umfangreichsten Schiller'schen Dramas wurde für alle Neudrucke verbindlich. Wir benutzten sie in der Historisch-Kritischen Ausgabe, die 1909–11 in 20 Bänden von Hesse und Becker in Leipzig verlegt wurde. Die Rechtschreibung wurde den neuen amtlichen Regeln behutsam angepasst. Die Einführung und die Anmerkungen zu dem von Georg Witkowski bearbeiteten „Don Carlos" im fünften Band dieser Ausgabe haben wir dankbar zu Rate gezogen.

Schillers Jugendjahre und die Entstehungsgeschichte des „Don Carlos"

1782 13. Januar: Erste Aufführung der „Räuber" auf dem Mannheimer Nationaltheater.
Im Frühjahr: Beginn der Arbeit am „Fiesko".
Im Mai: Schiller ohne Erlaubnis in Mannheim zu einer Besprechung mit dem Theaterintendanten.
Erster Hinweis auf das Don Carlos-Thema durch Dalberg.
Im Juli: „Luise Millerin" (Kabale und Liebe) geplant.
22. September: Schillers Flucht aus Stuttgart.
Kurze Aufenthalte in Mannheim, Frankfurt, Oggersheim.
Vollendung des „Fiesko".

1782/ Dezember 1782
1783 bis Juli 1783: Schillers Aufenthalt in Bauerbach.
Neben der Arbeit an „Kabale und Liebe" Beschäftigung mit dem „Don Carlos". Literatur zur spanischen Geschichte aus der Meininger Bibliothek, darunter die Geschichte des „Dom Carlos" von dem französischen Abbé Saint Réal – Schillers Hauptquelle.
Entstehung einer Planskizze zum „Don Carlos"
Im August: „Kabale und Liebe" wird fertig.
(„Fiesko" erscheint im Druck in Mannheim).

1784 „Fiesko" und „Kabale und Liebe" in Mannheim aufgeführt.
(„Kabale und Liebe" erscheint als Buchausgabe in Mannheim).
31. August: Schillers Vertrag als Mannheimer Theaterdichter vom 1. September 1783 läuft ab und wird nicht erneuert.
Dezember: Vorlesung des ersten Aktes von „Don Carlos" am Darmstädter Hof in Gegenwart des Herzogs Karl August von Sachsen-Weimar.
Schillers Ernennung zum Weimarer Rat.

1785 März: Der erste Akt des „Don Carlos" erscheint im ersten Heft der „Rheinischen Thalia" (bei Schwan in Mannheim).
April: Schiller verlässt Mannheim und geht als Gast Körners zuerst nach Leipzig, dann nach Dresden.
Weiterarbeit am „Don Carlos".

1786 Im Mai erscheint der zweite Akt in der „Thalia" (jetzt bei Göschen in Leipzig) und in späteren Heften Fragmente des dritten Aktes.
Die „Theosophie des Julius" aus dem Anfang der achtziger Jahre wird ergänzt durch das Kapitel „Aufopferung".

1787 Vollendung des „Don Carlos".
Im Juni: Erstdruck bei Göschen.
Am 29. August: Uraufführung des Dramas in Hamburg durch Friedrich Ludwig Schröder.

1787/ Juli 1787 bis
1788 Mai 1788: Schiller in Weimar.
Wieland bringt in seinem „Merkur" eine Anzeige des „Don Carlos".
Schillers Schrift „Briefe über Don Carlos" erscheint in Wielands „Merkur".

1805 Die endgültige Fassung des „Don Carlos" erscheint im ersten Band des „Theaters von Schiller"

Daten zur Heiratspolitik Philipps II.

(Karl V. 1500–1558, seit 1516 König von Spanien, seit 1519 Kaiser)

1545 Am 8. Juli Geburt des Don Carlos	Philipp II. 1527–1598 seit 1556 König von Spanien 1543 *Heirat mit Maria von Portugal*, die schon 1545 stirbt – wenige Tage nach der Geburt des Don Carlos.
1553 Maria Tudor wird Königin von England 1554 Philipps Reise nach England 1556 Philipp II. wird König von Spanien	1554 *Heirat mit der katholischen Maria Tudor* (der damals 39-jährigen Tochter Heinrichs VIII. und der Katharina von Aragon), die 1558 kinderlos stirbt. Königin von England wird ihre protestantische Halbschwester Elisabeth.
1557 Schlacht bei St. Quentin Ein spanisch-niederländisches Heer unter Egmont besiegt die Franzosen. 1558 Tod Karls V. in Yuste Tod von Maria Tudor Elisabeth wird Königin von England 1559 Friede mit Frankreich Tod Heinrichs II. von Frankreich	
1566 Aufruhr in Flandern 1567 Albas Ankunft in Flandern 1568 Egmont und Horn hingerichtet Am 23. Juli stirbt Don Carlos im Kerker. Am 3. Oktober Tod der Elisabeth	1560 *Heirat mit Elisabeth von Valois*, einer Tochter Heinrichs II. und der Katharina Medici. Aus dieser Ehe zwei Töchter: Klara Eugenia (geb. 1566) und Katharina (geb. 1567). Elisabeth stirbt im Kindbett am 3. Oktober 1568.
	1570 *Heirat mit Anna von Österreich.* 1578 Geburt des Thronfolgers (Philipp III.) – nach vier früh verstorbenen Geschwistern.

ANMERKUNGEN

Die Ziffern vor den Anmerkungen bezeichnen die Verse bzw. Seiten.

S.1 *Don Carlos, Infant von Spanien.* Don Carlos war der Sohn Philipps II. von seiner ersten Frau Maria von Portugal, die wenige Tage nach seiner Geburt starb. Er wurde am 8. Juli 1545 geboren und starb am 23. Juli 1568 im Kerker. Infant und Infantin sind die Titel der Prinzen und Prinzessinnen aus dem spanischen Königshaus. Don Carlos war als Kronprinz Prinz von Asturien und wurde mit Su Alteza (Eure Hoheit) angeredet.

Ein dramatisches Gedicht. Trotz verschiedener Kürzungen ist Schillers „Don Carlos“ mit seinen 5370 Versen das umfangreichste seiner Dramen. In einer Anmerkung am Schluss des 2. Aktes (im Vorabdruck in der „Thalia“) schreibt Schiller, dass der „Don Carlos“ kein „Theaterstück“ werden kann. Er nennt das Drama in der endgültigen Fassung daher: ein dramatisches Gedicht.

S.2 *Philipp der Zweite.* 1527–1598, regiert als König von Spanien seit 1556. Im Todesjahr des Don Carlos (1568) war er 41 Jahre alt. (Bei Schiller ist er 60-jährig!). Philipp II. war viermal verheiratet. Seine zweite Frau wurde 1554 Mary Tudor. Nach ihrem Tode (1558) heiratete er 1560 Elisabeth von Valois, die Tochter Heinrichs II. von Frankreich und der Katharina von Medici. Mit ihr hatte er zwei Töchter: Isabella Klara Eugenia (geboren 1566) und Katharina (geboren 1567). Elisabeth von Valois starb 1568. 1570 heiratete Philipp dann seine Nichte Anna von Österreich, die Tochter seines Vetters, Maximilians II. von Österreich.

Alexander Farnese, Prinz von Parma (1545–1592). Ein Sohn der Margarete von Parma, einer natürlichen Tochter Karls V. und Halbschwester Philipps II. Als Gemahlin des Papstenkels Octavio Farnese wurde sie Herzogin von Parma. Von 1558 bis 1567 Statthalterin der Niederlande. Der am Hofe Philipps II. erzogene Alexander Farnese wurde der große Gegenspieler Oraniens, der durch die Einnahme Antwerpens 1585 die Südstaaten noch einmal unter spanische Oberhoheit brachte.

Prinzessin von Eboli (1540–1592). Die Gemahlin des Ruy Gómez de Silva, der später Fürst von Eboli wurde. Ruy Goméz war der Gegenspieler Albas. „Alba und Eboli sind die beiden Säulen, die die große Maschine tragen: von ihrem Rat hängt das Schicksal der halben Welt ab.“ Nach dem Tode des Fürsten 1573 unterhielt seine Gemahlin Beziehungen zu dessen Günstling Antonio Pérez und fiel mit ihm in Ungnade. Die Geschichte der Beziehung des Königs zu der Fürstin von Eboli ist eine romanhafte Erfindung.

Marquisin von Mondekar. Eine von Schiller erfundene Figur, genannt nach einem bei Ferrara und Watson erwähnten Marquis von Mondejar.

Grande. Bezeichnung für die Angehörigen des spanischen Hochadels im Range von Herzögen.

Marquis von Posa, ein Malteserritter. In Schillers Hauptquelle St.

Réal ist er der gemeinsame Vertraute des Don Carlos und der Königin. Durch den eifersüchtigen König verdächtigt, stirbt er durch Mörderhand. Als Schiller den Marquis von Posa zum Malteser machte, dachte er bereits an ein Malteserdrama, mit dem er sich lange beschäftigt hat. Aus Briefen wissen wir, dass darin noch einmal die Freundschaft ein Hauptmotiv werden sollte. 1792 übersetzte Niethammer auf Schillers Wunsch Vertots „Geschichte des Malteserordens", die dann mit einer Vorrede von Schiller erschienen ist.

Herzog von Alba. Fernando Alvarez de Toledo, Herzog von Alba (1508–1582). Seit 1567 Statthalter der Niederlande. Nach dem Scheitern seiner Gewaltherrschaft 1573 wieder abberufen.

Domingo. Spanische Form von Dominikus. Als Name des Beichtvaters eine Erfindung Schillers.

Der Großinquisitor. Inquisition: Glaubensuntersuchung, Ketzergericht. Auf Verlangen Ferdinands und Isabellas gründete 1478 Sixtus IV. die spanische Inquisition, die sich in vielem von der päpstlichen des Mittelalters unterschied. Sie wurde ein Werkzeug in der Hand des spanischen Königs und richtete sich zunächst gegen die Moriskos (Christen maurischer Herkunft) und Marranos (getaufter Juden). Schon durch Karl V. wurde sie auch gegen die Anhänger der Reformation in den Niederlanden eingesetzt.

Der Prior eines Kartäuserklosters. Die Kartäuser haben ihren Namen von dem Gründungsort ihres Ordens: Chartreuse (Lat. Cartusia) bei Grenoble. Die Gründung erfolgte 1084 durch Bruno von Köln. Ein Prior ist der Obere eines Klosters nächst dem Abt.

v. 1 *Aranjuez.* Südlich von Madrid an einer Stromschnelle des Tajos gelegen. Die Frühjahrsresidenz des spanischen Hofes. Der Bau des Lustschlosses begonnen von Philipp II.

2 *Eure königliche Hoheit.* Die Anrede für den Kronprinzen eigentlich: Eure Hoheit.

9 *Zurücke.* Mit der alten Adverbialendung, wie bei gerne.

11f. *Die Huldigung in Toledo.* Toledo war die führende Cortes-Stadt. Erst 1561 wurde Madrid durch den Willen Philipps II. die einzige Residenzstadt der spanischen Könige. In Toledo nahm der Kronprinz 1560 noch die Huldigung der spanischen Stände entgegen – nicht der „sechs Königreiche". Als solche dem spanischen Herrscher unterstehenden Königreiche nennt der französische Historiker Brantôme: Spanien, Jerusalem, Sardinien, Sizilien, Majorka und Minorka und Indien.

23 *Acht Monde.* Acht Monate seit der Rückkehr von der Universität Alkala. Vergl. V. 138f.

33 *Ein Muttermord.* Maria von Portugal, die Mutter des Don Carlos, starb bald nach seiner Geburt.

39 *Eine Tochter.* In Wirklichkeit zwei Töchter.

46 *Ehmals Ihre Braut.* Anspielung auf den Plan einer Vermählung des Don Carlos mit Elisabeth von Valois. Nach dem Tode der Mary Tudor bewarb der König selbst sich um ihre Hand. 1560 wurde sie seine Frau, in ihrem 15. Lebensjahr – Philipp II. war damals 33 Jahre alt.

62f. *Und will sich von dem obersten Geländer herunterwerfen.* Von der Galerie heruntereilen.

71f. . . . *mehr auf dieser Welt getan, als Gift und Dolch . . . nicht konnten.* Die Verneinung in dem abhängigen Satz nach der Steigerung in dem Vorangehenden entspricht der einfachen Verneinung im Französischen.

80 *Purpur.* Anspielung auf den roten Mantel des Kardinals als Zeichen der erstrebten Kardinalswürde.

85f. *Selig sprechen und verdammen.* Als Beichtvater.

93f. *Unterm Siegel des Sakramentes.* Als Beichtgeheimnis, zu dem der Beichtvater (der „Siegelführer") verpflichtet ist.

104 *Peters Stuhl.* Der Thronsessel des Papstes als des Nachfolgers des Apostels Petrus.

114f. . . . *fürstlicher bezahlt, als er noch keine gute Tat bezahlte.* Vergl. Anm. zu V. 71f.

125 *Übereilen.* Hier: vorwegnehmen.

142 *Erhabne Vorsicht.* Vorsicht steht hier wie auch später zumeist für Vorsehung.

164 *Glorwürdig.* Des Ruhmes würdig. Glorie (lat. gloria) = Ruhm.

174 *Alkala.* Die 1508 von dem Kardinal Jiménez gegründete Universität von Alcalá, bald eine der bedeutendsten Spaniens, wurde später nach Madrid verlegt.

195f. *Wenn du aus Millionen herausgefunden bist.* Vergl. Schillers Gedicht „Die Freundschaft": „Hab aus Millionen dich umwunden . . ."

208 *Matrosenkleid.* Eine gegen Ende des 18. Jahrhunderts aufkommende Knabentracht (mit langem Beinkleid, weiter Weste und rundem Hut).

220 *Überhüpfen.* Hier: Übersehen, nicht beachten.

236 *Königin von Böhmen.* Maria, die Schwester Philipps II. Nach St. Réal soll Don Carlos seiner Tante eine Ohrfeige gegeben haben, weil sie einen seiner Edelknaben streng gezüchtigt hatte.

271 *Ich liebe meine Mutter.* Die Überraschung des Marquis bei diesem Geständnis steht im Widerspruch zu seiner späteren Aussage: Ich sah sie keimen, diese Liebe. (V. 4327).

277 *Roms Gesetze.* Die Vorschriften der Kirche.

289 *Etikette.* Das aus dem Deutschen „stecken" entwickelte französische Lehnwort bezeichnet: 1. eine „angesteckte" Aufschrift. 2. die Gepflogenheiten und Vorschriften des höfischen Benehmens, die am spanischen Hof besonders streng geregelt waren.

326 *Die Hochgebenedeite.* Die hoch gelobte (Mutter Gottes). „Benedeien" aus dem Lat. benedicere = loben, segnen.

333 *Gegenteile.* Gegensätze.

343 *Scheitelrecht.* Senkrecht zueinander verlaufend.

350 *Labyrinthische Sophismen.* Verschlungene und verworrene Schlüsse. Sophismen: die Trugschlüsse der späteren griechischen Weisheitslehrer (Sophisten), die aus ihrem Beruf ein Gewerbe gemacht hatten.

373 *Heinrichs Hof.* Der Hof Heinrichs II., des Vaters der Elisabeth von Valois.

398 *Meine ländliche Natur.* Elisabeth war auf dem Landsitz Fontainebleau südlich von Paris erzogen worden.

405 *La Trappe.* In einem Tal gleichen Namens in der Normandie wurde 1140 ein Zisterzienserkloster gegründet, das seinen Mönchen die Schweigepflicht auferlegte – eine Regel, die bis heute das Leben der Mönche in den Trappistenklöstern bestimmt.

410 *Pardo.* Ein königliches Lustschloss nördlich von Madrid.

417 *Plaza Mayor.* Wörtlich: der große Platz.

418 *Autodafé.* Schiller schreibt noch getrennt Auto da Fe. Spanisch aus dem Lateinischen actus fidei – Glaubensspruch. Unter Autodafé versteht man die feierliche öffentliche Verkündigung der Urteilssprüche der Inquisition. Die Verbrennung der Ketzer geschah auf dem Richtplatz und war Sache der weltlichen Behörden.

435 *Gomez.* Ruy Gómez de Silva, der Gatte der Eboli, den Schiller hier zu ihrem Bewerber macht. Vergl. Anm. zu S. 2.

472 *Die Regentin Mutter.* Katharina von Medici, die nach dem Tode Heinrichs II. (1559) für ihren minderjährigen Sohn Karl IX. die Regentschaft führte.

475 *Ein kastilian'scher Grande.* Kastilien war der größte und volkreichste der verschiedenen Staaten der Halbinsel.

483 *Chevalier* (franz.). Ritter.

486 *Ritterspiel zu Reims.* Die Vermählung Elisabeths mit Philipp wurde vom 1. bis 3. Juni 1559 zu Reims durch Ritterspiele gefeiert. Heinrich II. starb an einer auf dem Turnier erlittenen Verletzung.

491 *Louvre.* Damals noch der Sitz des französischen Königs.

497f. *Was wir ihm beneidet hatten.* Um das wir ihm neidisch waren. Beneiden heute transitiv.

500 *Valois.* Ein Zweig der Capetinger, der in Frankreich mit Philipp VI. zur Herrschaft kam (1328) und bis zum Tode Heinrichs III. (1589) das Land regierte.

514f. *Und viele Länder, vieler Menschen Sitten gesehen.* Nach Homer, Odyssee I, 3: Welcher vieler Menschen Städte gesehen und Sitte gelernt hat.

520 *Sich in Madrid gefallen.* Gefallen in diesem Sinne in Deutschland heute unpersönlich.

528f. *Ich müsste mich betrügen.* Betrügen hier: täuschen.

546 *Der Freundschaft heiliges Legat.* Legat (lat.): Vermächtnis.

552 *Auch ich bin eine Freundin von Geschichten.* Vergl. dazu Lessing, Nathan II I, 7. Auch die Form der Erzählung und ihre beziehungsvolle Bedeutung erinnern an Lessings Schauspiel.

553 *Mirandola.* Kleiner Ort bei Modena in Italien.

571 *Padua.* Die oberitalienische Stadt Padua war damals berühmt durch ihre Universität mit einer bedeutenden juristischen Fakultät.

628 *Mein Hof.* Mein Hofstaat, mein Gefolge.

671 *Sie waren mein ...* Vergl. Anm. zu V. 46.

691 *Regentin.* Gemeint ist hier die Königin.

727f. *Wenn es ihm nichts ... kostet.* Kosten steht hier noch mit dem Dativ.

734ff. *Der neu erwählte König ... kann die Verordnungen des Abge-*

schiednen durch das Feuer tilgen ... Nach St. Réal hat die Inquisition das Testament Karls V. und die an seiner Abfassung Beteiligten zum Feuer verdammt, weil es die Hinneigung Karls V. zum neuen Glauben bekundete. Die Vollstreckung des Urteils verhinderte Philipp II. In einer später gestrichenen Stelle des Thalia-Druckes sagt Carlos: „Denn eben träumte mir, ich sähe das Testament des Kaisers, ihres Vaters, auf einem Scheiterhaufen rauchen." Dazu schreibt Schiller in einer Anmerkung: Es ist bekannt, dass Philipp II. das Testament seines verstorbenen Vaters verbrennen ließ und durch diese Handlung sein Andenken öffentlich schändete.

739 *Eskurial.* Heute span. Escorial. Die Grundsteinlegung erfolgte im Frühjahr 1563. Seit 1573 befindet sich die Begräbnisstätte der spanischen Könige unter dem Altarhaus der Kirche.

740f. ... *seinen entweihten Staub in die vier Winde streuen.* So sollen bei den Autos da Fé die Henker die Asche der Ketzer zerstreut haben.

761f. *Die Tugend so vieler königlichen Ahnen.* Abweichende alte Endung beim Adjektiv königlich!

791 *Wollust.* Lieblingswort des jungen Schiller für das höchste irdische Glück.

841 *Dies Denkmal meiner Gnade.* Denkmal hier: Andenken.

v. 850 *Die Grandezza.* Bezeichnung für die Gesamtheit der Granden.

862 *Die Sonne geht in meinem Staat nicht unter.* Nicht Philipp II., sondern Karl V. soll diesen Ausspruch getan haben. Er gilt aber buchstäblich erst seit der Erwerbung der „Philippinen" durch Philipp II.

868 *Sire.* Man hat bemerkt, dass Schiller hier an die einsilbig ausgesprochene französische Anredeform gedacht hat. Spanisch Sire wird zweisilbig gesprochen.

Dies graue Haar. Schiller macht den damals 41-jährigen König zu einem 60-jährigen.

869 *Wenn ich einmal zu fürchten angefangen* ... Vergl. Othello III, 3: Einmal zweifeln macht mit eins entschlossen ...

875 *Alkalas hohe Schule.* Vergl. Anm. zu V. 174.

877 *So abgemessen festlich sein Betragen* ... Festlich hier: feierlich, würdig.

881 *Gottes Cherub vor dem Paradies.* Vergl. 1. Mos. 3, 24.

897 *Der große Eid, den alle Könige der Christenheit geloben.* Bei der Krönung: ein Beschützer des Glaubens zu sein.

906 *Audienz* (lat.). Gehör, Anhörung.

946 *Noch ist ein großer Tag zurücke.* Noch steht ein großer Tag bevor. Zurücke: die alte Adverbialform. Vergl. Anm. zu V. 9.

948 *Probe.* Hier: Prüfung, Erprobung.

957 *Sein Mitgefühl löscht mit dem Leiden aus.* D. h. mit dem Augenblick, in dem er aufhört, Mensch zu sein.

960 *Für seine Laster zieht sein Hof ihm Teufel.* Vergl. die Figur des Marinelli in Lessings „Emilia Galotti".

1001 *Schreckenloser Hüter meiner Tugend.* Vergl. Horaz, Ep. 1, 1, 17. „Virtutis verae custos rigidusque satelles". (Als echter Tugend strenger Hüter und Beschützer).

1002 *Genius.* Hier: Schutzgeist.

1013f. *Arm in Arm mit dir, so ford're ich mein Jahrhundert in die Schranken.* Vergl. Schillers Gedicht „Die Freundschaft":
„Raphael, an deinem Arm, o Wonne!
Wag auch ich zur großen Geistersonne
Freudigmutig den Vollendungsgang".

v. 1015 *Herzog von Alba ... mit bedecktem Haupt.* Die Granden durften in Gegenwart des Königs die Kopfbedeckung aufbehalten.

1035 *In seines Nichts durchbohrendem Gefühle.* In dem quälenden Gefühl der eigenen Nichtigkeit. In einer späteren Begegnung mit dem Prinzen (II, 5) erinnert Alba den Prinzen an diese verletzenden Worte.

1064 *Der Dreimalheilige.* Die Heilige Dreifaltigkeit: Gottvater, Sohn und heiliger Geist.

1079f. *Die ewige Beglaubigung der Menschheit sind ja Tränen.* Tränen (und Sprache) als eigentlich menschliche Merkmale gegenüber den Tieren schon bei den Griechen.

1081 *Sein Aug ist trocken, ihn gebar kein Weib.* Vergl. die Stelle in der Ilias, wo Patroklos weinend den unbeugsamen Achill um Hilfe anfleht und ihm schließlich vorwirft, Peleus sei gar nicht sein Vater und Thetis nicht seine Mutter, er sei der Sohn finsterer Fluten und starrer Felsen. (Ilias, XVI, 33).

1143 *Potentat* (lat.). Machthaber, Herrscher.

1164 *Entdecken.* Hier: Kundtun.

1206 *Von tausend ... Ahndungen betrogen.* Um tausend Ahnungen betrogen.

1268 *Noch hab ich nichts von ihrer Hand gelesen.* Dem widerspricht die Stelle IV, 5, wo Don Carlos einen Brief erwähnt, den die Königin ihm nach Alkala schrieb, als er dort krank wurde.

1274 *St. Quentin.* Bei St. Quentin siegte 1557 ein spanisch-niederländisches Heer unter Egmont über die Franzosen. Vergl. auch III, 5.

1279 *Pavillon.* Hier wie auch später viersilbig zu sprechen.

1287f. *Ich träume nicht ... das ist mein rechter Arm ...* Vergl. Shakespeare „Was ihr wollt" (IV, 3): Das ist die Luft, das ist der Sonne Glanz.

1374 *Ich bin vergnügt.* Vergnügt hier: zufrieden.

1382f. *In Deutschland kennt man Sie.* Anspielung auf Albas Kriegsführung während des schmalkaldischen Krieges 1546/47.

1385 *Zu Anfang des Augusts.* Der Zug Albas ging zur See nach Genua und von dort durch Oberitalien, Burgund und Lothringen nach den Niederlanden. Im August 1567 war er in Brüssel (Watson). Im 4. Aufzug von Goethes Egmont beschreibt Gomez den schwierigen Zug als besondere Leistung Albas. Vergl. auch Schiller: „Abfall der Niederlande" 4. Buch (Albas Zug).

1390 *In meines Nichts durchbohrendem Gefühle.* Vergl. Anm. zu V. 1035.

1403f. *Bei seiner portugiesischen Gemahlin.* Maria von Portugal, Philipps II. erste Gemahlin.

1413 *Zwei Tropfen.* Gemeint ist hier das bei der Königsweihe verwendete Salböl.

1447f. *Ich soll es jetzt nicht denken.* Ich sollte, ich darf es jetzt nicht denken.

1449 *Blutsentenz.* Todesurteil. Sentenz (lat.): Meinung, Spruch. Urteil.

1452 *Schikane.* Rechtsverdrehung, ränkevoller Kniff. Frz. chicaner urspr.: einen Rechtsfall einfädeln; später: das Recht verdrehen. (Vielleicht von dem deutschen „schicken" in der alten Bedeutung: ordnen, ins Werk setzen.)

v. 1462 *Carlos steht sinnlos.* „Sinnlos" hier: von Sinnen.

v. 1463 *Verwenden.* Hier: abwenden, wegwenden.

v. 1464 *Idealischer Geschmack.* Hier ein von der herrschenden Mode abweichender Geschmack, etwa griechisch-antik.

1468 *Fürstin.* Diese Anrede (wie auch an anderen Stellen) noch aus der ersten Fassung.

1473 *Wie nahm er sich.* Wie verhielt er sich, wie benahm er sich?

1485 *Frauenzimmer.* Bezeichnet damals noch allgemein die Frau. Wird erst später abwertend verwendet.

1507f. *Er muss um die Geschichte wissen.* Gemeint ist die Geschichte von dem Liebeshandel des Königs mit der Prinzessin.

1514 *Das Billett.* In dieser Verszeile dreisilbig zu lesen.

1521f. *Wie falsch man dich berichtet hat.* Berichten hier mit dem Akkusativ, wie heute unterrichten.

1536 *Ottomane* (arab., türkisch, französ.). Türkisches Ruhebett.

1537ff. *Zum Lautenspiel der Eboli im 8. Auftritt.* Vergl. Wieland „Oberon" XI.

„Sie lässt sich ihre Laute bringen.
Auf ihrem Polstersitz mit Reiz zurückgelehnt
Und, zum Bezaubern fast, durch ihre Glut verschönt,
Was wird ihr durch die Gunst der Musen nicht gelingen?"

1545 *Doch versichert.* Doch seien Sie versichert.

1550 *Zweifelhaft.* Hier: Zweifelnd, unsicher.

1611f. *Bei diesem lauten Beruf.* Laut hier: offenkundig.

1623 *Wo er nur bemerkte.* Bemerken hier ohne Objekt. Hinschauen.

v. 1642 *Auf den Sofa.* „Sofa" damals noch männlich.

1674 *Sie sind mit Geistern einverstanden.* Sie leben im Einverständnis mit Geistern.

1691 *Das bisschen Maske.* Die Verstellung.

1713 *Das heilige Amt.* Die Messe.

1733 *Romanze.* Hier: Liebesgeschichte.

1753 *Ein frecher Günstling des Monarchen.* Rui Gomez, Graf von Silva. So hieß der Gatte der Fürsten von Eboli, der bei Schiller zu ihrem Bewerber wird.

1758 *Der berühmte Handelsmann im Süden.* Bei Mercier wird Philipp II. als „Dämon im Süden" bezeichnet.

1776 *Dem großen Kaufmann gleich ...* Vergl. Othello V, 2: „... dessen Hand die Perle wegwarf, mehr wert als all sein Volk ..." Zu dieser Stelle erwähnt der Engländer Steevens eine Erzählung von einem jüdischen Händler, der eine besonders kostbare Perle, die er wegen des hohen Preises nicht verkaufen konnte, vor den Augen der italienischen Händler ins Meer warf. Diese Anekdote bringt auch Eschenburgs Shakespeare-Übersetzung.

1777 *Rialto.* Der Name der Hauptbrücke über den „Großen Kanal“ in Venedig. Steht hier für Venedig.

1790 *Schäferstunde.* Liebesstunde, genannt nach den „Schäferspielen“ einer in Italien im Anschluss an die antike Hirtenpoesie entstandenen Gattung.

1791 *Magie* (lat., franz.). Zauber. Vergl. zu dieser Stelle Schillers Gedicht „Die Künstler“.

1844f. *Der Unschuld, der lautern, unentheiligten Natur entdeck ich mich.* Vergl. Lessing „Nathan“ IV, 7: „Der frommen Einfalt allein erzählt' ich sie“.

1889 *Verdrungen.* Alte Form für verdrängt. Heute noch erhalten in gedrungen.

1914f. *Hoffnungslose Liebe besteht . . . nicht.* Bestehen hier: standhalten.

1921 *Die romant'sche Treue.* Die romanhafte Treue.

1948ff. *Auftritt 10 bis 13.* Für das in diesen Auftritten vorbereitete Komplott hat man auf ein Ähnliches in Wielands „Agathon“ verwiesen (III, Buch 9, Kap. 4–16).

1958 *Despotische Vertrautheit.* Beherrschende Vertrautheit.

1965 *Ich flohe diese Träume.* Flohe statt floh wie später (IV, 21) sahe statt sah.

1977 *Auf eine Hostie beschwören.* Durch eine feierliche Handlung wurden sonst Verträge zwischen regierenden Fürsten besiegelt. Vergl.: Die Jungfrau von Orleans III, 2: „. . . der Erzbischof / Soll eine Hostie teilen zwischen dir und ihm / Zum Pfand und Siegel redlicher Versöhnung.“ Vergl. auch die spätere Stelle im „Don Carlos“ IV, 21 (V. 4275).

1987f. *Wo es uns am besten glückte.* Wo es für uns am besten glücken könnte.

2003f. *Was muss ich glauben?* Was soll ich glauben?

2015 *Ich durchdringe seine Seele.* Ich sehe bis auf den Grund seiner Seele.

2016 *Entwurf.* Hier: Plan.
Toledo. Albas Name war Ferdando Alvarez de Toledo.

2023 *Chimäre* (griech.). Hirngespinst. Urspr. Bezeichnung für ein Ungeheuer der griech. Mythologie mit dem Kopf eines Löwen, dem Körper einer Ziege und dem Schwanz eines Drachens.

2024 *Phantomen.* Phantom (griech.): Trugbild, Gespenst. Mehrzahl heute: Phantome. Phantomen: alter Plural.

2037f. *Philipp wird sechzig Jahr' alt.* In Wahrheit war er damals 41.

2041 *Das Gift der Neuerer.* Neuerer: die Reformatoren der Kirche.

2043 *Die Valois.* Vergl. Anmerkung zu V. 500.

2057 *Noch Sie, noch ich.* Weder Sie noch ich. Schillers Konstruktion entspricht der französischen.

2063 *Die Leidenschaft, die meinen Wünschen wuchert.* Wuchern hier: Gewinn bringen.

2069f. *Lilien von Valois.* Die Lilie ist die Wappenblume der Valois. Hier ist die Königin gemeint.

2073 *Der Streich vollendet.* Führt zum Ziel, entscheidet.

2074 *Dominikaner.* Der Orden der Dominikaner wurde 1216 vom hl. Dominikus in Toulouse gestiftet. Den Charakter des Bettelordens, den er bald annahm, verlor er im 15. Jahrhundert.

2133 *Sie ist erhascht.* Erhaschen: überraschen, überführen.
2139 *Ungerochen.* Alte Form für ungerächt.
2227 *Mansanares.* Ein kleiner Fluss, an dem Madrid liegt. Nebenfluss der Jarama, die bei Aranjuez in den Tajo fließt.
2264 *Hora* (lat.). Eigentlich Stunde, hier: Gebetsstunde.
Lauten. Alte Form für läuten, ertönen.
2292 *Den Brief eröffnen.* Heute bekommt durch die Vorsilbe „öffnen" eine besondere Bedeutung, damals noch nicht. Vergl. weiter unten: Ich eröffne das Gemach.
2303 *Ich kenne ja die Handschrift nicht.* Vergl. dagegen IV, 5 und Anm. zu V. 1268.
2415ff. *Ein ganzer Weltkreis hatte in deinem weiten Busen Raum. Das alles ist nun dahin ...* Vergl. dazu Goethe „Werther", Brief vom 3. November.
2437 *Hier verirrte deine Phantasie.* Verirren hier: intransitiv. Vom Wege abkommen.
2461 *Flandern.* Hier begann 1566 der Aufstand.
2467 *Brabant.* Die Provinz mit dem Regierungssitz Brüssel.
2482 *Schläft's irgend ... ?* Schläft man?
2486 *Der Lärmen.* Der Alarm (ital. allarme, franz. alarme). In derselben Form und Bedeutung bei Schiller auch in „Kabale und Liebe" II, 2.
2502 *Schlaf find ich in Eskurial.* Der Eskurial war seit 1573 zugleich Begräbnisstätte der spanischen Könige. Vergl. Anm. V. 739.
2506f. *Der Name des Weibes heißt Verleumdung.* Vergl. Shakespeare Hamlet I, 2: Schwachheit, dein Name ist Weib.
2515f. *Ich schlage an diesen Felsen und will Wasser.* Nach der Bibelstelle 2. Mos. 17, 6 ... da sollst du den Fels schlagen, so wird Wasser herauslaufen.
2528 *Mit Bedeutung.* Bedeutungsvoll, bedeutsam.
2539 *Das muss ihr viel gekostet haben.* Kosten hier noch mit dem Dativ. Vergl. Anm. zu V. 727f.
2581 *O einen neuen Tod hilf mir erdenken.* Vergl. Othello: O dass der Bube tausend Leben hätte, eins ist zu schwach zu löschen meine Rache. (Othello, III, 3).
2583 *So laut ist das Verständnis.* Verständnis hier: Einverständnis, Verhältnis. „Laut" hier: offenkundig-bekannt. Vergl. Anm. zu V. 1611f.
2605 *Mit zerstörtem Blick.* Mit verstörtem Blick.
2610f. *Jetzt sind wir berichtet.* Berichten hier: unterrichten.
2618f. *Ein Gärtner hatte dem Prinzen begegnet.* Begegnen hier mit dem Hilfsverb haben.
2691f. *Dieser laute Zusammenklang.* Vergl. Anm. zu V. 1611f. und 2583.
2633 *Klärer.* Alte Form für klarer.
2635f. *Als ich von Euren Händen sie in Madrid empfing.* Die erste Begegnung mit dem König fand statt in Guadalajara.
2636f. *Noch seh ich mit diesem Blick ... auf meinen grauen Haaren sie verweilen.* Als der König bei der ersten Begegnung mit seiner sehr viel jüngeren Frau ihren Blick auf sich ruhen fühlte, soll er unwillig gefragt haben: Ob sie ihn auf graue Haare hin ansehe?

2647f. *Verschwistert durch Harmonie der Meinung und der Jahre ...* Don Carlos war nur ein Jahr älter als seine Stiefmutter, die noch nicht fünfzehnjährig die Frau des zweiunddreißigjährigen Königs wurde.

2680 *Ich darf nicht bergen.* Verbergen: verschweigen.
Am Beichtstuhl ward es mir vertraut. Vergl. dagegen II, 11.

2721 *Guter Name ...* Vergl. Othello III, 3: Der gute Name ist bei Mann und Weib das allernächste Kleinod ihrer Seelen.

2725 *Kaplan.* Geistlicher der Hofkapelle.

2745 *Bastard.* Die Bezeichnung für ein uneheliches Kind fürstlichen Geblüts.

2750 *Das hohe Wunder.* Der König soll dem hl. Dominikus seine Genesung verdankt haben.

2755 *Komplott.* Verschwörung, Anschlag.

2760 *Einverstanden sein.* Im Einverständnis sein.

2828 *Schreibtafel.* Nach Watson besaß der König eine Liste mit einem Verzeichnis aller Vorzüge und Fehler der für ihn wichtigen Personen.

2836 *Graf Egmont.* Seine Hinrichtung als Aufständischer erfolgte am 5. Juni 1568 nach einem kurzen Prozess vor einem Sondergerichtshof, den Alba einrichten ließ, als er im August 1567 nach Brüssel kam.

v. 2852 *Herzog von Medina Sidonia.* Die Ausfahrt der dem Herzog von Medina Sidonia (nach dem Tode des erfahrenen Santa Cruz) neu unterstellten Armada und ihre Vernichtung durch die Engländer erfolgte erst 1588 – 20 Jahre nach dem Tode des Don Carlos! Nur 53 der größeren Schiffe kehrten damals nach Spanien zurück. Der Gesamtverlust betrug mehr als 63 Schiffe und 9000 Mann. Vergl. Schillers Gedicht „Die unüberwindliche Flotte".
Prinz von Parma. Alexander Farnese, Prinz von Parma. Im gleichen Alter wie Don Carlos; er wurde am spanischen Hof erzogen. Vergl. Anmerkung zu Seite 2.

2856 *Pflaster.* Ein mit Steinplatten belegter Fußboden (mittellat. plastrum).

2864 *Gallione.* Kriegsschiff mit drei Masten und einem Oberbau von drei bis vier Stockwerken. Mit solchen Schiffen holten im 16. und 17. Jahrhundert die Spanier und Portugiesen ihre Schätze aus Amerika. Zum Schutz gegen Seeräuber waren sie mit schweren Geschützen und einer starken Besatzung ausgerüstet.

2872f. *Großkomtur des Ordens von Calatrava.* Zur Verteidigung der Burg von Calatrava am Guadiana gegen die Mauren gründete man 1158 einen Orden, der später geistlicher Ritterorden wurde. Großkomtur hier: Großmeister (Kommentur = commandeur). Bei Saint Réal gibt Philipp II. nach dem Tode des Don Carlos dem Grafen von Lerma eine Kommende des Ordens von Calatrava.
Eine Begegnung von Calatrava-Rittern mit Zisterziensermönchen ist dargestellt auf einem um 1500 entstandenen Wandbild in einem Speisesaal des schwäbischen Zisterzienserklosters Bebenhausen (nördlich von Tübingen).

2881f. *Ich habe gegen Menschen ... sie gesendet.* Eine bei Watson verzeichnete Äußerung Philipps II. nach der Vernichtung der Armada: Ich habe die Flotte nicht wider die Winde und Unfälle auf dem Meer, sondern wider Menschen ausgesendet.

2899f. *Der kühne Malteser.* Der Opfertod der vierzig Ritter in St. Elmo war ein Hauptthema in Schillers Malteserdrama. Von Schiller auch erwähnt in der Vorrede zu der Übersetzung von Vertots „Geschichte des Malteserordens".

2904 *Soliman.* Der türkische Sultan Soliman II., der Prächtige, 1519–66.

2907 *La Valette.* Jean de la Valette, der Großmeister des Malteserordens während der Belagerung von Malta durch die Türken im Jahre 1565. Nach ihm wurde später die Hauptstadt Maltas benannt.

2910f. *Piali, Ulucciali und Mustafa und Hassem.* Piali und Mustafa waren Anführer der Türken, Ulucciali ein Korsar, der die Türken unterstützte. Hassem, ein Sohn Barbarossas, erschien erst später.

2911f. *Kastell Sankt Elmo.* Das zu der Hauptstadt von Malta gehörende Kastell.

2921f. *Verschwörung in Katalonien.* Eine Erfindung Schillers.

2929 *Wunders wegen.* Der Seltenheit, der Ungewöhnlichkeit wegen (Adelung).

2975ff. *Zehnter Auftritt.* Für die Gesprächsführung in dieser großen Begegnung vergl. Lessing „Nathan" II, 5 und 7.

2981f. *Es sind zwei Tage.* Tatsächlich sind seit Beginn des Stückes vier Tage verflossen.

2996 *Sphäre* (griech.). Eigentlich: Kugel. Hier: Wirkungskreis.

3007 *Bürger dieser Welt.* Bürger der ganzen Welt: Kosmopolit.

3009f. *Als ich ... mit der Krone aufgehoben.* Mit einem aufheben: ein bestehendes Verhältnis aufheben oder lösen.

3016 *Die Wahrheit aber setz ich aus.* Aussetzen hier: wagen, preisgeben.

3038f. *In Monarchien darf ich niemand lieben als mich selbst.* Im 10. Brief über den Don Carlos verweist Schiller für die Ideen des Marquis von Posa auf Montesquieu (Esprit des Lois). Montesquieu meint, dass der Untertan der Monarchie das Recht habe, nur auf den eigenen Vorteil bedacht zu sein, und dass er daher eine ihm angebotene Stelle im Staat ausschlagen dürfe – eine Freiheit, die er für die Republik nicht gelten lässt.

3130 *Das Ihre Wünsche reifen kann.* Zur Reife bringen, erfüllen.

3155 *Und die Notwendigkeit wird menschlich sein.* Notwendigkeit hier: die Staatsgewalt.

3162 *Die Ruhe eines Kirchhofs.* Vergl. Schillers „Abfall der Niederlande" (Das Inquisitionsgericht): Die Inquisition hat in einer geistreichen und trefflichen Nation eine Stille, wie sie auf Gräbern ruht, hinterlassen.

3164 *Der Christenheit gezeitigte Verwandlung.* Die der Christenheit geschehene Verwandlung: die Reformation.

3176f. *Und fruchtbar blüht ... Britannien.* D. h. für Spanien bedrohlich.

3178 *Die neuen Christen.* Die zum Christentum gezwungenen Moriskos, die nach dem Aufstand von Granada (1568/69) zum großen Teil in andere Provinzen deportiert wurden.

3191 *Nero und Busiris.* Busiris: Nach der griechischen Sage ein Sohn des Poseidon und König von Ägypten. Um die Trockenheit des Landes abzuwenden opferte er dem Zeus Fremdlinge. Er wurde schließlich von Herkules erschlagen.

3201 *Werden Sie von Millionen Königen ein König.* Vergl. Goethes „Egmont" IV: Ein jeder rund für sich, ein kleiner König.

3240ff. *Regentenkraft, die . . . Thrones Größe nur gewuchert hatte.* Durch Wuchern vermehrt hat.

3303f. *Ihr habt . . . mich ausgefunden.* Ausfinden damals gebr. für: herausfinden.

3346f. *Leidenschaft wird euren Blick nicht irren.* Irren: trüben, täuschen.

v. 3355 *Die Gräfin Fuentes.* Ein Graf von Fuentes (Don Pedro de Toledo) wurde im Jahre 1600 Statthalter von Mailand. Mit der bei Schiller auftretenden Gräfin könnte seine Mutter gemeint sein.

3367f. *Sie verhehlen uns.* Hier ohne Objekt!

3393 *Der Sekte prahlerische Tracht.* Das auch durch die Tracht sich absondernde selbstgerechte Verhalten der Anhänger von Sekten.

3402f. *Was ich . . . Sie zeihen könnte.* Zeihen heute mit dem Genitiv.

3405 *Zweideutelei.* Zweideutigkeit.

3425 *Ambassadeur* (franz.). Gesandter. Fourqueraux, den Elisabeths Mutter ihrer Tochter als Hausgesandten zugeschickt hatte.

3444f. *Der einz'ge Weise seiner Zeit, dem es Verbrechen ist . . .* Sokrates, dem es als Verbrechen angerechnet wird, die Wahrheit zu vertreten.

3471 *Flamänder.* Flamländer, Flame.

3488 *Egmont und Oranien.* Unter der Regentschaft der Margarete von Parma waren Egmont und Wilhelm von Oranien Statthalter niederländischer Provinzen. Sie waren die Führer der Adeligen und wurden die Führer des Aufstandes der Niederlande. Egmont wurde zusammen mit einem Grafen Horn 1568 als geheimer Helfer der aufständischen Geusen durch einen Sondergerichtshof Albas hingerichtet. Die Befreiung gelingt unter Oranien mit Hilfe der Geusen, die 1572 den Küstenbereich der nordwestlichen Niederlande in ihren Besitz bringen.

3494f. *Frankreich versprech ich ihm; Savoyen auch.* Die Unterstützung Frankreichs und Savoyens.

3536ff. *Wie ward . . . der Königin . . . erwähnt.* Erwähnen hier noch mit dem Genitiv!

3543 *So lang mir denkt.* Denken hier unpersönlich konstruiert. So lange ich mich erinnere.

3556 *An diesem . . . Angel.* Angel im 18. Jahrhundert noch männlich.

3581 *Souvenir* (franz.). Eigentlich Erinnerung, Andenken. Hier: Merkbüchlein, Schreibtafel.

v. 3621 *Zweifelhaft.* Verzweifelt.

3608 *Konzept* (lat., franz.). Die erste Niederschrift eines Gedankens.

3621ff. *Einer . . ., den sie damals . . . nach Alkala mir geschrieben.* Vergl. dagegen Anm. zu V. 1268.

3637 *Dass ich der Schwächen schwächster ihn verklage.* Dass ich ihn wegen der schwächsten Schwäche anklage.

3638 *Was ich ihn zeihe.* Vergl. Anmerkung zu V. 3402f.
3660 *Medaillon* (franz.). Kleines Bildnis in runder oder ovaler Form. Hier ein Bildnis des Don Carlos, wie sich aus dem 9. Auftritt ergibt.
3675 *Eines Unbelehrten Dreistigkeit.* Die Dreistigkeit eines Unwissenden.
3696 *Saint Germain.* Saint-Germain-en-Laye bei Paris war damals häufig der Aufenthaltsort der französischen Könige.
3704 *Damals fiel ihm wohl nicht bei.* Damals dachte er noch nicht entfernt daran.
3732 *Kastilien.* Der Name der Hauptprovinz steht hier für Spanien und sein Königshaus.
3735 *Auf Delinquenten-Weise.* Delinquent (lat.): Verbrecher.
3747 *Gebrauch.* Hier: der Brauch, die Sitte, die Gepflogenheit.
3766 *Staatsmaxime.* Maxime: Eigentlich der Grundsatz oder die Hauptregel für das eigene Tun. Staatsmaxime hier: die staatliche Vernunft, die Politik.
3807f. *Man bringe die Königin zu Hause.* Statt nach Hause – wie wir heute noch sagen: zu Bett, zu Tisch gehen.
3815 *Ich habe, was mich reut, getan.* Vergl. Shakespeare „Julius Cäsar" IV, 3: Ich möchte tun, was mich nachher gereut.
3820ff. *Dem alten Manne ... fällt es doch hart.* Dem alten Mann kommt es hart an, trifft es hart.
3843 *Portefeuille* (franz.). Brieftasche, Mappe.
3845f. *Ein Schreiben vom Kaiser, meinem Vater.* Nach St. Réal soll Karl V. eine besondere Vorliebe für seinen Enkel Don Carlos gehabt haben.
3870f. *Geheime Verständnisse.* Geheimes Einverständnis.
3881 *Des Prinzen rasche Jugend.* Rasch hier: unbefangen, frisch, aufgeschlossen.
v. 3921 *Galerie.* Die langen Gänge in alten Schlössern, die auch zur Aufbewahrung und Ausstellung von Kunstwerken dienten, gaben später den Räumen, in denen Kunstwerke gesammelt und gezeigt wurden, den Namen.
3943 *Schattenriss.* Die Kunst der Silhouette wurde erst in der Zweiten Hälfte des 18. Jahrhunderts Mode.
3961 *Das große Siegel.* In England gibt es heute noch das Amt des Großsiegelbewahrers.
3978f. *Wollen Sie erwarten?* Hier: Darauf warten.
3992 *Noch einen Freund.* Die Prinzessin von Eboli.
4009 *Komplott* (franz.). Geheimer Anschlag.
4058 *Dann muss ich erwarten.* Erwarten hier: warten. Vergl. auch „eröffnen", Anmerkung zu V. 2229.
4060 *So ist sie wahr, die außerordentliche Zeitung ...* Diese hier ohne Zeugen gesprochenen Verse sind der Rest eines Gespräches zwischen der Prinzessin von Eboli und Domingo, das später gestrichen wurde.
4165 *Glorie* (lat., franz.). Hier: Herrlichkeit, Glanz.
4188f. *Das Verbrechen, dessen ich sie zeihte.* Zeihte: die alte schwache

Form. Zeihen hier richtig mit Genitiv. Vergl. dagegen Anm. zu V. 3402f. und 3638.

4227 *O es ist billig.* Es ist gerecht.

4230f. *Ob aus des Richters karger Hand nicht schon / Die letzten Tropfen für mich fallen?* Die letzten Tropfen der Wasseruhr.

4237 *Er spare sie.* Sparen hier: benutzen, gebrauchen.

4242 *Die Post.* Hier: der Reisewagen.

4275 *Auf die geteilte Hostie schwören.* Vergl. Anm. zu V. 1977.

4286 *Die Vorsicht.* Hier: Vorsehung. Vgl. Anm. zu V. 142.

4295 *Des Staubes Weisheit.* Die praktische irdische Erfahrung.

4315 *Zwo kurze Abendstunden.* Der Rest von Philipps Leben.

4334 *Ich sahe Leben.* Vergl. Anm. zu V. 1965.

4339 *Die Sterblichkeit versagte mir ein Bild, die Sprache Worte ...* Vergl. Klopstock „Messias" IX, V. 59 f. „Denn dieses zu denken, hat die Seele kein Bild; es zu sagen, nicht Worte die Sprache."

4355f. *Seine Verklärung in Eskurial.* Das Gemälde einer „Verklärung Christi", das sich aber damals noch an anderer Stelle befunden haben muss. Der Eskurial sollte erst später die königliche Gemäldesammlung aufnehmen.

4362 *Die Kunst, dem Silberton zu rufen.* Rufen noch in alter Weise mit dem Dativ gebraucht.

4413 *Kaplan.* Etwas ungewöhnlich ist die hier zuerst gebrauchte Anrede Kaplan für den Beichtvater des Königs. Kaplan ist der Name für den Geistlichen einer Schlosskapelle.

4422 *So streng zu sein.* So genau, zuverlässig.

4441 *Die doppelte Tapete.* Tapete hier noch in der alten Bedeutung von Teppich.

4447f. *Diesen Augenblick sind wir von Saragossa eingetroffen.* Da sie noch morgens in Madrid waren, könnten sie noch nicht von Saragossa zurück sein. Saragossa ist die Hauptstadt von Aragonien und über 200 km von Madrid entfernt.

4454f. *Ohne Zuziehung der Cortes.* Corte (span.): Gerichtshof. Die Mehrzahl bezeichnet die Versammlung der Stände, die allein befugt sind, Prinzen festzunehmen und zu richten.

4467 *Verziehen Sie.* Warten Sie. In älteten Ausgaben begegnet zuweilen die Lesart: Verzeihen Sie.

4485 *Te Deum.* Der Anfang eines Lobgesanges: Te Deum laudamus: Herr Gott wir loben dich. Von Luther verdeutscht (als Wechselgesang). Im 18. Jahrhundert nachgedichtet in dem Kirchenlied: Großer Gott, wir loben dich.

4498 *Lass sein.* Lass es gesetzt sein, dass; gesetzt den Fall, dass.

4502 *Es hat dir viel gekostet.* Kosten hier noch mit dem Dativ. Vergl. Anm. zu V. 727f.

4511f. *deine Liebe hat alle frühe Blüten ... hingerafft.* Das Eigenschaftswort ohne das heute übliche Plural-n.

v. 4575 *Herabsetzung.* Hier: Herablassung.

4586 *Der König oder sein Madrid.* Sein Madrid: das Volk von Madrid.

4632 *Mich seiner Rache zu versichern.* Die Rache des Königs auf mich zu lenken.

4650f. *Das Schrecken ... des Palastes.* Schrecken noch als Neutrum gebraucht.
4658 *Nun erst wagst du, ihn treulos zu behaupten.* Ihn als treulos zu bezeichnen.
4676 *Wenn ich den König irrte.* Irren hier transitiv: täuschen.
4679 *Scheinbar genug für Philipp.* Wahrscheinlich genug für Philipp.
4733 *Denk auf deine Rettung.* Oberd. noch heute für: denken an.
4735f. *Deine Bitte hat stattgefunden.* Hat eine Stätte gefunden, Gehör gefunden.
4739 *Man hat zu rasch verfahren.* Verfahren steht hier noch mit dem Hilfsverb haben.
4740 *Mein Sohn ist nicht an seinem Platz.* Vergl. Schiller „Merkwürdiges Beispiel einer weiblichen Rache“: „Sie sind nicht an ihrer Stelle, Marquis, stehen Sie auf.“
4744f. *Des Himmels Gesalbten antasten.* Vergl. 1. Sam. 24, 7.: „Das lasse der Herr ferne von mir sein, dass ich das tun sollte, und meine Hand legen an meinen Herrn, den Gesalbten des Herrn; denn er ist der Gesalbte des Herrn.“
4747 *Das Brandmal an seiner Stirne.* Vergl. 1. Mos. 4, 15: „Und der Herr machte ein Zeichen an Kain“.
4756f. *Verfassungen ... wollen geschmeichelt sein.* Schmeicheln hier transitiv und passivisch gebraucht.
4774f. *Nur einer (ist) so unverdient gestorben.* Christus.
4809 *Ihre Freundschaft drangen sie ihm auf.* Drangen: alte Form für drängten.
4815 *Mit diesem plumpen Gaukelspiel zu reichen.* Ausreichen, auskommen.
4852 *Mein Urteil ist gesprochen.* Das Urteil über mich.
4857 *Madrid in Waffen.* Der Aufstand in Madrid ist eine Erfindung Schillers.
4879 *Gott! Welcher Zufall.* Zufall hier: unglücklicher Vorfall.
4881 *Ludwig Merkado.* Lodovico de Mercado, ein auch als Schriftsteller bekannter Leibarzt des Königs, der aber erst nach dem Tode des Don Carlos an den Hof kam. Erwähnt bei Brantôme.
4932 *Terzerol.* Taschenpistole.
4951ff. *Philipp der Zweite / Zwang Ihren Ältervater, von dem Thron zu steigen.* Schiller macht Lerma zum Vertreter einer Meinung, die den freiwilligen Thronverzicht Karls V. anzweifelt.
4981f. *Die Staaten der Niederlande.* Die Generalstaaten, d. h. die Repräsentantenversammlung der Niederlande.
4985 *Eine Flotte Solimans.* Von einer Hilfe durch eine türkische Flotte berichtet Saint Réal.
5001 *Maximen.* Hier: Anordnungen.
5011 *Sie sehen, dass es dringt.* Dringen hier in der Bedeutung drängen.
5036 *Ich gäb ein Indien dafür.* Vergl. „Yoricks empfindsame Reise“ (deutsch Mannheim 1780): „Hätte ich beide Indien gehabt, ich hätte eins davon hingegeben, um es zu erfahren.“
5064 *Sie zu vergnügen.* Vergnügen hier: befriedigen.
5092 *Die Verlassenschaft.* Das Vermächtnis.

5094 *Der Inquisitor Kardinal.* Der Großinquisitor, der damals zugleich Kardinal war. Großinquisitor war damals Spinosa, der aber nicht so alt wurde. Sein Vorgänger Valdes dagegen wurde über neunzig.

5101ff. *Große Summen ... betreiben.* Auftreiben.

5125 *In Justi.* San Geronimo de Juste, ein Kloster in Estramadura, in das sich Karl V. zurückzog, aber ohne Mönch zu werden. Die Schiller'sche Form Justi erklärt sich wohl als Genitivbildung von Justus, das Schiller für die Stammform gehalten haben mag.

5126 *Hieronymitenmönch.* Ein Mönch des Klosters San Geronimo (Heiliger Hieronymus). Vergl. auch die vorige Anm.

5157 *In der Santa Casa heiligen Registern.* Santa Casa: eigentlich Gefängnis der Inquisition. Hier offenbar als ihr Zentralsitz gemeint.

5168 *Das heil'ge Amt.* Heiliges Offizium (deutsch: Heiliges Amt) war die eigentliche Bezeichnung für die Inquisition.

5179 *Des Ordens heil'ge Güter.* Die Einrichtung der Inquisition wird hier zu Unrecht als Orden bezeichnet. Vergl. auch weiter unten V. 5239.

5182 *In seines Geistes feierlicher Schändung.* Schändung: schmachvolle, öffentliche Hinrichtung.

5198 *Der Angelstern.* Der nördliche Polarstern.

5207 *Eine sechzigjähr'ge Regel.* Anspielung auf das Alter des Königs.

5241 *Wir sind gerochen.* Gerochen: alte Form für gerächt.

5251 *Der Schatten Samuels.* Nach 1. Sam. 28, wo Saul durch die Wahrsagerin zu Endor den Schatten Samuels beschwören lässt und dieser dem König sein Unglück voraussagt.

5269f. *Die ewige Gerechtigkeit zu sühnen, starb an dem Holze Gottes Sohn.* In einem Brief Reinwalds an Schiller vom 25. Dezember 1786 findet sich ein Hinweis auf eine Lebensgeschichte Philipps II. von Gregorio Leti und eine Stelle über die Geschichte von dem Gefängnis, dem Urteil und dem Tod des Prinzen: „Die Pfaffen überwanden ihn einmal durch das Gleichnis mit Abraham ... und einmal stellten sie ihn Gott dem Vater an die Seite, der seinen Sohn fürs Heil der Welt hin in den Tod gegeben hätte." Ähnlich Saint Réal: „Die Aufopferung der natürlichen Empfindung des Königs für die Ruhe des Staates wurde von den Inquisitoren noch dem Gehorsam Abrahams vorgezogen; sie verglichen ... diesen Fürsten mit Gott dem Vater, der um das Wohl der Menschen willen auch seinen eigenen Sohn nicht verschont hat."

Zum Nachwort und zum Anhang

S. 185 *Uraufführung in Hamburg.* Sie erfolgte in einer von Schiller selbst besorgten Prosabearbeitung, die erst 1808 in Hamburg und Altona im Druck erschienen ist. Vgl. in unserem Anhang den Brief an Schröder vom 18. Dezember 1786.

Rheinische Thalia. Eine von Schiller in Mannheim herausgegebene Zeitschrift, von der dort nur ein Heft erschienen ist: im „Lenzmonat 1785". Die in Leipzig bei Göschen als „Thalia" herausgekommene Fortsetzung brachte es auf drei Jahrgänge. 1792/93 erscheint dann bei Göschen noch eine „Neue Thalia“ (12 Stücke in 4 Bänden).

Christian Gottfried Körner. 1756–1831. Aus vermögendem Hause. Anfangs Privatdozent für Philosophie und Rechte in Leipzig. Später in Dresden Konsistorialrat und Appellationsrat. Durch den Tod seiner Eltern finanziell unabhängig. Die Freundschaft mit Sch. begann 1784 mit einem Briefwechsel.

S. 186 *Brantôme.* 1540–1614. Französischer Memoirenschreiber, ein Zeitgenosse Philipps und des Don Carlos, der auf seinen vielen Reisen um 1564 auch den spanischen Hof besuchte. Seine Memoiren erschienen im Druck erst 1665. Ranke sagt von ihm: „Brantôme erzählt mit Talent Anekdoten.“

Robert Watson. Englischer Historiker, dessen „Geschichte Philipps II.“ 1777 in 2 Bänden erschienen ist.

Thomas Otway. 1652–1685. Früh verstorbener englischer Dichter, dessen große Tragödien – er schrieb nach dem „Don Carlos“ noch zwei andere – auf der Bühne keinen Erfolg hatten.

Mercier. Louis Sébastian Mercier, 1740–1814. Französischer Schriftsteller, Schüler Rousseaus und Gesellschaftskritiker, dessen Schrift über das Drama von den Vertretern des deutschen Sturm und Drang begeistert begrüßt wurde. 1775 erschien eine deutsche Übersetzung von Heinrich Leopold Wagner – angeregt durch Goethe, der sich aber bald davon distanzierte. Schiller benutzte Gedanken aus Merciers Schrift in seinem Vortrag „Vom Wirken der Schaubühne auf das Volk“, den er bald nach der Aufführung von „Kabale und Liebe“ 1784 vor der Mannheimer Gelehrten Gesellschaft gehalten hat.

S. 187 *Leisewitz.* Johann Anton Leisewitz, 1752–1808. Dramatiker des Sturm und Drang, dessen Tragödie „Julius von Tarent“ (1776) Schiller besonders geschätzt hat.

Gotter. Friedrich Wilhelm Gotter, 1746–1797. Hofbeamter und Dramatiker in Gotha. Förderer des Gothaer Theaters.

Tableau (franz.). Hier: Gemälde, Bild.

S. 188 *Crébillon.* 1674–1762. Französischer Dramendichter, der mit seinem geschickt verfertigten Stücken im 18. Jahrhundert großen Erfolg hatte.

Die Schranken des bürgerlichen Kothurns. Kothurn (griech.): Ein Schuh mit hohen Sohlen, der von den Schauspielern der griechischen Tragödie getragen wurde. In die Schranken der bürgerlichen Tragödie hatte Schiller sich mit „Kabale und Liebe“ begeben.

Meister über die Jamben. Schillers Vorbild für diese Versform war Lessings „Nathan“.